I0686760

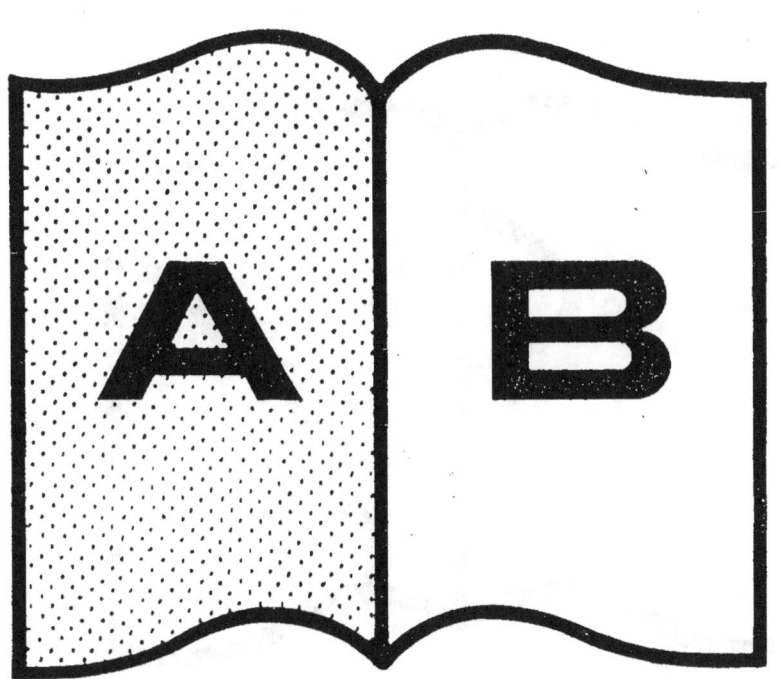

Contraste insuffisant

NF Z 43-120-14

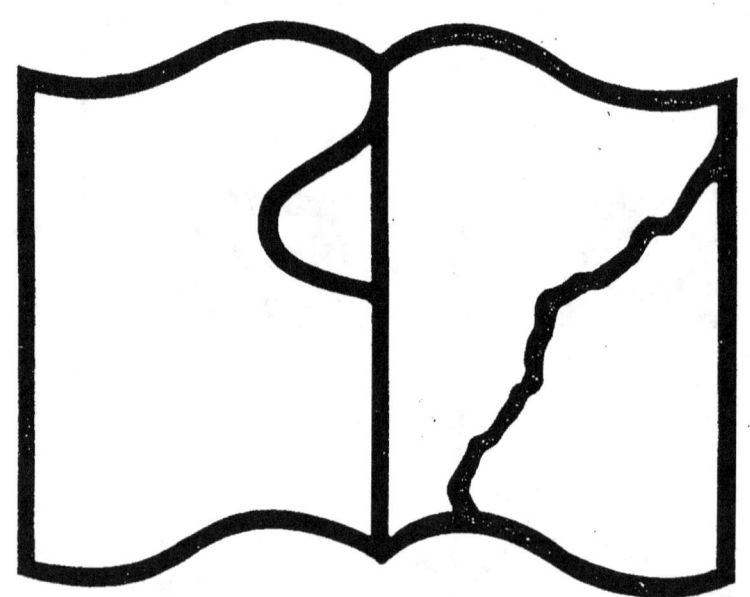

Texte détérioré — reliure défectueuse

NF Z 43-120-11

Y²
33

LES

BOUCANIERS DE LA FOSSE

GRAND ROMAN NANTAIS

Ecrit spécialement pour le " PHARE "

PAR

Armand WILLARD

(Léon Brunschvicg)

NANTES

4 et 6, Rue Scribe. — IMPRIMERIE DU COMMERCE. — Rue Scribe, 4 et 6

—

1887

LES BOUCANIERS
DE LA FOSSE

DON
109375

PAR ARMAND WILLARD

BIBLIOTHÈQUE NATIONALE
R F

PREMIÈRE PARTIE

Le Crime du Pont-Sauvetout

I

PLUIE DE SANG

Deux heures du matin venaient de sonner à l'horloge de la cathédrale Saint-Pierre de Nantes. Le joyeux carillon avait succédé aux quatre coups qui annoncent le quatrième quart, c'est-à-dire le retour d'une heure nouvelle, puis deux fois le lourd marteau était retombé solennellement sur le timbre à la sonorité grave, lançant de par la ville, dans le silence de la nuit, l'indication lente du temps qui rien n'arrête dans sa course.

Il pleuvait, ce qui n'a jamais rien de surprenant à Nantes, qui mériterait volontiers le surnom de « pot de chambre de la Bretagne » comme Rouen a justifié le même sobriquet, peu respectueux, mais véridique, pour la Normandie.

D'ailleurs, n'était-on pas à la fin de décembre 18..., c'est-à-dire dans la saison où le vilain temps est à l'ordre du jour, sans que personne ait le droit de s'en étonner ? L'hiver, comme d'habitude, n'avait pas été froid ; Nantes ne connaît guère le froid, ni la neige comme Rennes ou Châteaubriant, mais depuis plusieurs semaines déjà, une pluie, tantôt fine, tantôt torrentielle, n'avait pas cessé de tomber, provoquant dans la Loire, et par ricochet dans l'Erdre, une crue considérable. C'est là un fait curieux et qui ne se produit pas ailleurs : en temps d'inondation, ce n'est plus la rivière qui se jette dans le fleuve, c'est le fleuve qui fait son cours dans la rivière et qui, la refoulant vers sa source, remonte l'écluse du pont de l'Erdre pour s'étaler ensuite sur les quais en pente qui longent d'un côté l'usine à gaz, de l'autre la préfecture du département.

Personne dans les rues à pareille heure. Les joyeux viveurs n'avaient pas encore terminé dans les restaurants à la mode ou les tripots clandestins, la nuit follement commencée, et les gaillons (c'est ainsi qu'on appelle, à Nantes, les employés de la répugnation) n'avaient pas encore sortis, leurs balais à la main, pour aller ramasser,

aux portes des maisons, les ordures ménagères et les jeter, en échangeant quelques mots en bas-breton, dans les lourdes voitures de la voirie municipale.

Le vent soufflait avec force, diminuant encore la clarté douteuse des réverbères trop éloignés les uns des autres, et qui se reflétait dans une danse fantastique, aux plaques d'eau formées entre les interstices des pavés.

Venant de la place Royale, où la statue de la Ville de Nantes dessinait son blanc profil dans l'obscurité de la nuit, deux agents de police entraient à ce moment dans la rue de l'Arche-Sèche.

Quiconque connaît tant soit peu sa ville de Nantes, a remarqué l'étrange construction de cette rue qui s'étend en formant une courbe prononcée et passe sous trois ponts — anciens fossés de la cité, comme l'indique le nom de la rue Contrescarpe qui la longe et la domine de toute sa hauteur. D'une part le marché de Feltre, de l'autre ces maisons noires qui ne comptent guère moins — vues de là — de six ou sept étages, tandis qu'elles n'en ont plus que trois ou quatre quand on y entre par la rue Guépin ou par la place Bretagne.

Il est de plus étrange que les passages à double issue qui conduisent de l'une à l'autre voie, que ces caves, creusées dans le granit, qui se prolongent au-dessous des habitations de la place Bretagne, que ces souvenirs du vieux quartier Saint-Similien qu'un pont de bois reliait jadis par dessus l'Erdre, non encore canalisée, au quartier Saint-Léonard.

Les deux agents qui passaient vingt fois par jour par là, ne s'inquiétaient guère de ces détails quelque peu archéologiques, et moins encore pendant l'affreuse nuit à laquelle commence notre récit. Ils n'étaient, d'ailleurs, reconnaissables qu'à l'épée, qu'ils portaient au côté, dans son fourreau de cuir bouilli, terminé par une graine de cuivre. Autrement, képi, uniforme, disparaissaient sous un vaste manteau avec cahan, qui n'était pas de trop par la pluie qui battait furieusement les dalles de zinc du marché de Feltre et les toitures des échoppes des détaillants qui y tiennent leur commerce de boucherie, de légumes et de marée.

— Voilà un temps à ne pas mettre un chrétien à la porte, dit l'un, qui répondait au nom limpide de Lasource.

— Je suis trempé comme une soupe, répliqua l'autre, un vieil agent blanchi sous le harnais, du nom de Rivoal, et si je pouvais seulement allumer une vieille pipe, je ne serais pas fâché de me réchauffer un peu de la sorte. Mais avec ce vent et cette pluie...

— C'est facile : arrêtons-nous ici.

Ici, c'était sous l'une des arches monumentales du Pont-Sauvetout, qui conduit de la place Bretagne à la rue de la Boucherie, et que sa largeur met quelque peu à l'abri de la pluie, quand elle n'est pas trop forte.

Le pont qui traverse la rue de Feltre est d'allures toutes modernes, celui qui passe derrière le musée, n'est pas bien vieux non plus. Le pont de Sauvetout, appelé par corruption Pont-Sauvetout, a je ne sais quoi de grandiose et le curieux à Nantes fois regrette que ce troisième arche ne fût pas dégagée pour donner à ce vestige de notre vieux Nantes, son véritable caractère de majesté parfois terrible.

N'est-ce pas du haut de ce pont qu'au lendemain du 9 thermidor les contre-révolutionnaires relevaient partout la tête et reprenaient le haut du pavé, avaient précipité de bons patriotes coupables seulement de trop de dévouement à la cause républicaine et de haine contre le chouannerie ?

L'un des agents tira sa pipe de sa poche et se mit en devoir de l'allumer, en dépit des éléments déchaînés, tandis que l'autre, qui s'était avancé de quelques pas en dehors de la petite zone protégée par l'arche, recevait sur son cabau l'eau qui dégouttait précipitamment du pont lui-même, avec d'autant plus de force qu'elle tombait de plus haut.

— J'y renonce, fit en fin de compte l'agent de police ; allons au poste de la mairie, et là, serai plus chanceux au coin d'un bon poêle pour me sécher et pour allumer ma bouffarde.

Les deux hommes, pressant le pas, traversèrent le pont de l'Hôtel-de-Ville, prirent la rue de la Mairie, qui ne s'appelait pas encore rue Thiers à cette époque, et entrèrent au poste de permanence jour et nuit à la maison commune.

Quelques gardes en uniforme, quelques agents de la sûreté en bourgeois, y reposaient allongés dans leurs manteaux sur le lit de camp, tandis que, bourré de charbon, le poêle ronflait comme une toupie d'Allemagne, dans un coin du poste, plus brillant que le bec de gaz dont un abat-jour vert tamisait l'éclat dans l'intérêt des dormeurs.

L'entrée de Lasource et de Rival réveilla leurs camarades qui, d'ailleurs en leur qualité d'agents de police, ne dormaient que d'un œil et n'étaient pas autrement fâchés d'avoir des nouvelles du dehors. En même temps qu'eux le vent froid du dehors avait fait irruption dans la salle surchauffée et il n'en fallait pas davantage pour mettre nos gens debout.

— Rien de neuf, Lasource? questionna le sous-brigadier Robert, chef du poste ce soir-là.

— Rien, répondit le plus jeune des deux gardes; la ville est sage comme une image et tout irait au mieux, si nous étions moins guenés que nous ne sommes.

Ce disant, il se mit à se débarrasser de son manteau, quand soudain le sous-brigadier poussa un cri de terreur:

— Grand Dieu! qu'as-tu là? fit-il en lui désignant son caban.

À ce cri, tous les hommes se précipitèrent vers l'agent.

— Mais je n'ai rien? fit-il tout tranquille et surpris de la surprise de ses collègues. Et, comme il se dévêtait, il constata que caban et manteau étaient couverts de sang qui, ruisselant de toutes parts, avait formé sur le plancher du poste une flaque plus large à tout instant.

L'étonnement fut, au premier moment, plus vif peut-être que l'impression de terreur.

Comment se pouvait-il faire que ni l'un, ni l'autre des agents ne se fût aperçu au instant, le trajet, du reste fort court, du poste Graslin à la Mairie, de cette mystérieuse effusion de sang? Assurément, avant de se mettre en route, le manteau était sec et, à moins d'admettre qu'une pluie sanglante fut tombée du ciel, ce miracle semblait impénétrable. Pas la moindre rixe sur le chemin n'avait nécessité leur intervention; ils avaient, il est vrai, pataugé dans l'eau, et supposer quelque part, une mare de sang qu'ils eussent pas remarquée, ce seraient leurs chaussures qui en porteraient les traces, son pas leur clan. Ils ne s'étaient frôlés à 'ien, ils ne s'étaient pas arrêtés en route, ils n'avaient rien vu d'insolite, rien entendu d'étrange et, à premier examen, il y avait là un mystère vraiment inouï pour deux vieux routiers de leur trempe.

— Voyons, dit le sous-brigadier Robert, il faut éclaircir cette affaire sur le champ. Ce sang vous est tombé d'en haut sur la tête, c'est-à-dire d'un balcon, d'une saillie quelconque pendant que vous aurez longé le trottoir, rue Crébillon ou place Royale.

— Impossible, chef: nous n'avons pas quitté le milieu de la rue.

— Oui, mais vous avez pris la rue de l'Arche-Sèche, où à trois ponts sous lesquels vous avez dû passer, et c'est sans doute de l'un d'eux que vous est tombée sur la tête cette étrange averse. Reste à savoir duquel. Nous allons les visiter et ce ne sera pas long.

— D'autant moins, fit Lasource, que je me rappelle un détail. Je me suis arrêté un instant, tandis que le collègue essayait d'allumer sa pipe, et j'ai bien senti une rigole me dégouliner sur la tête. Mais il pleuvait fort et j'ai bien cru que c'était de l'eau tout bonnement.

Ce souvenir était un indice précieux. Le sous-brigadier Robert, après avoir fait prévenir le commissaire de service, partit sans attendre avec quatre de ses agents, les deux qui venaient d'arriver et deux de ceux qui faisaient partie du poste, Rigoigne et Barthélemy.

— Coquin de sort, fit l'agent Rival... Il est dit que j'n'allumerai pas une pipe de la nuit; vous verrez ce que Dieu sait si j'ai besoin de me réchauffer un peu l'estomac. Enfin le service avant tout.

Lasource avait laissé son manteau ensanglanté au poste comme pièce à conviction, au ... où les recherches amèneraient quelque décverte délictueuse; car, jusqu'à présent, on ignorait en face de quel fait, accident, crime, ou suicide, on allait se trouver.

Comme de juste, les agents s'étaient munis de lanternes, de cordes: ils étaient tous armés. Arrivés de l'autre côté du pont de l'Hôtel-de-Ville, ils se divisèrent en deux groupes, l'un se mit à monter la rue de l'Abreuvoir, qui n'était pas encore ce que nous la voyons aujourd'hui.

Au lieu de cet escalier aux belles et larges marches, garni au centre d'une rampe commode aux piétons, la rue mal pavée, en pente rapide, à pic en certains endroits, le ruisseau à peu près au milieu, était des moins praticables. La gravir était difficile, la descendre était dangereux, à moins de faire comme les gamins du Marchix, de s'accroupir et de se laisser aller tout seuls du haut en bas sur le fond de la culotte. On arrivait ainsi bien vite au haut de cette rue qui, en temps de pluie, se métamorphosait en un véritable torrent et méritait le nom, dont le public l'avait baptisée, de rue de la Cascade. C'était le cas où jamais le soir où les agents de police du premier groupe en opéraient la pénible ascension.

L'autre prit à gauche l'escalier des Petits-Murs, le monta au galop et obliquant à droite, se dirigea du côté de la place Bretagne, sans rien remarquer de suspect sur son passage. À droite comme à gauche, les hautes maisons populeuses étaient plongées, du moins sur la rue, dans une obscurité complète. Seule une fenêtre aux rideaux du quatrième étage de la maison portant le numéro 2 était faiblement éclairée comme par une veilleuse.

Le groupe, qui avait pris la rue de l'Abreuvoir, n'avait fait non plus aucune rencontre étrange. Sur la place Bretagne, le réverbère qui illuminait l'enseigne de l'auberge bien connue : À la descente du Morbihan, n'étendait pas loin sa clarté. Au milieu de la place, des marchands forains avaient déposé des ballots recouverts de bâches imperméables et les laissaient là jusqu'au matin, confiés à la pluie battante autant, sinon plus qu'à la foi publique.

Bientôt les deux groupes se rejoignirent et ne tardèrent pas à remarquer, au milieu du pont, à terre, un individu allongé, le visage contre le sol, qui semblait dormir... peut-être du sommeil éternel. L'agent Rival dirigea vers lui la lanterne qu'il tenait à la main et l'on put apercevoir un homme vêtu plus que simplement, d'un large pantalon à côtes en velours brun, comme en portent les compagnons charpentiers, d'une manière à jaquette qui témoignait dès l'abord d'un assez long usage et qui était chaussé de fortes chaussures du genre des godillots de la troupe.

A n'en pas douter, c'était bien là l'individu dont le sang répandu avait souillé le caban de l'agent de police. Ce fut du moins la première pensée des cinq personnes réunies autour de lui, pensée plus prompte que l'éclair et qui fit aussi rapidement place à une impression nouvelle et plus vraie. Si c'était là le blessé, comment son sang aurait-il pu rejaillir par dessus le parapet et couler sur l'agent au moment où il passait dans la rue de l'Arche-Sèche, qui n'a jamais moins mérité son nom que ce soir-là. La chaussée n'était pas perméable à moins de supposer que le criminel se fût amusé à porter le corps du parapet au milieu du pont...

Sans plus conjecturer, nos gens approchèrent. L'individu semblait couvert de sang et de boue, de boue surtout. Il était nu-tête. Deux des gardes le prirent avec précaution, le retournèrent et, sans aller jusqu'à tenter de le mettre debout, l'adossèrent doucement, comme on ferait d'un malade, le long du parapet de gauche. L'homme se laissa faire, mais sans pousser le moindre cri; un blessé n'eût pas manqué de se plaindre, ne fut-ce que par un gémissement douloureux. Seul un mort pouvait garder ainsi le silence et pourtant le corps transporté n'avait rien de la rigidité cadavérique.

Serait-ce un homme bien portant pour qui la police se donnait tant de peine et n'avait-elle par hasard affaire qu'à un vulgaire ivrogne, eut-il même écoppé dans quelque rixe de cabaret suffisante pour provoquer une violente hémorragie nasale?

Le ruisseau coulait, grossi par la pluie, au pied même du parapet où l'individu avait été déposé.

— Prenez un peu d'eau pour lui laver la figure, fit le sous-brigadier, que nous sachions enfin quel est cet homme et ce qu'il a.

L'agent Lasource obéit. Mais, ô surprise nouvelle, l'eau venant de la partie supérieure de la rue et dans laquelle il trempait son mouchoir était elle-même rouge, comme si quelque blessé se trouvait sur son passage et qu'elle entraînât dans son courant plus rapide que d'ordinaire le sang qu'il aurait perdu.

Cette remarque, les hommes de la police la firent tous ensemble tempé et tandisque l'agent restait à débarbouiller l'individu, les quatre autres remontaient le ruisseau pour chercher l'explication de cette sinistre teinture. Ils ne furent pas longs à la trouver.

Sur le parapet, du même côté, mais plus haut, un homme était couché immobile, les deux jambes pendant du côté du ruisseau, le milieu du corps appuyé sur le granit qui forme l'épaisseur du garde-fou, la tête rejetée en avant et retombant du côté de la rue de l'Arche-Sèche. Les agents le retournèrent avec précaution.

Pour celui-ci, le doute n'était pas possible; deux larges blessures, l'une à la poitrine dans la région du cœur, l'autre au cou, étaient visibles; c'est par là que la vie avait dû s'échapper, et tandis que le sang qui coulait de la gorge entr'ouverte avait inondé le vêtement du garde, celui de l'autre plaie dégouttait dans le ruisseau grossi par la pluie d'orage.

Blessé, l'homme l'était assurément : respirait-il encore?

C'était là une autre question d'autant plus urgente à résoudre qu'à première vue il était clair que la justice allait se trouver en face d'un crime. Toute idée d'accident ou de suicide était en effet écartée par la position même dans laquelle les agents avaient découvert le corps, peut-être fallait-il déjà dire le cadavre.

— Qu'allons-nous faire? demanda Rigoigne.

— Allons au plus pressé, dit le sous-brigadier, et au plus près à la fois. Ces hommes, quels qu'ils soient, ont besoin que des soins intelligents leurs soient prodigués. Il nous faut les conduire chez le pharmacien le plus proche et courir chercher le médecin. Nous verrons après ce qu'il nous restera à faire.

— Allons, Rigoigne et vous, Barthélemy, prenez le premier blessé, qui n'est peut-être qu'un ivrogne, et je vais aider avec mes collègues à transporter le second, qui me paraît bien autrement malade, à moins qu'il ne le soit plus du tout. Nous reviendrons plus tard pour faire, sur les lieux, une perquisition minutieuse.

— Aussi bien, fit Barthélemy, il fait en ce moment noir comme dans un four, et nos recherches n'aboutiraient à rien avant le jour.

La pharmacie la plus proche était celle de M. Danais qui faisait l'angle de la place Bretagne et de la rue de l'Abreuvoir et qui existe encore aujourd'hui. Figure sympathique, le père Danais qui devait être plus tard qu'on n'eût au maire de Nantes et qui est mort à présent entouré de l'estime générale, était de ceux qui ne marchandent ni leur temps, ni leurs soins aux malheureux, et Dieu sait s'ils sont nombreux dans le quartier du Marchix!

On tira la sonnette de nuit; une fenêtre ne tarda pas à s'entr'ouiller et une voix demanda:

— Qui va là? Que voulez-vous?

— C'est la police, M'sieu Danais; deux hommes blessés et...

Le pharmacien ne chercha pas à en entendre davantage, il passa une robe de chambre, descendit dans son magasin et bientôt la porte s'ouvrit, éclairant subitement d'une large trouée de lumière les hommes qui pénétrèrent dans la pharmacie où le gaz venait d'être allumé.

— Saint, M'sieu Danais, fit le sous-brigadier, voilà de la besogne que nous vous apportons.

Puis s'adressant à Rigoigne :

— Cours donc jusque chez M. Derruyer et reviens avec lui en toute hâte.

Pendant ce temps, le pharmacien avait réveillé son élève qui couchait dans la maison, pensant avec raison que, pour deux blessés, un de plus ne serait assurément pas de trop.

Les deux blessés avaient été déposés à terre, sur le carrelage en damier noir et blanc de la pharmacie, le dos appuyé contre les comptoirs et peut-être le moment est-il venu de les examiner, bien éclairés comme ils le sont, avec plus de soin que nous n'avons pu le faire jusqu'à présent.

L'individu que les agents avaient rencontré le premier et dont nous avons décrit sommairement le costume, appartenait en effet, la sagacité du lecteur l'a sans doute deviné, à la classe ouvrière, nous ne disons pas à la classe laborieuse, car il ne travaillait qu'à de rares intervalles. Les agents l'avaient en effet reconnu dès leur entrée à la pharmacie comme une de leurs vieilles connaissances.

C'était un nommé Pierre Hervé, dont le père, charpentier de son état, était mort victime d'un grave accident survenu au cours de son travail. Une poutre lui était tombée sur la tête et l'avait tué net. Sa pauvre veuve lui avait survécu de quelques années.

Indulgente, trop peut-être, pour les caprices du seul fils qu'il lui avait laissé, ne l'empêchant pas de vagabonder dans les rues avec d'autres poisses (gamins) de son espèce au lieu de l'obliger à suivre l'école, plus tard elle s'était refusée à lui imposer la discipline d'un apprentissage et, comme de raison, il en avait largement profité pour devenir un mauvais sujet de la pire espèce.

Un jour, au sortir d'une buvette borgne, il s'était pris de querelle avec les agents et l'un d'eux avait eu sa tunique mise en pièces par ce forcené qui était, d'ailleurs, sous l'empire de la boisson. Il fut condamné à deux mois de prison. Ce fut pour la pauvre femme, souffrante depuis quelque temps déjà, regrettant, mais trop tard, sa faiblesse passée, le véritable coup de grâce.

Son fils en prison ! une tache au nom, jusque-là honorable, légué par son mari à leur unique enfant ! elle ne put supporter une aussi dure épreuve, elle s'alita, et, peu après, elle mourut à son tour.

A partir de ce moment, Pierre Hervé, plus libre encore de ses actions, certain de n'avoir plus à craindre même les reproches les plus tendres, les plaintes les plus affectueuses, s'a-donna en toute sécurité à la plus oisive.

A longueur de jour, il flânait sur les cales du quai de la Fosse, aux abords de la gare de la Bourse, dans les cabarets fréquentés par les marins, s'offrant, moyennant quelques sous, à faire une course lointaine, à porter un lourd fardeau, à donner, comme manœuvre-extra, un coup de main, en temps de presse, pour décharger les bateaux de Bordeaux à Nantes.

Le reste du temps, il se graitait au soleil, étendu sur le sable le long de la ligne du chemin de fer, se payant gratis, Diogène sans le savoir, un bain de lézard, ou faisait dans une buvette du quai (elles ne manquaient pas) une partie de cartes d'aluettes avec quelques autres gardemanills du même acabit que lui.

C'était un garçon robustement taillé, dont la figure encadrée d'une épaisse chevelure noire, peignée en coup de vent, n'était ni vulgaire ni antipathique.

S'il était redoutable quand un sentiment violent de colère ou de jalousie l'animait ou qu'il se trouvait sous l'empire d'une surexcitation provoquée par le vin blanc, ses yeux, au contraire, à l'état de repos, avaient je ne sais quelle douceur enfantine qui plaisait. Ils étaient noirs, couverts de longs cils comme d'un épais rideau.

Le teint hâlé par la vie au grand air, la bouche légèrement déformée par l'abus de la cigarette, c'était néanmoins un beau garçon.

Violent, nous avons, dit qu'il l'était, sa première condamnation avait été suivie, soit en simple police, soit devant le tribunal correctionnel de plusieurs autres moins graves au point de vue de la peine, mais qui n'en grossissaient pas moins son casier judiciaire. Les motifs étaient d'ordinaire les mêmes : ivresse, tapage nocturne, outrages aux gardes, rébellion à l'autorité, violences légères, parfois coups et blessures.

Par ailleurs, sa conduite était plutôt bonne ; malgré les tentations de toute sorte qui sollicitent le paresseux, malgré les mauvais conseils de l'entourage peu choisi qu'il fréquentait, il était resté probe. Jamais il n'avait été impliqué dans le plus léger larcin, jamais il n'avait été surpris comme tant d'autres, dégustant à même la barrique les vins d'Espagne et de Bordeaux dans une des futailles déposées sur les cales. On citait même de lui un trait d'honnêteté d'autant plus méritoire qu'il eût sans doute pu commettre impunément le détournement d'une somme d'argent important : c'était le porte-monnaie bien garni d'un marin qui s'expatriait et ne se fut sans doute aperçu qu'une fois en mer de la perte de sa petite fortune, trop tard pour le réclamer utilement.

Une autre fois, dans un violent incendie qui avait détruit une maison du quai de la Fosse, non sans provoquer la mort de plusieurs victimes, il avait été assez heureux, en participant bravement au sauvetage, pour arracher à une mort certaine une jeune femme et son enfant, incapables de trouver seuls le chemin du salut ; le Phare de la Loire avait mentionné le fait, en l'accompagnant de quelques lignes d'éloges bien senties, et le maire lui avait fait remettre une gratification, bien méritée, par le commissaire central, qui n'avait pas eu jusque là avec Hervé des relations aussi sonnantes et aussi trébuchantes.

En dépit de ces atténuations, Pierre Hervé n'en faisait pas moins partie de cette population oisive, suspecte, capable à l'occasion d'un bon sentiment, capable plus souvent d'un mauvais coup, qui, sans profession déterminée, sans moyens d'existence permanents, parfois sans domicile, vit sur les cales du port de Nantes et a acquis le nom connu de boucaniers de la Fosse.

Bien avisé qui aurait pu dire d'où leur venait ce nom !

Il y a deux siècles environ, des aventuriers français et anglais, chassés de Saint-Christophe par les Espagnols, s'établirent au nord de Saint-Domingue et se mirent, pour user leur activité belliqueuse, à faire la guerre aux bœufs sauvages. C'est sur une espèce de gril, nommé boucan, qu'ils faisaient rôtir les viandes dont ils se nourrissaient, en ayant soin de conserver précieusement les cuirs qu'ils vendaient aux négociants de la République batave.

Ils ne s'en tinrent pas là, et de la guerre aux animaux passant tout naturellement à la guerre aux hommes, ils se multiplièrent, avec un succès que favorisait leur audace et qui la redoublait, leurs incursions sur quelques iles espagnoles. Bientôt ils devinrent la terreur des Antilles, dont ils transformaient les ports en entrepôts des richesses immenses que leur procuraient une intrépidité inouïe et un brigandage effréné.

Assurément les armateurs nantais dont les navires, du temps de Louis XIV, sillonnaient les Antilles, avaient dû se trouver plus d'une fois en relations tantôt commerciales, tantôt hostiles avec les boucaniers qui n'avaient ni parti-pris, ni préjugés, et trafiquaient de bonne foi aujourd'hui avec ceux qu'ils ne se faisaient aucun scrupule de dépouiller le lendemain. A la guerre comme à la guerre.

Qui sait même si quelques-uns de ces hardis aventuriers n'avaient pas eu occasion de venir à Nantes, prisonniers ou matelots à bord d'un

navire et de s'y fixer, en tous cas d'y laisser le souvenir de leurs exploits et d'y perpétuer le nom fameux dans le monde des aventuriers du quai de la Fosse ?

Toutes ces observations sur lesquelles, pour l'intelligence de notre récit, nous avons dû nous appesantir avec quelques détails, les agents de police, plus au courant des faits et gestes de ce monde interlope, se les étaient faites mentalement en moins d'un instant, et le sous-brigadier Robert les avait résumées avec fidélité dans cette simple phrase :

— Tiens, c'est encore Hervé ? A quelle affaire est-il mêlé cette fois-ci ?

L'autre personnage les préoccupait davantage d'abord à raison de la gravité de ses blessures qui ne pouvait faire doute, tandis que celles d'Hervé, si tant est qu'il en eût, n'étaient pas apparentes ; ensuite et nous pourrions ajouter surtout, parce que ce blessé sur la figure duquel ils ne pouvaient pas mettre de nom, semblait, à en juger par son extérieur, par son costume, appartenir à la classe aisée de la société, à ce qu'on a l'habitude d'appeler, pour ne savons trop pourquoi, la haute bourgeoisie comme on dit la haute nouveauté.

Il était vêtu d'un habillement de drap fantaisie confectionné par le coupeur d'une de nos premières maisons ; un plastron à la mode tenait lieu de cravate ; son linge dont la blancheur persistait malgré les souillures de boue et de sang, sa chaussure fine, la main gauche encore recouverte d'un gant de peau brun clair, soutachée de noir, tout indiquait au premier aspect une personne faisant partie du meilleur monde.

La main droite dégantée était fine, les traits du visage décoloré, exsangue, respiraient, malgré leur pâleur mortelle, l'intelligence et la fierté ; comme âge, vingt-cinq ans à peine et, sans le connaître, sans savoir dans quelles circonstances le meurtre avait été commis, les agents de police eux-mêmes, tout habitués qu'ils étaient à de lugubres rencontres de ce genre, se sentaient pris d'une douloureuse et sympathique pitié pour ce malheureux jeune homme étendu mort ou peu s'en fallait, sous leurs yeux.

— Pauvre garçon ! fit un des gardes.

Cependant on frappait à la porte et M. Martinetti, le commissaire de police du 3e arrondissement, prévenu et conduit par un des gardes restés au poste, arrivait, avec son secrétaire, au moment même où le pharmacien et son élève se mettaient en mesure d'administrer leurs soins aux deux hommes.

Aussi brièvement que faire se pouvait, le sous-brigadier Robert mit son supérieur au courant des graves et mystérieux événements qui venaient de se produire et des premières mesures que, de sa propre initiative, il avait cru devoir prendre.

M. Martinetti, en auxiliaire intelligent de la justice criminelle, les compléta aussitôt. Les agents qui se tenaient dans la pharmacie, n'avaient plus rien à y faire d'utile, du moins pour le quart d'heure. Il les congédia, en donnant des instructions au sous-brigadier.

L'un des agents aurait à se tenir en permanence sur le lieu du crime, afin d'en surveiller les abords, d'en interdire le passage et surtout de s'opposer à l'enlèvement de tout objet qui se trouverait à terre, la justice se réservant d'y faire la plus minutieuse perquisition. Un autre ferait le guet dans la rue de l'Arche-Sèche, tandis qu'une patrouille organisée dans le quartier environnant une ronde sévère, arrêterait les vagabonds ou gens sans aveu qu'elle rencontrerait et que les agents de la police des mœurs interrogeraient dans le même but sur les maîtres d'hôtels interlopes et les logeurs en garni sur leurs locataires de passage, les heures de rentrée.

Cependant M. Danais avait découvert la poitrine et la gorge du blessé, après lui avoir enlevé sa jaquette et son gilet et déchiré d'un

coup de ciseau le devant de la chemise inon-
dée de sang déjà coagulé. Avec une fine éponge, trempée dans une cuvette d'eau additionnée
d'acide phénique, il lava les deux larges plaies
qu'avaient remarquées les agents et qui se des-
sinèrent nettes dans leurs contours sur la peau
livide du mort.

— Je crois bien qu'il n'y a plus d'espoir, dit
le pharmacien ; le cœur ne bat plus, la glace
que je viens de placer devant ses lèvres ne se
ternit pas. Le premier coup de couteau qu'il a
reçu était grave ; le second a été mortel. Et il
ajouta, comme précédemment l'avait fait le
sous-brigadier Robert :

— Pauvre garçon !

Le médecin entra sur ces entrefaites.

Camille Berruyer était une des personnalités
les plus connues de la ville de Nantes. Sa charité, son empressement désintéressé à soulager
tous ceux qui faisaient appel à son expérience
de praticien lui avaient valu une réputation
méritée ; et, de jour comme de nuit, c'était à lui
qu'on s'adressait pour porter un prompt secours
aux victimes de ces mille accidents de la rue
si fréquents dans les agglomérations populeuses. On c'est de lui des traits de dévouement
des plus louables et qui l'avaient rendu justement sympathique à tous ceux qui l'approchaient.

Il tira sa trousse de sa poche et se mit à son
tour à examiner le corps du jeune homme,
mais ne fut pas long à confirmer l'avis du
pharmacien.

— Vous n'aviez diagnostiqué que trop juste,
lui dit-il : rien à faire ! Passons à l'autre.

On se mit à déshabiller l'autre individu, Pierre
Hervé, qui ne donnait pas signe de vie, et qui
pourtant n'était pas mort, le docteur l'examina
lentement, méthodiquement, palpant avec l'habileté que donne une longue expérience mé-
dicale le corps mis à nu du boucanier, sans y
découvrir de traces de violence.

Comme on le sait, il arrive souvent que sous
l'impulsion d'une violence extérieure, un individu frappé soit à la tempe, soit à la nuque,
voire même sur l'œil puisse, sans que le coup
ait eu une réelle intensité, perdre connaissance
et s'affaisser comme une masse inerte. Parfois
la victime a déjà des prédispositions morbides
à cet évanouissement qui n'est que le prélude
d'une syncope ou d'une méningite plus grave
encore : tel est le cas des alcooliques, des viril-
lards, de ceux qui, par suite de leur constitution, ont la voûte crânienne plus mince.

Il n'est même pas nécessaire que la violence
soit le fait d'un agent extérieur : un ivrogne,
par exemple tombant son haut sur le pavé,
pour peu que la chute se fasse sur la tête ou
sur la colonne vertébrale, éprouvera une commotion générale dont les effets seront les mêmes que s'il avait été frappé par un agresseur.
Il n'y a pas toujours un Dieu pour les ivrogres.

Les conséquences physiques de ces secousses
qui de tous les points du corps se transmettent
et se répercutent jusqu'au cerveau, sont généralement les mêmes : c'est-à-dire une perte
absolue de connaissance qui n'arrête pas la vie
végétative, mais qui suspend le fonctionnement
de l'activité intellectuelle.

De remède peu ou point, sinon un repos absolu qui permette au cerveau violemment ébranlé
de se trouver peu à peu le calme d'autrefois, sinon une presque complète qui ne risque
pas d'amener des complications d'un autre
genre.

L'homme de l'art se rendit bien vite compte
de l'état de Pierre Hervé et, sans pouvoir y assigner immédiatement de cause certaine, il dit
part au commissaire de police de son opinion,
qui pouvait se résumer ainsi :

— Sous l'empire d'une ivresse plus ou moins
grande, le blessé avait été frappé ou était tombé
à terre dans des conditions de choc suffisantes
pour provoquer une sorte de congestion. Quelle
en adviendrait-il ? il était difficile de le prédire à
coup sûr ; mais vu la constitution robuste du

sujet, si des complications nouvelles et impré-
vues ne se produisaient pas, la vie n'était pas
en danger.

— Faites-le transporter pour l'instant à l'Hôtel-Dieu, dit-il au commissaire de police.

— J'ai envoyé chercher des voitures dans cette
intention, répondit celui-ci, qui ajouta :

Vous voudrez bien, docteur, nous rédiger aussi
promptement que possible un rapport circonstan-
cié sur l'état dans lequel vous avez trouvé ces
deux hommes et sur la cause probable, sinon
certaine, que la science peut attribuer à cet état.

— Vous l'aurez ce matin même, dit M. Berruyer : et, sur ce, je m'en vais regagner mon
lit et tâcher de rattraper le sommeil perdu. Au
revoir, M. le commissaire ; salut, cher ami, fit-
il, en s'adressant au pharmacien, qu'il connaissait de longue date.

Il ne restait plus qu'à faire enlever le cadavre
et qu'à transporter à l'Hôtel-Dieu Hervé, malade, dont la justice aurait besoin de recueillir
les explications, mais qui était hors d'état de les
fournir quant à présent.

Mais il était indispensable de se livrer aux
dernières constatations, et qui n'étaient pas les
moins importantes.

On fouilla Pierre Hervé : dans la poche
droite de son pantalon, trente-cinq centimes en
billon ; dans la gauche, un couteau ordinaire à
charnière, lequel était fermé, un cahier de papier à cigarettes et du tabac.

Dans la poche droite de sa jaquette, le secrétaire du commissaire fit une trouvaille plus
grave qui lui arracha un cri : c'était une petite
bourse en filigrane d'argent taché de sang et à
travers les mailles de laquelle luisaient quelques
pièces d'or et une bague en or d'où se détachait
en blanc sur fond noir, l'Amour et Psyché, d'après
le tableau célèbre de Gérard.

Enfin dans la poche gauche, un mouchoir en
coton à raies violettes sur fond blanc, comme en
vendent, d'une façon courante, les camelots dans
les foires et marchés. Ce mouchoir qui portait dans
un coin l'initiale A, brodée assez grossièrement
au fil rouge, était également ensanglanté.

On comprend sans peine l'exclamation du secrétaire du commissaire, puis celle de
ce magistrat lui-même à la vue de ces riches
bijoux dont était nanti Pierre Hervé. Ce ne sont
pas là les colifichets ordinaires des boucaniers
qui ne se passent au doigt que des bagues en
argent ou en cuivre doré gagnées aux jeux forains des assemblées voisines ou qui leur sont
offertes par leurs galantes. Quant aux bourses
en filigrane, c'est le cas connaissent guère que
pour les avoir entrevues aux vitrines des joail-
liers et c'est tout bonnement dans leurs profondes qu'ils déposent d'habitude leur saint-frusquin,
un des rares saints pour lesquels ces gens sans
aveu professent quelque vénération.

Pour l'agent le crime était clair comme le
jour : Pierre Hervé avait frappé pour le voler
le riche inconnu et par une circonstance encore
obscure, mais dont les détails importaient peu à
l'affaire, il était tombé raide et sans connaissance à quelques pas seulement de sa victime.
Le hasard a de ces terribles fatalités !

Plus prudent, M. Martinetti n'allait pas si vite
dans ses conjectures et se proposait seulement
de surveiller de très près le blessé singulièrement compromis.

La perquisition sur le mort fut terminée
en peu d'instants : les poches étaient vides : pas
de montre au gousset, pas de chaîne à la boutonnière, mais celle-ci était violemment déchirée
et il n'était pas douteux que chaîne et montre
n'eussent été volées, comme la bourse et la
bague.

Dans les poches intérieures du vêtement, pas
de porteleuille, pas de porte-cigare, rien de ces
charmantes futilités qu'un jeune homme élégant
a toujours sur lui.

— Fichtre ! fit le secrétaire, on l'a nettoyé de
fond en comble et sans laisser sur lui la moindre trace d'identité. C'est pourtant un garçon de

famille… Ah ! s'écria-t-il tout à coup, voilà
notre affaire.

— Qu'est-ce ? demanda le commissaire.

— Dans la petite poche gauche de la jaquette,
un mouchoir de fine batiste.

— Montrez ?

— Aux initiales A. F.

— Voilà mieux encore ! une lettre ouverte et
qui lui est sans doute adressée.

Le secrétaire la passa à M. Martinetti qui en
prit aussitôt connaissance. Elle était ainsi con-
çue :

Nantes, jeudi.

Mon cher Albert,

N'oublie pas que c'est ce soir que nous devons faire cette excursion pittoresque dans ce
monde que nous ne connaissons ni l'un ni l'autre.

Je n'y viendrai que tard sans doute, mais je
t'y rejoindrai certainement, et, au retour, nous
ferons route ensemble.

A tantôt donc.

Ton ami dévoué,

OLIVIER DAUBUSSON.

Albert, ce prénom qui était sans doute celui
de la victime, n'en disait guère plus long à M.
Martinetti sur son identité que les initiales du
mouchoir.

Fort heureusement le signataire de cette lettre, quelque banale qu'elle fût, était une personnalité des plus connues en ville, où son
père avait longtemps exercé la profession de
commissionnaire pour l'exportation et c'est par
son intermédiaire que la justice devait être
amenée sans autre difficulté à connaître l'identité
du malheureux assassiné.

Pendant ce temps deux voitures requises par
le commissaire de police étaient arrivées à la
porte de M. Danais. Pierre Hervé fut mis dans
l'une, l'inconnu dans l'autre, et tous deux, accompagnés d'agents, prirent au galop par une
pluie quittombant comme de plus belle le chemin
de l'Hôtel-Dieu, — qui est aussi le chemin de la
Morgue.

— Nuit d'émotions, dit en serrant la main au
pharmacien M. Martinetti : grand merci de votre obligeance et je compte sur votre discrétion
professionnelle pour garder, autant que possible, le silence au moins jusqu'à nouvel ordre.

— Comptez-y.

— D'autant plus, ajouta le magistrat à l'a-
dresse de son secrétaire qui se retirait avec lui
que je ne trouve-pas l'affaire aussi claire que
mon collaborateur. Pierre Hervé n'était, certes,
pas sujet à faire ce coup-là.

La recommandation du commissaire au pharmacien avait d'autant plus de chances d'être
suivie que la presse n'avait pas encore organisée, comme aujourd'hui, le reportage d'origine
anglo-américaine qui enregistre les moindres
détails, les moindres incidents de la vie des
honnêtes gens.

CHAPITRE II

PLUIE D'OR

— Votre nom ?

— Charles Rafly, dit Charlot.

— Votre âge ?

— Dix-neuf ans.

— Votre profession ?

— Manœuvre sur le cale.

— Votre domicile ?

— 14, rue Barrière-de-Couëron.

— Avez-vous été condamné ?

— Oui, mais jamais pour la grinche, M. le
commissaire.

— Pour quels motifs ?

— Pour batterie et pour avoir dit Cambronne
aux roussins.

— Qu'avez-vous fait la nuit dernière ?

— J'ai dîné de deux ronds de frites, place
Bretagne, avec un gaminouche du chemin de

fer. J'ai été ensuite boire la goutte au *Cheval tricolore*, rue du Marchix ; et *de là* je suis allé chez la *Champfleury* voir les gens de la haute lequinet la *colombe* de pique ou de trèfle et allais soulager de leurs *picaillons* par les griviers de la *godaille*.

— Soit, vous n'avez pas joué ?

— Plus souvent avec ces finassiers de la finasserie, mais j'ai bu, et rebu avec les camaros, surtout avec l'Andouillard.

— Mais une ronde de police vous trouve couché à trois heures du matin, par une pluie battante sous des bâches, place Bretagne.

— Dame! faut croire que j'aurais jamais pu regagner tout seul mon *portefeuille*, et que, faute de mieux, je *m'aurais* couché où vous dites, à l'abri des écluses du bon Dieu.

— Vous n'en êtes donc pas sûr ?

— Pas plus que ça, tant j'avais bu, mais demandez-z à l'Andouillard, qui était moins parti que moi, même que c'est lui, si je ne me mets pas la *phalange* dans le *quinquet*, qui m'a installé là-bas paternellement, comme un bon zig.

— Vos explications seront appréciées par d'autres que par moi à leur juste valeur, quelque étranges qu'elles soient. Je n'ai plus qu'une question à vous faire : vous n'avez pas d'argent au moment de votre repos, vous ne jouez pas et par conséquent vous ne gagnez rien, on vous arrête quelques heures après et vous êtes trouvé porteur de trois louis d'or. Répondez : qu'avez-vous à dire ?

— M. le commissaire que voulez-vous que je vous dise ? Vous en êtes stupéfait, j'en suis *ébaubi*, * saraponti*. Ces trois jaunets là sont entrés dans ma *profonde* sans passer par mes *baltoirs*, aussi vrai que je m'appelle Charlot et que je mourrai un jour ci sous ça aussi.

— C'est bon, cela suffit. Voulez-vous signer le procès-verbal avec moi ?

— Je l'veux bien ; je n'ai dit que la vérité pure et sans tache, je le jure.

Cet interrogatoire avait lieu au commissariat de police du 3e arrondissement par les soins de M. Martinetti qui, on s'en souvient, avait fait procéder à une battue générale dans le quartier voisin du crime et donné l'ordre d'amener à son bureau tous les gens suspects qui circuleraient à pareille heure sur la voie publique ou ceux mêmes qui seraient rentrés, passé minuit, chez leurs logeurs éphémères.

Sage mesure. D'ailleurs M. Martinetti était un policier d'une sagacité et d'un flair tout particuliers.

Corse d'origine comme l'indiquait la terminaison italienne de son nom, il avait été investi à plusieurs reprises par le préfet de police, de missions délicates dont il s'était parfaitement acquitté. Il avait servi à tour à Lyon, à Bayonne, à Strasbourg et finalement avait demandé le poste de Nantes avec la pensée d'y terminer sa carrière et d'y attendre l'heure futile de la retraite.

Il était fort aimable dans ses relations avec le public, s'y mêlait volontiers et tous les soirs, à l'heure du vermouth, vous aviez les chances de le rencontrer faisant au Grand-Café, dans la salle du bas, sa partie de piquet, avec quelques bons amis. Que de petits scandales mondains ou demi-monde, sa son intervention n'avait-elle pas étouffés ! Jeunes gens arrachés à quelque indigne et vieille maîtresse, jeunes filles compromises par quelque cousin trop entreprenant, femmes mariées surprises *flagrante delicto*, maris en rupture de fidélité conjugale, il parvenait souvent à arrêter des plaintes qui n'eussent fait qu'aggraver le mal et à calmer ces orages qui devaient troubler profondément l'ordre social et qui grâce à lui ridaient à peine la surface sous laquelle ils s'agitaient. Il était même avenant, autant que peut l'être un commissaire de police, pour les escarpes dont il s'agissait de rechercher les méfaits ; les criminels les plus avérés, les récidivistes les plus dangereux le trouvaient toujours d'une politesse un peu goualleuse sans doute, mais irréprochable.

Pourquoi le chat ne serait-il pas convenable dans ses rapports extérieurs avec la souris, quand il est sûr qu'elle ne peut plus lui échapper ?

C'était un vieux routier qui savait plus d'un tour et la justice pouvait considérer comme une bonne fortune de l'avoir pour auxiliaire dans l'instruction de l'affaire du Pont-Sauvetout.

Les rondes de nuit lui avaient conduit une dizaine d'individus de l'un et de l'autre sexe, mais il les avait presque tous relâchés après un interrogatoire sommaire qui témoignait de leur complète ignorance de l'assassinat. Il avait néanmoins pris bonne note de leur identité et des explications relatives à leur présence au dehors à pareille heure.

Il maintint par contre Charles Rally dit Charlot en arrestation et recommandant une surveillance spéciale à son endroit.

Un autre individu fut introduit ensuite devant le commissaire de police.

C'était le « bon juge », comme l'appelait Charlot, qui répondait au sobriquet pittoresque de l'Andouillard, sans doute parce qu'il était long et mince, et qui se nommait en réalité Victor Janvier.

Après les formalités d'usage, M. Martinetti précisa ses questions :

— Vous n'avez pas été surpris sur la voie publique, mais vous venez d'entrer dans le bureau de l'*Œil-de-Chat*, quand les agents en tournée s'y sont présentés. Il était trois heures du matin, singulièrement pour se rafraîchir.

— Rien n'est plus *limpide*, mon commissaire : j'ai passé la soirée chez des amis. Je les quitte pour rentrer à la maison, rue de l'Héronnière ; en passant devant chez la Champfleury, l'idée me vient d'y monter. Parait qu'on jouait gros jeu dans la salle au tapis vert ; je n'y suis pas entré, j'ai seulement pris un mêlé-cass à la cuisine. J'y trouve Charlot qui était là depuis quelques heures et nous descendons ensemble. Il était lancé, mais point ivre-perdu. « Ramène-moi qu'y m'dit : Hervé va me faire du potin, « si je n'us en retard ; il m'a promis une bonne « surprise pour cette nuit et j'ai un petit plumet « qui va m'gêner pour mettre la patte sur le « loquet. » Au fond, mon commissaire, il n'était pas aussi ivre qu'il le prétendait, mais c'était une manière de parler. Il savait bien que, par la pluie et le vent qui soufflait, je ne serais pas allé lui faire le plus petit bout de conduite. Place du Bon-Pasteur, je l'ai laissé remonter vers la place Bretagne et j'ignore après tout ce qui s'est passé.

— Et qu'avez-vous fait ?

— Je me suis amené vers la maison, mais avant d'y monter, je suis entré prendre un verre à l'*Œil-de-Chat* où vos gardes m'ont trouvé. Voilà tout.

L'Andouillard s'exprimait avec grands gestes, avec une tranquillité et une bonhomie persuasives. Il avait dit son boniment sur un ton modéré qui contrastait avec les grandes protestations et le langage imagé de Charlot et son récit emprunta, à cette attitude même, une importance particulière. Fou! les connaissez camarades, il n'avait été trouvé porteur d'aucun objet compromettant : mouchoir propre, dont il semblait même ne pas se servir bien souvent, pipe, tabac et quelques allumettes, un peu de menue monnaie, n'était-ce pas le *cade meccum* habituel des boucaniers dont il faisait partie comme Charlot comme Hervé ? Sa blouse avait eu le temps de sécher sur lui depuis la rafle de la nuit, et la casquette de soie noire qu'il tournait entre les mains, ne présentait rien de suspect.

— C'est bien, retirez-vous, lui dit enfin le commissaire qui avait consigné avec soin sa déclaration, votre témoignage est important et la justice aura sans doute besoin de vous plus d'une fois, au cours de cette affaire.

— À son service et au vôtre, mon commissaire, répondit l'Andouillard qui reçut avec une sorte de révérence et se retira militairement en faisant demi-tour.

— Ouf, fit-il une fois dans la rue, je ne suis pas fâché d'en avoir fini avec ce père *Tire-au-Clair*. Quand on aurait la conscience nette et pure comme l'agneau qui vient de *paître*, moins on a affaire avec la police, mieux ça vaut. Avec tout ça je n'ai guère fermé les *quinquets* de la nuit. Allons *roupiller*.

Il n'était guère que six heures et demie du matin. M. Martinetti ne s'était pas couché, tenant à inspecter en personne, autrement qu'à la lueur d'une lanterne, le pont Sauvetout et les deux bouts de la rue qui rejoignent d'une part la place Bretagne, de l'autre le carrefour formé par la rue des Petits-Murs, la rue Cacault et la rue de la Boucherie.

Vers sept heures, il s'y rendit accompagné d'agents en bourgeois. Il y retrouva le garde qu'il y avait posté et qui, naturellement, n'avait rien vu de nouveau ; le malfaiteur n'était-il pas Pierre Hervé ? et à supposer, ce qui était l'avis du commissaire, qu'il eut un ou plusieurs complices, peut-être Charlot, peut-être un autre encore, ces gens-là n'auraient pas été assez na ïs pour aller se jeter dans la gueule du loup, en se promenant sur le théâtre du crime ?

Quant à présent, il s'agissait de faire une inspection minutieuse du pont Sauvetout et de ses environs, pierre par p erre, afin d'y retrouver, dans la mesure du possible, des traces quelconques de nature à mettre la justice sur la piste des criminels.

— J'ai bien peur que nous en soyons pour notre peine, dit le commissaire aux agents Lasource et Rivoal qu'il avait spécialement chargés de cette mission ; cette pluie a lavé le pavé, débarrassé le pont des taches graisseuses de cette nuit, défoncé le terrain et du diable si nous parvenons jamais à retrouver ce fut-ce que le pas des assassins.

— Vous croyez donc qu'ils étaient deux, M. le commissaire ? fit Rivoal.

— Je le parierais pour cent raisons que je vous saurez plus tard. Pour l'instant, à la besogne.

Les deux agents qui, par ordre de leur chef et afin de ne pas attirer outre mesure l'attention des passants, étaient en bourgeois, se mirent à l'œuvre. Mais ils ne firent que de maigres trouvailles : un gant maculé de boue et de sang, facile à reconnaître comme pareil à celui qu'avait gardé la victime, un louis d'or de dix francs, un bout de soie usée, jadis blanche, mais devenue jaune par un fréquent lavage, un bouton de col en porcelaine très ordinaire, deux prospectus de la maison des *Cent Mille Paletots*, tout chiffonnés et trempés par la pluie, les débris d'une bouteille qui avait contenu du rhum et qui se trouvait non loin d'un amas d'ordures, enfin une casquette de soie d'un noir devenu presque rouge, à force d'être portée, vraisemblablement celle d'Hervé.

C'était là tout ce que les gardes purent découvrir et ce que le commissaire après un premier coup d'œil rapide, fit transporter à son bureau.

Malgré toute leur sagacité, tout leur flair, ni Lasource, ni Rivoal n'avaient réussi à trouver quelque trace qui leur donnât ce renseignement si précieux en pareille matière, la mesure du pas des assassins, dont la piste s'était faite la complice, en effaçant sur le sol tout vestige de leur passage.

Peut-être quelque autre objet qui, si petit, si menu fut-il, aurait servi à la police de fil d'Ariane, avait-il été entraîné par le ruisseau en pente rapide à cet endroit et porté ainsi du pont à l'égout, de l'égout à la rivière. Le retrouver là chose impossible : autant chercher, comme on dit, une aiguille dans une botte de foin.

Décidément les choses s'allaient pas toutes seules pour M. Martinetti !

De retour à son bureau, il fit prévenir M. le procureur impérial ainsi que M. le juge d'instruction et, en attendant que ces magistrats se rendre à recevoir, il avait, afin de leur fournir des renseignements plus précis encore, qu'il s'agissait utilement de constater l'ident té de la victime.

Aussi, après avoir donné les ordres pour transférer au Palais-de-Justice les pièces à conviction, c'est-à-dire les objets trouvés sur le mort inconnu, sur Hervé et Charlot, et ceux qui avaient été ramassés sur le pont Sauvetout, se dirigea-t-il, son procès-verbal en poche, vers le domicile d'Olivier Daubusson dont on avait trouvé une lettre sans intérêt d'ailleurs, dans une des poches du cadavre de celui qu'elle ne désignait que par son prénom d'Albert.

Olivier Daubusson demeurait rue Bonne-Louise, 40 bis, dans un petit hôtel que lui avait légué en mourant son père veuf depuis de longues années déjà et où il vivait seul, comme un célibataire peut le faire, servi par une domestique vieillie au service de sa famille et qui lui était profondément attachée.

Il était tout près de huit heures, quand M. Martinetti sonna à la porte d'entrée.

— Sidonie — tel était le nom de la domestique — vint ouvrir et s'effaça tout étonnée d'une visite aussi matinale, alors qu'elle s'attendait tout bonnement à voir apparaître le petit marchand d'échaudés qui, tous les jours, lui en apportait régulièrement deux pour son premier déjeuner, une tasse de café au lait, peu de café, beaucoup de lait et beaucoup de sucre !

— Monsieur Daubusson pourrait-il me recevoir ? demanda le commissaire de police.

— C'est qu'il est encore au lit, dit la bonne.

— Je sais qu'il n'est que huit heures à peine, mais il y a urgence à ce que je le voie.

— Si vous voulez espérer un peu, répondit Sidonie, je vais frapper à sa porte ; mais il est rentré si tard ou pour mieux dire si tôt ce matin qu'il doit dormir encore à c't heure. J'allais me lever pour aller à la messe quand il est revenu.

— Allez, allez, ma chère femme, dit M. Martinetti, impatienté de tout ce verbiage dont il n'avait que faire : je suis pressé.

Sidonie avait fait passer le visiteur dans un petit salon d'attente et était allée prévenir son maître. Elle revint peu d'instants après :

— M. Olivier désirerait savoir le nom de Monsieur, dit la vieille domestique, et si Monsieur ne pourrait pas revenir.

— Non, dit-il, je n'ai que quelques mots à dire à M. Daubusson et des plus pressés ; je suis le commissaire de police.

Cette simple énonciation eut un effet magique sur la vieille bonne qui ne connaissait les commissaires de police que pour en avoir entendu parler et les considérait un peu comme des autorités de premier ordre, qu'il ne faut pas faire attendre. Un peu de crainte, beaucoup de respect, un soupçon d'inquiétude, tout lui donna des ailes, malgré son âge, pour aller, ou mieux pour courir, jusqu'à la chambre de son jeune maître.

Cinq minutes après, il se présentait à M. Martinetti, en costume sommaire, après avoir pris à peine le temps de passer un pantalon et un coin de feu chaudement ouaté.

Si l'affreux temps de cette triste journée d'hiver eût moins assombri la salle d'attente où se rencontraient le commissaire de police et M. Daubusson, le magistrat ne se fût pas fait faute de remarquer la pâleur étrange qui couvrait le visage du jeune élégant. Qu'y avait-il d'étonnant d'ailleurs à cette mauvaise mine, après une nuit passée sans doute au bal dans quelque grande soirée, après un sommeil si court, après un si brusque réveil ?

— Qu'y a-t-il pour votre service ? demanda Olivier Daubusson, avec un léger tremblement de voix dont le froid du matin était certainement la cause.

— Voici, fit le commissaire de police : un crime a été commis cette nuit.....

— Épouvantable, et je présume que c'est un de vos amis.

— Un de mes amis qui serait l'assassin ? fit Olivier tout effrayé.

— Au contraire, un de vos amis qui aurait été attiré dans un guet-apens par des boucaniers dangereux.

— Et qui donc ? Dites-moi qui ?

— Je l'ignore, et viens au contraire vous le demander.

— Mais comment saurais-je ?.....

— La victime, bien que dépouillée de ce qu'elle portait sur elle en fait de valeurs, avait été laissée nantie d'une lettre de vous ; vous l'appeliez mon cher Albert.

— Albert ! mais c'est Albert Fauvel ! s'écria Olivier d'une voix qui semblait sincèrement émue. Pauvre ami ! Racontez-moi ce qu'il en est, monsieur, au nom du ciel.

En quelques mots des plus sommaires, M. Martinetti mit son interlocuteur au courant de ce que nous savons déjà.

— Quel est ce jeune homme ? demanda le commissaire, n'habite-t-il pas Nantes ?

— En effet, d'ordinaire il réside à la Basse-Indre : son père a exercé autrefois à Napoléon-Vendée la profession d'architecte et il avait fort bien réussi grâce à l'étendue de ses relations et à l'originalité de son savoir-faire. Il a succombé trop tôt hélas ! pour mon pauvre ami qui a dû renoncer à suivre une carrière où il n'avait plus personne pour le guider. Sa mère, qui avait à Nantes une partie de sa famille, est venue se fixer à la campagne non loin d'ici et elle allait goûter une des rares joies de son existence en mariant son fils, quand la mort vient de le lui ravir.

— Il devait épouser ? interrogea le commissaire.

— Ma propre cousine germaine qui l'aimait dès son enfance, Céline Delabrière. Quel chagrin ne va-t-elle pas éprouver ? et père que tout cela est involontairement de ma faute ?

— Comment cela ?

— Il m'avait manifesté, pure curiosité d'ailleurs, le désir de faire un tour dans un des tripots de Nantes où votre police ne pénètre pas toujours au moment opportun. Je devais l'y accompagner, en tout cas j'y rejoindre.

— Et vous n'avez pas pu ?

— Les plaisirs d'une soirée dansante chez Mme de Kerhortie m'ont retenu au-delà de l'heure fixée pour notre rendez-vous. Pauvre ami ! sans moi, il serait encore de ce monde !

— Remettez-vous, fit le commissaire : vous n'avez assurément rien à vous reprocher. La justice vous demandera sans doute un dernier service.

— Lequel ?

— Celui de venir à la Morgue constater officiellement l'identité de votre ami. D'après vos déclarations, je ne doute pas qu'il s'agisse de M. Fauvel : en le voyant, vous pourrez les confirmer à bon escient.

— C'est que la vue du cadavre du pauvre garçon...

— Vous ne voudriez pas nous obliger à appeler sa malheureuse mère pour reconnaître le fils dont elle ignore encore la fin tragique.

— J'irai, monsieur le commissaire : à quelle heure ?

— Vous en serez prévenu.

Le commissaire s'excusa encore une fois en partant d'avoir troublé, à pareil moment, le sommeil d'Olivier Daubusson : les circonstances l'exigeaient et il sortit, en prenant immédiatement, par la rue du Boccage et par la rue Harrouys, le chemin du Palais-de-Justice.

L'affaire le tracassait évidemment et tandis qu'il eût dû se montrer ravi de tenir dès la première minute un des auteurs, sinon l'auteur unique de cet assassinat, dont le vol avait été le mobile, tandis qu'il pouvait espérer retrouver, grâce aux révélations de Pierre Hervé, le complice de ce forfait, il se sentait l'esprit envahi par les détails inexplicables et, chose plus grave, contradictoires qui fourmillaient déjà dans cette affaire, vieille à peine de quelques heures.

Au fait, pourquoi se mettre martel en tête aussi vite ? L'instruction n'était pour ainsi dire pas commencée et elle pouvait, elle devait même fournir des indices précieux qui apporteraient un peu de clarté sur les points encore obscurs. Paris n'a pas été bâti en un jour.

L'important était d'aller vite, sans imprudence ni précipitation.

L'autopsie d'Albert Fauvel, l'examen médico-légal de Pierre Hervé en attendant son interrogatoire, une enquête sur les habitudes et le genre de vie de la victime, une descente au tapis-vert de la Champfleury et l'audition de tous ceux qui y avaient passé dans la soirée du crime, l'étude minutieuse, microscopique des objets saisis provisoirement en bloc comme pièces à conviction, dans l'espérance d'y trouver la signature des assassins, tout cela n'était-il pas de nature à tranquilliser le commissaire de police ?

Il comptait aussi sur l'imprévu.

Un mot échappé dans quelque maison où les murs ont des oreilles, une dénonciation anonyme, un coup de chance inespéré, mais possible, il n'en fallait pas davantage.

Le commissaire de police entra dans le jardin du Palais de Justice, qui n'était pas encore installé comme aujourd'hui en un square coquet et s'arrêta à la porte du petit parquet. Il en tourna le loquet, la poussa, on faisant résonner le son nette du concierge, et, par l'escalier gauche, il monta jusqu'au premier étage, où se trouvaient installés les services de l'instruction : cabinet du juge, salle d'attente des témoins, bureau du commis-greffier, qui contenait aussi, dans une grande armoire vitrée, les pièces à conviction des affaires courantes, etc.

La salle d'attente est peut-être la plus curieuse au point de vue tout au moins des amateurs d'épigraphie comparée. La porte d'entrée, les volets qui joignent la fenêtre, la muraille elle-même, tout y est illustré d'inscriptions, de dessins, de légendes, de bonshommes et de bonnes femmes qui, tout en révélant des dissemblances absolues de caractère entre leurs nombreux auteurs dénotent cependant le même état d'énervement et d'impatience. Ce sont les pauvres témoins convoqués au nombre de huit ou dix pour neuf heures du matin, qui se livrent à cette débauche d'images et de sentences. Le premier passé à neuf heures, le second une demi-heure après environ, chaque témoin exigeant pour déposer une moyenne de quinze minutes et autant pour voir transcrire sa déposition, le troisième n'arrive qu'à dix heures et, ainsi de suite jusqu'à onze heures et demie. Après quoi la séance est levée et renvoyée pour les autres dans la journée.

Inutile de dire qu'il n'en faut pas tant pour les infortunés témoins pour se morfondre avec raison, pester contre la justice et ses lenteurs interminables, jurer, mais un peu tard, qu'on ne les y prendra plus et, à titre de première vengeance, ils se mettent à historier à la pointe du couteau ou du crayon, les innocentes murailles ou les panneaux qui n'en peuvent mais du produit plus ou moins littéraire de leur méchante humeur.

L'un d'eux a paraphrasé Mme Roland : O justice, que de lenteurs on commet en ton nom !

Un autre : Il est trois heures, je suis ici depuis midi, il y a encore quatre témoins à passer avant moi et je ne sais rien de l'affaire !

Ailleurs une main gouailleuse a écrit en manière de poésie mirlitonesque un refrain qui chante sur un air de Robert le Diable :

Je m'embête,
Tu t'embêtes,
Il s'embête,
Beaucoup.

Un affamé a tracé cette ligne : Je suis venu sans déjeuner, je casserais bien une croûte.

On lit encore : Cette confession suivra-t-elle donc pas ?

Par ci par là, des dessins représentent des femmes, des bonnes gens de la campagne, des gendarmes, etc.

Peut-être quelques-unes de ces charges grotesques et de ces inscriptions existent-elles encore aujourd'hui. En tout cas, elles ont sans doute été continuées par d'autres.

Un mur blanc, n'est-ce pas une page d'album à l'adresse des passants?

C'est là qu'était entré tout d'abord M. Marti-netti; il y avait trouvé son secrétaire qui avait dirigé le transport des pièces à conviction et, sous la surveillance de deux agents, Charles Rally, dit Charlot, lequel parcourait mélancoliquement, avec plus d'ennui que d'effroi, les hiéroglyphes de la salle des témoins.

— M. le juge d'instruction n'est pas encore arrivé? demanda-t-il.

— Non, M. le commissaire, mais il ne saurait tarder. D'ailleurs son greffier est là, qui l'attend d'un instant à l'autre.

— Je vais le voir, répondit M. Martinetti.

Il frappa à la porte voisine et, sans autre forme de procès, il entra chez le greffier de l'instruction.

CHAPITRE III

Me FRÉMAUD, GREFFIER CRIMINEL

C'était un type particulièrement intéressant que celui du commis-greffier attaché au cabinet du juge d'instruction, depuis une vingtaine d'années déjà, à l'heure où commence cette histoire.

Quel âge avait-il précisément? Il eût peut-être été difficile de l'affirmer avec certitude et, à défaut d'autre coquetterie, il avait celle de ne pas vouloir vieillir. Comme les jolies femmes qui font toutes sortes de manières pour franchir le cap de la trentaine, mais qui ensuite n'en veulent plus démordre et s'y accrochent en désespérées, Me Frémaud avait quarante ans au moins depuis cinq ou six ans et il s'en tenait à cet âge fort raisonnable.

Ses cheveux blonds commençaient à grisonner sur les tempes, mais, en dépit de ces petites misères de l'âge, il avait conservé, en les rejetant en arrière, une allure de jeunesse conforme, d'ailleurs, au fond même de son caractère. Mais c'est surtout dans la vivacité du regard que se retrouvaient cette verdeur si précieuse dans un auxiliaire de la justice criminelle. Ses yeux bleus avaient de cette indolence paresseuse que leur attribuent certains physionomistes; plutôt petits, ils n'en étaient pas moins perçants et alors même que, penché sur le papier à en-tête de l'instruction, il écrivait sous la dictée du magistrat, la déposition d'un témoin ou les réponses de l'inculpé, il n'en dévisageait pas moins l'homme qui venait de parler, surprenant la vérité sur sa figure avec d'autant plus de chance de l'y découvrir qu'il n'avait pas l'air de le regarder. Victor Hugo a dit avec raison dans les Misérables: » Rien n'examine mieux que les yeux baissés. »

Il y avait encore quelque chose à noter dans cette personnalité curieuse: c'était le nez allongé, légèrement busqué et dont les deux ailes à peine relevées semblaient, dans leur constante mobilité, reniflent l'air ambiant, comme fait le chien en chasse, afin d'y découvrir au seul odorat quelque gibier, nous ajouterions volontiers de potence si l'on pendait encore aujourd'hui.

Il avait le flair et eût fait un chef de police de sûreté des plus remarquables, s'il n'eût préféré la situation en apparence plus modeste, en réalité plus considérable qu'il occupait.

De nom, il était un simple greffier, moins encore, un commis-greffier, un scribe qui écrivait ce qu'un autre lui dictait.

En fait, c'était le véritable juge d'instruction.

Il en avait connu et pratiqué un certain nombre dans sa carrière déjà longue; les uns voyaient partout et toujours des coupables, dans tous les accusés, au besoin dans tous les témoins; les autres, droits et consciencieux, mais sans perspicacité, poussaient le scrupule jusqu'à la timidité et laissaient échapper un coupable de peur d'arrêter pendant vingt-quatre heures un indi-

vidu qui ne le serait pas. Celui-ci avait horreur de la détention préventive au risque de laisser maintes lacunes dans l'instruction qui se faisait à l'audience; celui-là prolongeait démesurément pour obtenir des aveux à tout prix. L'un des plus remarquables par sa réputation d'homme d'esprit, ne se fatiguait pas à approfondir une affaire, tel autre en voulait scruter au contraire, les plus insignifiants détails.

Et pourtant, en dépit de ces caractères si différents, l'œuvre de la justice n'avait cessé de marcher et de bien marcher. Peu de coupables avaient échappé à la vindicte souvent sévère des lois: d'erreur judiciaire, point, et, sans que cela parût, c'était au greffier Frémaud qu'était dû cet excellent résultat.

Sans sortir de sa sphère, sans dépasser la limite de ses attributions, il en était arrivé, par sa connaissance approfondie des dossiers au milieu desquels il vivait, par son discernement qui n'était point exempt de malice, à devenir le conseiller indispensable du magistrat qu'il assistait.

— Qu'en pensez-vous, monsieur Frémaud? lui demandait le juge instructeur.

Et, quand il avait donné son avis, le juge le méditait, finissait par se l'assimiler et rendait des ordonnances conformes à l'opinion de son greffier.

La justice n'en allait pas plus mal par cette intervention des rôles, et personne ne pouvait s'en plaindre, pas même les prévenus, dont il ne trahissait certainement pas les intérêts.

D'allures quelquefois brusques, parlant haut, et même dur, il n'en était pas moins bienveillant, et s'il avait horreur du mensonge et de l'hypocrisie persistante du malfaiteur pris en flagrant délit, il était le premier à constater le doute, quand le doute existait, et même l'innocence, quand la justice, chose heureusement rare, poursuivait un innocent.

Plus d'une ordonnance de non-lieu avait été rendue à son instigation.

Vêtu d'un paletot-sac sans couleur bien déterminée, il avait une prédilection particulière pour Joséphine, c'était le petit nom d'amitié qu'il donnait dans l'intimité à une pipe culottée avec le soin religieux du véritable amateur. On se lui connaissait pas d'autre défaut, et encore pareille expression est-elle déplacée pour apprécier un sentiment aussi naturel que l'affection du fumeur pour sa fidèle compagne.

Me Frémaud était précisément en grande conversation avec Joséphine, quand se causaient amicalement dans le tuyau... de l'oreille, quand entra le commissaire de police.

Les deux hommes se donnèrent une cordiale poignée de main et, sans autre préambule, se mirent à parler du crime de la nuit précédente.

— M. le juge d'instruction n'est pas encore arrivé? demanda M. Martinetti.

— Il est en congé et suppléé en ce moment par un de ses collègues, M. Arbogaste, moins à la minute que lui, mais qui ne peut tarder. Tenez, je crois que le voilà. Je reconnais son pas léger et ses chaussures vernies qui craquent sur le plancher.

Le greffier ne se trompait pas et peu d'instants après le juge chargé par intérim des lourdes fonctions de l'instruction, appelait dans son cabinet Me Frémaud et le commissaire de police.

Il n'était pas seul. Un des substituts du procureur impérial, tout jeune homme à la moustache fine, cirée à la pommade hongroise, au regard insignifiant, était venu pour se mettre au courant d'une affaire qu'il ne tarderait pas à passer aux mains du procureur en personne retenu à la chambre depuis deux jours par une forte grippe.

M. Martinetti remit au juge d'instruction le procès-verbal qu'il avait rédigé à son bureau, en compléta les dires par quelques explications verbales et par le récit de sa visite chez M. Daubusson et attendit qu'un de ses chefs hiérarchiques lui adressât la parole.

— D'après le compte-rendu que vous venez de me faire, et je tiens à vous féliciter de votre zèle et de votre intelligence bien connus de la justice, j'estime, dit le juge instructeur, que le vol a été le mobile de cet odieux assassinat; mais la Providence qui veille plus qu'on ne le dit sur le salut des honnêtes gens, a voulu que le meurtrier frappé brusquement, tombât comme inanimé près du cadavre de sa victime. N'est-ce pas votre avis?

— J'inclinerais cependant à croire à l'existence d'un complice, fit le commissaire, et ce Charlot qui vous a été amené en sait sans doute plus long qu'il ne veut en dire.

— C'est possible, intervint alors le jeune substitut: ce n'en serait pas moins un meurtre avec préméditation et guet-apens, commis la nuit, en réunion, par des gens armés qui se sont ensuite partagé le produit de leur crime. Double affaire capitale, excusez du peu! Il faut que le jury se montre impitoyable, il faut que les méchants tremblent et que les bons se rassurent, fit-il en manière de conclusion, sans même prendre garde qu'il reproduisait textuellement la phraséologie alors en honneur dans les hautes sphères du pouvoir.

— Et vous, Me Frémaud, que vous semble de ce forfait? demanda le juge intérimaire, qui faisait, comme ses collègues, grand cas de l'opinion du greffier.

— A vous dire vrai, fit-il, je ne partage pas l'avis que vous venez d'émettre. Je ne discute pas l'assassinat: il est évident; j'admets aussi le vol, puisque la victime a été dépouillée, mais c'est précisément le soin mis par les meurtriers à faire disparaître tout trace d'identité, qui me donne à penser que le vol n'est peut-être pas le véritable mobile du crime. S'il n'y avait là que l'assassinat du premier passant venu par des escarpes décidés à le voler et amenés à le tuer seulement par sa résistance, par ses cris ou de peur d'être reconnus par lui, ils auraient pris ses bijoux, se montre et surtout son argent, puisque l'argent n'a pas de maître, mais ils se seraient pas inquiétés de son portefeuille, de son mouchoir, de son porte-cartes. Il y a là la preuve du désir de contrarier le plus longtemps possible les recherches de la justice.

— Mais le mouchoir n'a pas été soustrait?

— Parce qu'il n'a pas été découvert dans la pochette où il était enfoncé, cachant une lettre sans laquelle nous n'aurions pas connu aussi vite le nom de la victime.

— Mais le vol est certain?

— Matériellement, oui, quand ce ne serait que pour faire une nouvelle application de ce proverbe que ce qui est bon à prendre est bon à garder. Mais il y a là, je le sens plutôt que je ne le prouve jusqu'à présent, un autre mobile; autrement, auroit-on pris le temps de déguster le blessé, au risque d'être surpris par un passant, si ce n'était pour lui enlever sa bague? Le portefeuille devait contenir des papiers sans valeur vénale, mais intéressants pour les meurtriers.

— Enfin, précisez votre pensée.

— Cela n'est encore difficile; c'est une impression première: je croirais plutôt à une vengeance, à quelque histoire de femme.

— Où prenez-vous, dans les renseignements si nets de M. le commissaire de police, ces histoires de femme, cette vengeance? répondit assez sèchement le juge instructeur. Quels rapports pouvait-il exister entre ce jeune homme de famille, peu connu à Nantes, où il ne venait que rarement, et un boucanier comme Pierre Hervé? Maître Frémaud, votre flair est sur une fausse piste. L'affaire est aussi vulgaire qu'elle me paraît simple.

— Je ne dis pas non; je vous donnais ma manière de voir, voilà tout.

Avant d'interroger Charlot, le juge d'instruction et le substitut du procureur impérial résolurent d'examiner avec soin les pièces à conviction, en présence du commissaire de police et avec le concours du greffier, dont ils estimaient

8

fort les conseils, malgré les divergences qui les séparaient parfois et qui n'étaient du reste que l'indice de l'initiative précieuse de leur dévoué auxiliaire.

M. Martinetti avait très sagement partagé en quatre paquets les objets inventoriés par lui, selon qu'ils en avait fait la découverte sur Albert Fauvel, sur Pierre Hervé, sur Charlot ou sur la voie publique au Pont-Sauveloup.

C'est dans cet ordre que les magistrats en firent l'inspection.

Sur le jeune homme assassiné, il n'y avait, on s'en souvient, que peu de chose : la lettre insignifiante d'Olivier Daubusson et un mouchoir aux initiales A. F. Le mouchoir n'offrait aucun intérêt, la lettre non plus. Le juge la lut pourtant à haute voix, puis la passa au greffier qui devait la mettre au dossier de l'affaire.

M° Frémaud ne fit-ce de se borner à la classer, la reprit pour son propre compte, ligne par ligne, des yeux seulement, mais avec une attention soutenue, comme s'il eut voulu se graver à jamais dans la mémoire, non seulement le texte de ce billet, mais la calligraphie du signataire.

— Nous aurions à voir, dit au même moment le magistrat, comment s'est réalisée cette « excursion pittoresque », la première et la dernière qu'ait faite Albert Fauvel dans ce monde abject des tripots clandestins qu'il ne connaissait pas et qu'il eût mieux valu pour lui ne jamais connaître.

— Je gagerais, ajouta le substitut, qu'il y est allé, entraîné, que peu de temps auparavant, en vue du vol, par quelques-uns des gaillards qui, témoins de sa bonne fortune, ont trouvé là un moyen commode d'en prendre leur part.

Le commissaire de police fit un signe d'assentiment.

Le greffier garda le silence.

L'examen continua par le second paquet : objets saisis sur Pierre Hervé. Des 35 centimes en billon, ça perle peu ; le couteau trouvé sur lui n'était évidemment pas l'arme qui avait servi au meurtre, il était fermé et, sauf démenti ultérieur de l'inspection microscopique, ne semblait pas porter de taches de sang.

La bourse en filigrane, de fabrication espagnole et dont le travail serré constituait une sorte de cotte de mailles, fut ouverte : il ne s'y trouvait que trois pièces d'or de vingt francs. Pas autre chose ; le sang s'était coagulé entre les anneaux d'argent. Le fermoir n'en avait pas, ce qui prouvait que le meurtrier avait pris la bourse, sans s'inquiéter de l'ouvrir, réservant pour plus tard cette curiosité bien naturelle.

Le bague présentait les mêmes particularités : du sang sur l'anneau et sur le camée en relief que nous avons décrit.

Le mouchoir de cotonnade brodée à l'initiale A. donna lieu à un échange d'observations entre les quatre personnes qui l'examinaient :

— Étoffe commune, couleurs ordinaires, mouchoir de Cholet comme vous en trouveriez par vingt par centime, sur cent, voilà un « mouchoir » qui n'a d'intérêt que par son initiale, dit le juge d'instruction. Il n'est pas à Pierre Hervé. Ce garçon a sans doute une maîtresse? ajouta-t-il en s'adressant au commissaire de police.

— C'est probable, répondit celui-ci ; pour ne pas dire que c'est certain. Je m'inquiéterai de savoir ce qu'est cette fille, comment elle s'appelle et si elle possède des mouchoirs du même genre.

— Peut-être, risqua le greffier, ce mouchoir appartient-il au second assassin que l'aurait prêté à Hervé pour s'essuyer les mains.

— C'est douteux. C'est un mouchoir de femme.

— Qui sait alors s'il n'y a pas là qu'une initiale de convenu ou un cadeau de quelque bonne amie qui aurait considéré la lettre A comme la première d'Amour, d'Affection.

— Nous verrons cela plus tard.

Les trois louis d'or trouvés sur Charlot furent minutieusement examinés : deux d'entre eux à l'effigie de Napoléon III, au millésime de 1856,

étaient dans leur neuf, brillantes et nettes comme si elles eussent été frappées de la veille; l'autre, en or jaune plus pâle, à celle de Napoléon 1er, et bien que de pareilles pièces ne soient pas rares, les magistrats en prirent note, au cas où cette indication leur serait de quelque utilité au cours de l'instruction.

Ces pièces ne présentaient ni l'une, ni l'autre, de traces de sang.

— Voilà deux louis d'or qui n'ont pas roulé souvent sur le tapis vert, dit le juge d'instruction, en montrant les pièces neuves qu'il appelait par habitude louis. Li m pas ces louis fussent des napoléons : ils appartenaient sans doute à la victime.

— Ne pensez-vous pas qu'ils auraient été, dans ce cas, renfermés dans la bourse d'argent avec les autres?

— Les meurtriers les en ont retirés pour se les partager.

— Mais le fermoir n'a pas de traces de doigts sanglants.

— C'est qu'il les avait dans une poche, en dehors du porte-monnaie.

La conversation retomba sur cette parole du juge instructeur qui, en le voit, se trouvait en opposition de vues avec le greffier sur les points de détail comme sur la question autrement importante du mobile du crime.

Cependant M° Frémaud, rédigeait sous la dictée du magistrat, une description minutieuse des objets saisis, au fur et à mesure qu'ils passaient entre les mains des personnes présentes.

On délit le dernier paquet, celui des trouvailles du Pont-Sauveloup, qu'il fallait examiner avec d'autant plus d'attention et de prudence qu'elles pouvaient fort bien n'avoir rien de commun avec le crime de la nuit et se être rencontrées sur la voie publique ou par l'effet du hasard, comme les cent bibelots perdus qui figurent chaque semaine aux épaves dont les feuilles locales publient la nomenclature.

Le gant appartenait certainement à Albert Fauvel : c'était le même que celui qui avait été trouvé encore passé à sa main gauche. Il était, comme nous l'avons dit, maculé de boue, parce qu'il était tombé sur le sol détrempé par la pluie, de sang, parce que l'on des assassins le lui avait vraisemblablement retiré afin de lui voler sa bague; mais, en l'examinant de plus près, les magistrats crurent remarquer sur la pomme du gant, une couche noirâtre qui en couvrait tout et la partie inférieure, quelque chose comme de la suie, du noir de fumée. D'où cette suie provenait-elle. Il n'était possible que de poser là un point d'interrogation.

Le louis d'or de dix francs les intrigua également. Pour qu'il fut tombé à terre, ne fallait-il pas que le partage entre les deux assassins se fut fait séance tenante? Tel était l'avis du juge d'instruction.

— A moins, dit le greffier que ce soit un écu en fouillant la victime qui, en sortant de la maison de jeu, n'avait pas serré son gain dans son porte-monnaie, que les meurtriers n'ont eu laissé tomber cette pièce. Je ne puis croire en partage sur le lieu même du crime. Quelle imprudence inutile! on prend d'abord la poudre d'escampette, on fait les parts ensuite.

Le bouton de col n'arrêta pas bien longtemps l'attention des magistrats. Il était si ordinaire qu'il ne pouvait servir d'indice : un passant aurait pu le perdre, même quelques jours auparavant, sans qu'arrêté entre deux pavés, il eût été remarqué, ni ramassé par personne.

Les prospectus des Cent mille patatois qui se distribuaient alors à profusion, étaient chose si commune qu'il n'aurait fallu attacher à leur présence sur le lieu du crime aucune signification, si en les dépliant ils n'avaient offert des traces de sang.

— Quel dommage, s'écria le juge d'instruction qu'ils soient à ce point détrempés par la pluie, nous aurions pu y retrouver la marque des doigts de ceux qui s'en sont servis pour faire disparaître des taches compromettantes!

— En les faisant sécher avec précaution, qui sait si nous n'y réussirions pas? ajouta le substitut.

— C'est entendu : Vous y veillerez, maître Frémaud.

Il ne restait plus à examiner que trois objets : d'abord une casquette de soie noire, celle d'Hervé évidemment qui, on se le rappelle, était nu-tête quand il avait été amené chez le pharmacien.

— En allant l'interroger, nous emporterons cette casquette, dit le juge et nous la lui essaierons, simple formalité du reste.

La bouteille dont les débris avaient été soigneusement ramassés par les gardes, ne présentait pas de signe particulier. L'étiquette rouge à filets or, reste collée sur la partie inférieure, portait imprimée en noir les mots : Sirop de groseille, mais elle avait été affectée depuis à une boisson moins inoffensive, et il s'en dégageait encore un parfum de rhum très prononcé.

D'où venait cette bouteille? avait-elle été abandonnée sur place par un des assassins?

La question restait réservée.

Les magistrats n'attachaient pas d'autre importance à un bout de soie usée et jaunie, qui aurait pu faire partie d'un foulard, d'un nœud à la Colin : ce n'était pour eux, suivant l'expression nantaise, qu'une guenille comme il n'est pas rare d'en trouver à terre, surtout dans certains quartiers.

— Que tirerons-nous de tout cela? dit enguise de conclusion le magistrat instructeur, je l'ignore. Nous y reviendrons au besoin. Quant à présent, M. le commissaire de police, voici ce qu'il conviendrait de faire :

Vous donnerez les ordres nécessaires en vue de l'autopsie de la victime et de l'interrogatoire d'Hervé (Pierre), si tant est qu'il soit en état de le subir. Vous me préviendrez de l'heure que vous aurez arrêtée avec le médecin du parquet et vous prierez M. Daubusson de se trouver présent. Un de vos agents, Lasource par exemple, pourrait faire une perquisition au domicile de Charlot qui est en même temps celui d'Hervé et chez la maîtresse de ce dernier.

— Et ne devrions-nous pas annoncer cet aménagement l'affreuse nouvelle à Mme Fauvel mère?

— Si fait : Je m'en rapporte à votre prudence pour cela.

— Enfin, continua le juge, il est plus que probable que nous ferons ce soir une descente de justice chez la Champfleury : son public ordinaire sera présent, et en interrogeant séparément les principaux habitués, qui sait si nous n'en tirerons pas des renseignements utiles?

Le commissaire de police se retira et presque aussitôt le juge d'instruction fit comparaître Charlot devant lui.

Le boucanier ne varia guère dans les premières déclarations qu'il avait faites au commissaire de police, mais le juge d'instruction lui objecta qu'elles étaient en contradiction absolue avec celles de Victor Janvier dit l'Andouillard.

— Vous étiez depuis longtemps chez la Champfleury quand l'Andouillard y est entré?

— Je l'ignore totalement : Je ne l'ai pas vu entrer : p'être bien qu'il était là avant moi.

— Vous êtes parti ensemble?

— Oui ; il s'est allongé des flûtes jusque sur la place Bretagne, où il m'a installé à faire le dodo sous d'es baches, droite du lit?

— Vous étiez moins affirmatif devant M. le commissaire et Janvier vous donne un démenti formel. Il prétend même que vous lui avez dit qu'Hervé vous attendait, qu'il vous est promis une bonne surprise pour cette nuit. Quelle était cette surprise?

— Jamais il n'a été question de surprise. En voilà encore que cet Andouillard!

— Cette surprise, je vais vous la dire. C'était l'assassinat suivi de vol, dont Hervé est dès à présent inculpé et qui pèse également sur vous.

Cette accusation de meurtre dont Charlot entendait parler pour la première fois, le fit bondir. Le commissaire de police lui avait bien laissé entendre qu'il pouvait être soupçonné de vol, à raison de la présence sur lui de pièces d'or, dont il ne parvenait pas à expliquer la provenance, mais il n'avait pas soufflé mot de l'assassinat et c'est le juge d'instruction qui, pour se rendre compte de l'attitude de Charlot, lui avait à dessein lancé brusquement à la figure ce mot terrible d'assassinat.

— Assassin, moi ! assassin Hervé ! fit-il en bondissant et en devenant tout d'un coup rouge d'émotion et de colère jusqu'aux oreilles.

Il y avait dans sa voix un accent de sincérité qui frappa les magistrats, mais sans les désarmer.

Charlot continua :

— Je pinçais les poings fermés, ne pensant à rien, quand la rousse est venue me chatouiller la plante des pattes, mais que j'aie suriné bêtes ou gens, que j'aie pris ma poche pour la poche, jamais, m'sieu le juge, jamais !

— N'allons pas si vite : protester, c'est bien, mais s'expliquer c'est mieux, quand on le peut. Voyons, vous deviez passer la soirée avec Hervé ?

— C'est vrai ! Parait qu'un particulier, un 'chand de vins, lui avait fait cadeau d'une vieille bouteille de tafia et que nous devions lui dire deux mots, à c'te vieille bouteille, en manière de punch.

— Vous aviez rendez-vous avec lui ?

— Nous devions nous retrouver sur les minuit chez sa connaissance, Anne-Marie. Je ne vous dirai pas son nom de famille. Si je l'ai jamais su, j'ai mangé cette consigne-là, mais nous l'appelons d'habitude Mignonne, parce qu'elle l'est, et bonne et brave fille.

— Vous ne vous êtes pas trouvé à minuit chez cette fille ?

— Non, je suis allé faire un tour chez la Champfleury, on jouait gros jeu, il y avait des nouveaux qui gagnaient un peu. C'est la règle : quand on est nouveau, on gagne, mais la veine ne dure pas, et comme ça m'amusait de débiner le truc, j'suis resté plus longtemps que je n'aurais dû.

— Avez-vous vu Hervé ?

— Nullement.

— Eh bien ! comment, si vous dites jusqu'à présent la vérité, expliquez-vous la présence dans votre poche de trois pièces d'or que voici.

Sur l'ordre du juge, Me Frémaud présenta à Charlot les louis trouvés sur lui.

L'inculpé les regarda machinalement et répondit : — Je ne peux pas expliquer cela.

— Dites que vous ne le voulez pas, mais la justice ne saurait s'y tromper. En sortant de chez la Champfleury, où vous aviez vu le jeune homme assassiné — nous savons qu'il y est allé ! — vous avez rejoint Hervé, vous lui avez fait part du bon coup qu'il y aurait à exécuter en dépouillant un individu qui venait de gagner au jeu, et alors rien de plus simple, vous l'avez guetté, suivi, attaqué en vue du vol, et, comme il résistait, l'un de vous, Hervé sans doute, plus violent et plus fort, lui a donné deux coups de couteau. Voilà la vérité.

— Je le nie, répondit Charlot d'une voix moins assurée, tant il se rendait compte de la gravité qui se dégageait au point de vue de l'accusation de la présence sur lui de ces trois louis d'or.

— Nous vous confronterons plus tard avec la victime, fit le juge instructeur. Quant à présent, vous pouvez vous retirer.

— L'affaire me parait claire, dit-il en manière de conclusion, quand Charlot se fut retiré, et, se tournant vers le substitut, il ajouta :

— Nous pouvons, en dépit de quelques détails obscurs, régler tout promptement pour les assises prochaines avant le retour de votre juge d'instruction.

Me Frémaud, trouvant sans doute qu'il n'a-

vait pas eu beaucoup de chance jusqu'ici en donnant ses appréciations à son chef hiérarchique, fit en silence un mouvement d'inclinaison du corps qui équivalait à une approbation.

Mais, comme le juge intérimaire et le substitut sortaient du cabinet, il se mit à penser tout haut :

— Mauvaise piste : je parierais que Charlot n'a pas participé au meurtre et que les coupables sont ailleurs, n'est-ce pas ? ma vieille Joséphine ?

Il bourra sa pipe, l'alluma — les allumettes chimiques prenaient encore à cette époque-là — et sortit prendre l'air sur la marche supérieure du grand escalier du Palais-de-Justice, en face duquel s'élevait la maison d'arrêt où venait d'être reconduit Charlot.

IV

DEUX CŒURS DE FEMMES

— Et si je me fâchais, méchant que vous êtes.

— Vous auriez tort, mademoiselle Céline, d'abord cela rend presque laide de se fâcher et rien ne va plus mal à une jeune fille que la laideur, ensuite parce que c'est une fantaisie de votre cousin Olivier, de notre ami commun sans qui j'aurais passé près du bonheur, en ignorant qu'il fût là et qu'il faut bien être complaisant pour lui, ne fut-ce que par reconnaissance.

— Eh bien, allez-y, mais pour l'accompagner seulement, et je me réserve de lui faire un peu de morale quand je le reverrai.

— Gardez-vous en bien. Peut-être veut-il qu'on ignore cette escapade et vous le désobligeriez sans profit, puisque le mal, si mal il y a, sera fait et qu'en aucun cas, je ne recommencerais semblable expédition.

— Ne faut-il pas j'en passe par toutes vos volontés, monsieur mon futur seigneur et maître, fit avec une petite moue adorable de tendresse et de charme juvénile, la jeune fille où le lecteur perspicace a déjà deviné Mlle Céline Delabrière, la cousine d'Olivier Daubusson, la fiancée d'Albert Fauvel.

Elle n'était pas belle assurément de cette beauté plastique chère aux grands ouvriers du marbre, aux statuaires qui n'admettent pas l'irrégularité des traits, elle-même rachetée par la majesté du regard et la grâce de l'expression. La bouche était petite et les lèvres rieuses s'entr'ouvraient pour laisser voir et admirer en même temps deux rangées de dents d'une blancheur rare ; le nez était busqué, comme chez les femmes de certaines races orientales dont elle avait aussi le teint mat, mais s'il était possible de différer d'opinion à cet égard, par contre il n'y avait qu'une voix sur la beauté de ses yeux noirs qui respiraient à la fois la bonté, l'intelligence et l'énergie, et sur la magnifique chevelure châtain foncé qui formait à cette tête gracieuse un cadre d'une superbe opulence.

Elle avait un sourire ravissant et quand sa physionomie sérieuse passait de l'état de repos à l'épanouissement de quelque pensée agréable, elle s'illuminait aussitôt comme si quelque lueur venue des yeux eût donné à la figure tout entière un éclat nouveau. Plutôt petite de taille, elle n'en était pas moins bien proportionnée et les lignes de son corsage étaient pleines de promesses.

Au moral, Céline qui, dans l'intimité, ses parents, ses amis, avaient baptisée du surnom mérité de Céline, était aussi charmante qu'au physique. Sous l'enveloppe toujours frêle et délicate de la femme, il y avait pourtant en elle une force de volonté dont peu d'hommes mêmes auraient été capables : le but qu'elle se proposait d'atteindre, elle savait le poursuivre avec une opiniâtreté toute bretonne, avec une persévérance peu fréquente. Instruite autant qu'intelligente, elle avait reçu une excellente éducation, et, ce qui ne se rencontre pas tou-

jours, elle en avait profité. Elle savait et ne posait pas pour savoir.

Déjà riche par les siens, son père, M. Delabrière, n'avait fait que passer par le notariat et n'avait pas tardé à céder à un nouveau titulaire une étude dont le premier clerc, de son temps du moins, avait eu la direction presque exclusive et s'il pouvait mettre sur ses cartes de visite ces mots : ancien notaire, il n'avait certainement pas eu le temps de vieillir sous le harnois. Il avait épousé une demoiselle Daubusson qui lui avait apporté en dot une fortune considérable et la naissance d'une fille après deux années de mariage, avait mis le comble à leurs vœux.

C'est à leur héritière présomptive qu'à partir de ce moment ils avaient consacré le meilleur de leur existence et, comme nous venons de le dire, Céline avait su leur rendre en recevant naissance tout ce qu'elle avait reçu d'eux en intelligente affection.

Elle était adorée des siens, mais aussi comblée de leurs attentions dont les garçons ne sont pas capables, quelque affectueux qu'ils soient, elle savait les entourer ! de quelles gentillesses de tous les instants, devinant leurs moindres désirs, ne leur laissant même pas le temps d'exprimer un vœu, qu'elle ne l'eût déjà prévenu et leur ayant donné jusque-là autant de jours de bonheur que de jours de commune existence.

Aussi n'avaient-ils pas vu sans un secret effroi approcher l'âge auquel les jeunes filles, selon une loi bien naturelle, songent à quitter leurs parents pour un mari et veulent à leur tour fonder une nouvelle famille. Quel gendre viendrait leur ravir cette fille si chère et qui sait ? peut-être en même temps cette tendresse qu'ils ne remplaceraient pas ? Toute l'affection de la jeune femme donc à celui dont elle vient de prendre le nom, c'est à son père, c'est à sa mère qu'elle la dérobe ; elle les aime d'autant moins qu'elle se met à les chérir davantage, et les pauvres parents qui marient leur fille la perdraient à tout jamais ; si elle ne se restituait, un jour venant, à eux sous les traits angéliques de leurs petits-enfants.

Il est inutile de dire que Céline avait été maintes fois demandée en mariage ; mais ses parents ne lui avaient pas toujours fait part de ces recherches qui, pour flatteuses qu'elles fussent, leur semblaient trop souvent dictées par de seules questions de dot. C'était moins aux beaux yeux de Céline qu'on voulaient certains épouseurs qu'aux beaux yeux de sa cassette. En soirée, la jeune fille n'en recevait pas moins les hommages de tous ses valseurs, mais elle n'avait donné, même aux plus hardis, aucun encouragement et son cœur, pendant longtemps, n'avait battu plus tendrement pour personne.

Cependant deux jeunes gens lui plaisaient ou, pour ne rien exagérer, ne lui déplaisaient pas :

L'un d'eux n'était autre que son cousin, Olivier Daubusson, fils, comme nous l'avons dit, d'un frère de sa mère et qui, grâce à cette proche parenté, avait toujours eu dans la maison de M. Delabrière, ses grandes et ses petites entrées. Plus âgé que Céline de quelques années, il avait joué avec elle à la dinette, à la viste, aux mille jeux de l'enfance quand elle était petite ; il était complaisant pour elle et se prêtait aux caprices de sa petite camarade, comme l'ont de tout temps fait les cousins pour leurs cousines et le jour où, rayonnante dans la beauté de ses dix-huit printemps, elle fit ses premiers pas dans le monde, il fut son danseur de prédilection.

Était-ce de l'amour ? Naïve comme elle l'était, Céline ne connaissait pas encore, ne pouvait connaître tout ce que ce sentiment profond contient en lui d'émotions et de charme. Elle n'avait pour Olivier que cette bonne camaraderie d'un unit parfois plus tard, au premier éveil des sens, une affection nouvelle et différente ; c'était son cousin, son compagnon, son ami, ce n'était pas autre chose.

Quand elle vit un soir à un bal où elle n'était allée qu'à contre-cœur, Albert Fauvel, sérieux autant qu'Olivier était frivole, enjoué sans moquerie, instruit sans vanité, attaché à sa mère veuve comme l'eût été une jeune fille; quand par l'échange de quelq es paroles, elle eut senti cette voix toute vibrante de franchise pénétrer jusqu'au fond de son être, elle éprouva une émotion pleine à la fois d'inquiétude tendre et de sympathie irrésistible et sans se rendre bien compte à elle-même de cette sensation, elle comprit qu'il y avait quelque chose de changé dans son existence, la veille encore calme et monotone.

Elle embrassa ce soir-là sa mère avec plus d'effusion, et, en lui rendant son baiser, la mère ne se douta pas que désormais sa fille ne lui appartenait plus tout entière.

L'inquiétude de Céline ne dura pas longtemps; elle s'était dit tout bas, en pensant à Albert Fauvel : — s'il allait ne pas m'aimer! et tout bas aussi, après s'être retrouvée avec lui, sans qu'une parole eût été échangée sur un pareil sujet, elle avait entendu une voix intérieure qui lui disait : — Ne crains rien, il te paie de retour.

Et, sans y plus songer, par la toute-puissance de cette sympathie naturelle qui rapproche ceux qui s'aiment, Albert et Céline avaient conçu l'un pour l'autre la plus vive affection. Ils ne s'en étaient pas encore fait l'aveu, mais n'est-ce pas là la moindre des choses? Quand les cœurs battent à l'unisson, que le soir au ciel, les yeux, à la même heure, regardent scintiller la même étoile, le reste ne compte guère, et ce qu'on appelle vulgairement une déclaration d'amour — puisque l'amour se déclare comme la guerre — n'est plus qu'une vaine formalité.

Mme Delabrière avait surpris et deviné ces amours naissants et ne s'en était pas autrement alarmée. La question de fortune ne pouvait l'inquiéter; moins riche que Céline, Albert n'en était pas moins un parti convenable au point de vue financier dont les parents se préoccupent beaucoup, pourquoi ne pas dire trop? quand il s'agit de mariage. Mais comme il avait assez d'autres qualités pour ôter l'espoir d'en trouver un plus grand nombre réunies chez un autre gendre. Et bon, affable, intelligent, travailleur comme il l'était, il eût racheté cent fois au besoin la différence d'opulence des deux maisons.

N'était-il pas préférable du tout au tout à cet Olivier Daubusson, son ami, dont il différait tant comme mœurs et comme caractère?

Mme Delabrière pensait connaître assez son neveu pour le croire incapable à l'égard de sa cousine d'aucune tentative de séduction brutale, et elle était assez sûre de sa propre fille pour n'avoir pas de crainte quant au résultat de quelque entreprise galante d'Olivier. La pudeur, ce sentiment délicat et charmant qui parfois sommeille si longtemps au cœur des jeunes filles, n'est-elle pas de ceux qui, le jour où un incident soudain les réveille, éclatent d'un seul coup, tout entiers sans préparation et sans conseils? Mais Olivier n'avait pas moins une réputation de coureur d'aventures, de débauché, sacrifiant aux amours vénales et au jeu les meilleures années d'une jeunesse orageuse et jetant aux quatre vents du monde ou pour mieux dire du demi-monde son cœur et sa fortune. Il s'était attelé pendant longtemps au char d'une courtisane à la mode dont il fallait avoir obtenu les faveurs sous peine de déchéance; — sorte de Vénus aux carottes, dont la chevelure rousse (couleur mise en relief par la fameuse Cora Pearl) faisait fureur, et qui, étalait en pleine rue dans son landau, au théâtre dans sa baignoire parfumée de fleurs et de bouquets, l'audacieuse opulence des charmes déjà sur le retour.

Une folle passion pour une ballerine maigriotte avait été la cause d'un duel où il avait eu la mauvaise fortune de blesser grièvement son adversaire, qui était resté estropié. On avait

parlé à l'époque, de déloyauté dans cette passe d'armes où, disait-on, il avait un instant touché et écarté de la main gauche l'épée de l'antagoniste. Mais rien n'avait été précisé et l'oubli s'était fait sur cette aventure, comme il se fait sur toutes choses.

Au jeu, il avait englouti une partie de sa fortune et comme cette passion funeste est de celles qui ne se guérissent jamais, à moins d'une éclatante conversion, savait-on si, le jour où la chance lui sourirait en lui donnant, avec une jeune femme à chérir, une riche dot à administrer, il ne la gaspillerait pas aux hasards du baccara? Il avait fait à Biarritz des si sons désastreuses dont se souvenaient encore les habitués du Casino et M. Delabrière, qui savait beaucoup de détails sur la conduite de son neveu, en ignorait encore davantage.

Il lui aurait fallu épouser sa cousine pour se remettre à flot, et, cette idée, il l'avait longtemps caressée. Pourquoi pas? Elle était, pardieu! assez gentille, et, femme pour femme, autant elle qu'une autre. A défaut de l'expérience de sa vieille maîtresse, avec laquelle il n'avait jamais complètement rompu, et la précocité vicieuse de sa petite danseuse, il mordrait le premier dans ce fruit savoureux, pêche veloutée au duvet exquis, et ce n'était pas à dédaigner. Rien n'empêcherait, plus tard, de lui donner par ci par là quelque lieutenante de rencontre, avec qui la rupture serait aussi facile que la liaison, et qui relèverait, par le piment de ses charmes, la désespérante monotonie de l'existence provinciale. Comme compensation, il aurait l'administration d'une fortune considérable que le jeu pouvait facilement multiplier sans travail, sans fatigue. Que diantre! on ne perd pas toujours au baccara, et, puisqu'il faut bien que quelqu'un gagne, pourquoi ne serait-ce pas son tour, à la fin?

De là ses prévenances pour Céline, de qui il s'était constitué tout naturellement le cavalier servant, ce dont, en sa qualité de cousin germain, personne n'avait songé à s'étonner.

Elle avait toujours un mot aimable pour le remercier de cette complaisance de danseur qui ne tire pas autrement à conséquence, et pourtant, malgré sa prétendue connaissance du cœur humain en général et du cœur féminin en particulier, il ne lui en avait pas fait davantage pour la convaincre de l'effet irrésistible qu'il exerçait sur sa cousine et de la certitude d'un mariage futur dont il ne tenait qu'à lui d'assurer, quand bon lui semblerait, la réalisation.

Il n'avait qu'à parler, qu'à faire sa demande et il serait agréé par celle qui l'appelait constamment : Mon cher Olivier et du même coup par M. et Mme Delabrière qui n'avaient jamais su rien non à aucune des volontés de leur unique enfant.

Aussi, telle était sa confiance dans son mérite personnel qu'il s'était fait, d'un petit air protecteur, une spécialité de présenter à Céline une foule d'amis, (il m'en avait pas d'autre : tous étaient les meilleurs), M. Albert Fauvel. Il est un peu timide et n'aurait jamais eu le courage sans moi d'arriver jusqu'à vous.

Il ne se doutait pas que ce jour-là il avait introduit, comme on dit, l'ennemi dans la place et qu'Albert Fauvel devait le supplanter dans l'amour qu'il avait vaniteusement escompté de Céline Delabrière.

Ce n'est pas à la jeune fille seulement que le nouveau venu avait su plaire; bientôt admis dans la maison, dans l'intimité de l'ancien notaire, Albert n'avait pas eu de peine à faire la conquête du père et de la mère de celle qu'il aimait. M. et Mme Delabrière avaient eu pour crainte, en l'acceptant pour gendre, de perdre une fille, en réalité ils gagnaient un fils respectueux qui les entourerait d'autant d'affectueuse vénération qu'il en prodiguait à sa mère.

La date du mariage n'était pas fixée, mais à quelques semaines près elle était certaine pour le printemps suivant, et Olivier Daubusson avait pu, sans indiscrétion, annoncer au commissaire de police cette union si bien assortie comme un fait arrêté.

Tandis qu'il n'y avait ou qu'une voix pour applaudir à ce mariage d'inclination où l'on ne savait auquel des jeunes fiancés il fallait adresser les félicitations les plus sincères, un homme, un seul, en avait appris la première nouvelle avec une violente colère. C'était Daubusson.

— Tu m'aimes bien, Olivier? lui avait dit Céline avec un accent de tendresse qu'il ne lui avait jamais connu et dont il ne s'expliquait pas tout d'abord la cause.

— Oui certes, ma chère Céline, peux-tu le demander?

— Eh bien, je veux te faire une confidence qu'à part mes parents nul ne saurait soupçonner.

— Laquelle?

— Ton ami, Albert Fauvel m'a demandée en mariage.

— Quelle prétention? fit-il. Je vous demande un peu si...

— Ne le demande pas trop : mes parents l'ont agréé.

— Comment! dit Olivier d'un ton contenu, mais où perçait une vive irritation, ils l'ont accepté, mais toi?

— Je l'aimais avant qu'il ne leur eût dit qu'il m'aimait aussi.

— Allons! voilà mes rêves de bonheur qui s'envolent à jamais. J'avais espéré, Céline qu'un jour tu porterais mon nom, mais je vois que j'avais tort de compter sur ton amitié.

— Au contraire, mon cher Olivier, répondit elle avec d'autant plus de douceur qu'elle tenait à calmer cette colère qu'elle avait quelque peu prévue, mon amitié t'est acquise autant que jamais, mais je réclame aussi la tienne, et je veux, m'entends-tu, que tu la conserves comme par le passé, vive et sincère, pour Albert, qui était ton ami avant de devenir mon fiancé. Me le promets-tu?

La colère, la jalousie, la rage, l'amour-propre blessé, ces sentiments violents agitaient, pendant cette confidence qui l'atteignait d'autant plus profondément, qu'elle était plus inattendue, l'âme d'Olivier Daubusson. Il ne se faisait pas d'illusion sur cette affection banale dont sa cousine condescendait à lui octroyer l'amour, et fût-elle même sincère et profonde, il n'en voyait pas moins lui échapper sans retour la possession d'une fortune considérable et celle également enviable d'une jeune et belle personne dans tout l'éclat de son adolescence. Avoir pu, non sans quelque espoir légitime, compter sur ce double trésor et perdre à la fois, du même coup, la femme et la richesse, quel effondrement épouvantable!

Olivier eut dans les yeux, un éclair de fureur dont Céline ne s'aperçut pas. Les amoureux s'aperçoivent-ils de rien? et tout ce qui ne touche pas directement à l'objet aimé, ne les laisse-t-il pas inattentifs et indifférents? D'ailleurs le cousin évincé sut faire par lui-même un effort de volonté assez puissant pour reprendre une figure placide, en apparence du moins :

— Je te le promets, répondit-il, et je puis que te féliciter de ton mariage avec Albert. Vous ferez un ménage modèle et vous êtes dignes l'un de l'autre.

La conversation se poursuivit, pendant quelque temps encore entre Olivier et Céline banale, sans intérêt, comme si les deux interlocuteurs eussent eu d'autres préoccupations. Céline pensait sans doute à son cher Albert. Olivier rêvait peut-être déjà à quelque moyen de rompre un mariage qui était la ruine de ses espérances.

Quand il prit congé de Céline, Olivier l'embrassa affectueusement. Elle en fut enchantée.

— Pauvre garçon! se dit-elle après son départ, je sais qu'il m'aime et je le lui rends bien. Si je n'avais pas connu Albert, peut-être l'eussé-je épouse, mais j'aurais ignoré ce sentiment profond qui m'a entraînée comme malgré moi, vers mon fiancé. Ils resteront amis. Je ne puis en demander davantage à Olivier : c'est un bon parent.

Bientôt la nouvelle de ce prochain mariage se répandit en ville : on en causa dans les salons, aux bals qui se donnaient alors, en plus grand nombre qu'aujourd'hui sur le boulevard Delorme et dans le quartier de Launay où, bien que les bonnes langues n'aient jamais manqué, Céline était si charmante, Albert si réservé, qu'il ne fut guère possible à la médisance la plus adroite, de les déchirer et de répandre sur leur compte les mauvais propos, les cancans d'usage en pareille circonstance. Au cercle des Beaux-Arts, des Fumeurs, au Molière, il en fut également question et, partout, l'on applaudissait, sans envie, à la bonne fortune d'Albert Fauvel qui, pour n'avoir jamais soufflé la maîtresse, ni gagné l'argent de personne, était resté l'ami de tout le monde.

La jeune fille, le jeune homme furent comblés de félicitations dont quelques-unes étaient même sincères, et ne constituaient pas de mensonges obligeants et... obligés.

Un jour pourtant, comme elle allait sortir, Céline voyait machinalement la boîte aux lettres percée dans la porte d'entrée et y trouva un pli d'apparence assez grossière et fermé par un pain à cacheter rouge. La suscription était à son adresse : *Mademoiselle Séline Delabrière An ville*.

La singularité de cette orthographe, l'aspect misérable de cette lettre ne la surprit pas tout d'abord. Elle n'avait pas avec la lettre des correspondances personnelles bien suivies ; à l'exception de quelques amies d'enfance, qui lui écrivait ? Mais elle s'était fait un devoir de soulager discrètement d'intéressantes infortunes, des pauvresses chargées de famille et parfois ces malheureuses se rappelaient à sa bonté de cœur, et, sans doute de la mère Misère! Pauvre femme! Je ne songe plus qu'à moi, je néglige mes indigents!

Et ce disant, elle déchira la grossière enveloppe. Mais à peine eût-elle jeté les yeux sur le contenu de la lettre qu'elle se laissa tomber, en jetant un léger cri et en portant instinctivement la main à son cœur, sur la banquette de l'antichambre.

— Faut-il qu'il y ait des gens méchants et lâches? s'écria-t-elle. Une lettre anonyme à moi qui n'ai jamais fait de mal à personne!

En réalité, Céline s'exagérait peut-être la portée de cette lettre qui, anonyme c'est vrai, voulait être effrayante n'était après tout que ridicule. Voici ce qu'elle contenait :

« *Mademoiselle Sélina,*
» *On dit qu'tu vas t'marier,*
» *J'ai consulté la tireuse de cartes,*
» *Un bon diable de valet d'pic est toujours sur ton chemin.*
» *Tu n'es pas encore madame,*
» *Y a de la marge entre la soupe et les lèvres.* »

Au fond, cette lettre ne formulait ni un fait précis, ni une menace déterminée. Ce n'était évidemment pas qu'un amoureux éconduit : l'écriture grossière, l'orthographe insaisissable, le papier à chandelles sur lequel ces quelques lignes avaient été tracées, tout indiquait une origine d'ordre inférieur et Céline finit par penser que cette lettre, qui voulait être méchante et qui n'était que bête, émanait d'un mendiant digne de peu d'intérêt qu'elle avait refusé de secourir.

Elle avait déchiré la lettre, et le « bon diable de valet de pique» jeté au feu, avait dessiné sur le papier noirci de minces sillons brillants, bien vite éteints.

Le lendemain elle n'y pensait plus, ne croyant du reste pas aux tireuses de cartes, bien qu'elle soient encore singulièrement en honneur à Nantes, non-seulement dans la classe ouvrières, mais dans le « beau monde » et elle n'en parle même pas à Albert Fauvel.

Il lui faisait sa cour avec une assiduité vraiment charmante et pas un jour ne se passait sans qu'il vînt de Basse-Indre à Nantes, soit même qu'il passât la nuit en ville dans un petit appartement qu'il avait loué à l'extrémité de la rue Mondésir, presqu'à l'angle de la rue de la Bastille.

Les parents de sa fiancée habitaient sur le Cours un des appartements dont l'entrée donne rue de l'Héronnière, côté des numéros pairs, et dont les fenêtres ont vue sur la promenade nantaise par excellence, où s'élève la statue du général Cambronne, un des héros de Waterloo.

Les Nantais n'admirent pas assez, suivant nous, ce cours à qui les étrangers ne manquent jamais de fuire une de leurs premières visites. Nous passons là, indifférents, grâce à une habitude d'enfance sans remarquer ces terrasses qui précèdent chaque maison, ces balcons qui les dominent, ces galeries ajourées des étages supérieurs, cette symétrie parfaite qu'n'est un instant interrompue que par les fausses fenêtres de l'extrémité gauche — assez laides en apparence, — ces jardinets, ces tilleuls touffus, disposés en arc de cercle et qui semblent faire au général Cambronne comme une couronne d'un vert feuillage.

Il y a cent ans, il n'existait pas grand chose de ce que nous n'admirons qu'insuffisamment aujourd'hui. Le terrain, non construit, qui appartenait en grande partie aux ci-devant capucins de la Fosse, fut mis en vente par bouqués, au dernier feu, en décembre 1792, quelques semaines à peine avant la mort de Louis XVI et trouva acquéreur à un prix très rémunérateur pour l'époque.

Depuis, le cours Cambronne à qui le bon populaire a maintenu le nom du général nantais en dépit des gouvernements qui l'ont successivement baptisé cours Henri IV, cours Napoléon et cours de la République, s'est peu à peu construit sur un modèle uniforme qui rappelle aux étrangers qui le visitent, sinon dans les détails, du moins dans l'ensemble, le Palais-Royal de Paris.

La bourgeoisie nantaise a toujours aimé à choisir un logement dans l'une des maisons qui longent le cours, mais de préférence du côté de la rue Gresset plus tranquille, plus bourgeoise elle même, que le côté de la rue de l'Héronnière dont les numéros impairs, à l'extrémité qui joint les basses ruelles de la Fosse, sont généralement mal habitées.

C'est là, on s'en souvient que Janvier dit l'Andouillard, avait fixé son domicile.

La famille Delabrière habitait cours Cambronne, côté de la rue de l'Héronnière.

C'est dans une des maisons de gauche, en venant de la place, que demeuraient M. et Mme Delabrière, non loin des magasins de la *Belle Jardinière*. Situé au premier étage, si l'on entrait par la grille de la rue de l'Héronnière, l'appartement, vu du cours Cambronne, semblait au rez-de-chaussée ou tout au plus à l'entresol, puis qu'il s'étendait sur toute la longueur d'une de ces terrasses qui font le charme de ces constructions du commencement du siècle. Rien d'agréable comme de se tenir, pendant les chaudes soirées d'été, alors même que le cours, déjà fermé aux promeneurs, est redevenu silencieux, sur ces terrasses et d'y deviser soit appuyés sur la rampe de fer forgé, soit balancés dans quelque chaise américaine. Un tendelet protégé l'intérieur du logis contre les ardeurs du soleil : des arbustes, des plantes grimpantes, artistement aménagées forment un obstacle à la curiosité des voisins en même temps qu'un rideau à l'excessive lumière du jour, et deux amoureux comme Céline et Albert ne pouvaient trouver, pour échanger leurs tendres confidences, d'endroit à la fois moins caché et plus discret que celui-là. De là ils voyaient tout le monde sur le cours, mais personne ne les apercevait.

Albert n'entrait pas souvent par la rue de l'Héronnière : il préférait se servir du couloir si commode qui donne sur le cours Cambronne ; une serrure en apparence mystérieuse, mais sur un bouton de laquelle il n'était besoin que d'appuyer, suffisait à ouvrir la porte et, sans être tenu de passer sous les regards de la concierge, la mère Abat-Jour, comme on la surnommait dans le quartier, sans être un objet de curiosité pour les domestiques de la maison, le jeune homme allait et venait en toute liberté.

Toutes les maisons du cours sont dotées de ces couloirs souterrains, dont se servent surtout les locataires et leurs amis, mais qu'utilisent aussi au besoin, pour abréger la route, les habitants du voisinage, qui trouvent là un passage plus court et plus pratique. Armée de son balai, la mère Abat-Jour tâchait bien de s'opposer à ces incursions des gamins de la rue de l'Héronnière et de la rue des Capucins, mais ils avaient de meilleures jambes qu'elle et ils savaient, se soustraire par la vélocité de leurs jambes, qu'ils accompagnaient d'un pied-de-nez, à la colère de la bonne femme.

C'était dans le salon de la famille Delabrière qu'à l'heure où commence ce chapitre, Céline adressait de tendres reproches à son ami Albert qui, le bras passé autour de la taille de sa fiancée, venait de lui parler de la visite projetée, d'accord avec Olivier, à l'une des maisons de jeu clandestines de la ville.

Le jeune homme s'en excusait, presque. Ce n'est pas lui qui avait eu pareille idée, c'était une toquade d'Olivier désireux, disait-il, de ne pas s'aventurer seul dans un pareil monde et qui l'avait prié de lui servir de compagnon. Ils rentreraient de bonne heure ensemble, demeurant si près l'un de l'autre ; la rue Bonne-Louise n'est-elle pas toute voisine de la rue Mondésir. Certes, si'l côt songé à l'ennui qu'en ressentirait sa fiancée, il ne se serait pas engagé auprès de son cousin ; voulait-elle qu'il retirât sa parole? Il se ferait délier.

Elle ne lui demanda pas et changea de conversation. A onze heures, Albert prit congé de Céline, sans songer hélas! qu'il ne la reverrait plus.

Le lendemain matin, d'assez bonne heure, Céline se réveilla en sursaut pour échapper à un cauchemar dont les détails ne se dessinaient pas bien présents à son esprit, mais où son bien-aimé Albert était frappé mortellement.

— Je suis folle, se dit-elle, de me tourmenter de la sorte : ce sont mes inquiétudes d'hier qui m'ont occasionné ce vilain rêve. Albert doit venir déjeuner à la maison, puis nous sortirons avec maman pour visiter les magasins. Dame! ce n'est pas une petite affaire que de préparer son trousseau de mariée.

Comme elle s'était levée et qu'elle achevait sa toilette, sa porte s'ouvrit et la domestique entra, accompagnée d'une jeune fille qu'elle annonça en ces termes :

— Mad'moiselle, voici l'ouvrière!

C'est la mode à Nantes qu'en plus du personnel domestique, cuisinière, femme de chambre et bonne d'enfant, en dehors des fournisseurs, couturière et repasseuse, on fasse venir dans les ménages, tantôt une fois par semaine à un jour déterminé, tantôt une fois par quinzaine, une ouvrière qui arrive à huit heures du matin ou à neuf, suivant la saison et reste à travailler jusqu'au soir. Selon qu'elle est tailleuse ou *lingère* elle s'occupera de remettre en état les vêtements qui auront subi quelque accroc, raccommodera jupons, corsages, etc., où repassera le linge fin de la ménagère prévoyante n'aura pas voulu confier à la main inexpérimentée de sa femme de chambre à qui elle ne laissera repasser que le gros linge, nappes, serviettes et taies d'oreiller.

L'ouvrière en journée gagne, selon les maisons qui réclament ses services, de 75 centimes à 1 fr. 25 et même 1 fr. 50 par jour ; elle a droit le matin au café au lait, quand elle arrive — c'est même par là qu'elle commence si journée — à midi et le soir aux deux repas qu'elle prend à la cuisine avec les autres domestiques. D'ordinaire, elle ne promet pas toutes ses journées et s'en réserve, pour elle-même, ou pour quelque cliente inattendue, une ou deux par semaine. Une bonne ouvrière en journée peut abattre beaucoup de besogne; mais, revers de la médaille, elle apporte au reste du personnel les nouvelles du dehors, les potins de la ville et Dieu sait si l'on taille des bavettes... qu'on n'a même pas le temps de coudre.

— Ah! c'est vous, Anne-Marie, je suis aise de vous voir, dit Céline en s'adressant à la jeune fille qui venait d'entrer tandis que la bonne se retirait.

Anne-Marie, qui semblait n'avoir qu'une vingtaine d'années à peine, avait, sous la coiffe nantaise qu'elle portait fort gentiment, la physionomie la plus avenante du monde. Elle était fort jolie et, quand elle était enfant, les voisins, les amis de la maison, l'avaient si souvent appelée *Mignonne* que ce surnom lui était resté et qu'elle y répondait autant qu'à son véritable nom, sinon davantage.

C'était une travailleuse modèle, ne boudant pas devant la besogne et maniant l'aiguille aussi adroitement que personne. Elle avait, avec ses yeux très bleus et sa chevelure blonde, une petite figure si angélique qu'on lui eût, comme on dit, donné le bon Dieu sans confession.

On aurait eu tort. Avec ses incontestables qualités, Mignonne n'avait pas une conduite régulière, elle était la *bonne amie* de Pierre Hervé et bien qu'elle put espérer qu'un jour venant il consacrerait par un mariage leurs relations actuelles, elle ne lui en avait pas moins cédé depuis quelque temps déjà. A qui la faute? Au milieu même où la pauvre fille avait été élevée. De père, elle n'en avait jamais connu : sa mère séduite, puis abandonnée par son premier amant, avait succombé, jeune encore, aux suites d'une vie déréglée et la petite Anne-Marie avait été élevée, tant bien que mal et plutôt mal que bien, par une sœur de sa mère, chargée de famille et qui l'avait mise en apprentissage pour s'en débarrasser en lui donnant un métier qui lui permit de gagner sa vie honnêtement.

Anne-Marie avait des qualités naturelles de travail, d'ordre et de probité qui devaient la faire bien vivre autour de tous ceux qui la connaîtraient, mais, comme nous l'avons dit, elle était jolie et depuis le soir elle sortait de l'atelier pour rentrer au logis, elle avait à repousser les séductions de tout genre qui l'attendaient le long de la route. Vieux messieurs à l'œil émerillonné qui proposaient de la mettre dans ses meubles contre la faveur de quelques gentillesses, jeunes débauchés qui lui offraient leur fortune écornée en échange d'un cœur intact, rien ne lui avait manqué. Il y a tant à Nantes de ces batteurs de pavé !

Anne-Marie avait repoussé les uns et les autres avec une tranquillité d'allures qui prouvait toute sa confiance dans la force de résistance dont elle se sentait capable en face de pareilles entreprises.

Un jour elle faillit succomber à une sorte de guet-apens : deux mauvais sujets soudoyés se disposaient à l'enlever de vive force au coin d'une rue déserte et à la jeter dans une voiture apostée tout exprès. Elle put crier au secours avant que l'un d'eux eût eu le temps de lui mettre un mouchoir sur la bouche.

Hervé passait par là; il accourut et tomba à poings fermés—et il les avait solides—sur les deux malandrins qui prirent la fuite en se jetant dans la voiture. Anne-Marie, à peine remise de son émotion, se laissa reconduire jusqu'à sa porte par son sauveur. On devine le reste. Les jeunes gens se revirent, ils se plurent, ils se le dirent... et ils se le prouvèrent.

Ils n'avaient pourtant tenu à ne pas vivre ensemble. Hervé logeait, nous l'avons dit, 14, rue Barrière-de-Couëron, dans une maison où nous

aurons peut-être l'occasion de pénétrer plus tard. Anne-Marie occupait seule une petite chambre mansardée rue Paré et c'était l'épicière du rez-de-chaussée qui avait bien voulu se charger de recevoir pour elle les lettres et billets de sa clientèle.

Si elle n'allait pas souvent, nous devrions dire jamais, voir Hervé chez lui, elle le recevait au contraire dans sa chambrette. Est-il besoin de dire que l'irrégularité de cette situation était ignorée de Céline Delabrière? Anne-Marie avait bien parlé d'Hervé, mais comme d'un fiancé respectueux et rien ne pouvait donner à penser à une jeune fille aussi ignorante du mal que Céline qu'il eût fait passer l'amour avant le mariage. Par ailleurs, la conduite de la jeune tailleuse était irréprochable, et ce n'était pas une de ces fillettes d'une vicieuse précocité qui pullulent sur le pavé des grandes villes et se vendent au premier venu dans les hôtels borgnes de certaines rues que nous ne désignerons pas avec plus de précision quant à présent.

— Vous avez l'air triste et vous êtes un peu palotte, dit Céline après l'échange des premières banalités de la conversation entre deux personnes qui ne se sont pas vues depuis une huitaine de jours.

— C'est que j'ai passé une nuit blanche, répondit Anne-Marie.

— Qu'aviez-vous? fit avec un intérêt marqué Mlle Delabrière et elle ajouta : — Moi aussi, j'ai mal dormi. J'ai fait un mauvais rêve.

— Hélas ! j'ai comme un pressentiment que pour moi le rêve est une triste réalité.

— Que craignez-vous donc!

— Pour moi-même rien ; mais j'attendais hier la visite de mon galant, d'Hervé dont je vous ai parlé quelquefois, mademoiselle. Et lui, l'exactitude même, non-seulement n'est pas venu, mais je ne sais où ni plus un de ses amis qui devait le rejoindre à la maison. Il ne m'a envoyé personne pour me prévenir. Ce matin rien encore. J'ai passé chez lui avant de venir en journée : il n'était pas rentré de la nuit. Jugez de mon inquiétude...

N'ai-je pas aussi la mienne? pensa tout bas Céline qui reprit tout haut :

— Rassurez-vous. S'il y avait une mauvaise nouvelle, vous la sauriez déjà. Vous m'avez dit vous-même que vous aviez toute confiance dans Hervé : que pouvez-vous redouter?

— Tout et rien, mais je suis tourmentée.

— Vous l'aimez donc bien?

— Et comment ne l'aimerais-je pas? Il est si dévoué pour moi. Je sais bien qu'on le dit violent quelquefois quand le vin blanc lui *tape* à la tête, mais cela est si rare que je le lui pardonne volontiers. Il m'obéit comme un gros mouton, et quand nous serons mari et femme, je compte bien le mener par le bout du nez, plus encore que maintenant. N'est-ce pas le devoir d'une bonne ménagère?

Céline ne put s'empêcher de sourire à l'exposé de cette profession de foi d'Anne-Marie. Elle comprenait autrement le rôle de la femme dans le mariage, mais elle n'eut garde de répondre sur ce point, elle approuva au contraire les théories de la jeune tailleuse, n'avait-elle pas souvent entendu dire par sa mère que, dans les ménages ouvriers, la femme, plus avisée, souvent plus intelligente que l'homme, peut, dans l'intérêt même de la petite famille, prendre à son mari les rênes du gouvernement, ou, pour parler plus familièrement, porter les *culottes*?

— Oui, lui dit-elle, vous avez raison et je suis sûre que votre Hervé vous obéira, s'il vous rend toute l'affection que vous lui portez. Il n'y a pas besoin d'avoir de lourds sacs d'écus dans un coffre-fort pour goûter le bonheur.

— Quelque argent n'y nuit pas pourtant. Hervé n'a rien, moi rien et dame ! deux riens ensemble, ça ne fait pas grand'chose.

La conversation continua un instant encore : Céline donna à son ouvrière du travail pour toute la matinée et acheva seule sa toilette, en

songeant à ce sentiment profond qu'elle éprouvait pour Albert Fauvel et qu'elle retrouvait aussi vif, aussi énergique dans le cœur de cette petite tailleuse, sans naissance, sans éducation pour un boucanier de la Fosse.

Elle se prenait insensiblement d'amitié pour Anne-Marie, eu égard à l'identité de leur situation. L'amour leur mettait à l'âme les mêmes joies intimes, les mêmes angoisses, les mêmes impatiences et les deux natures affectueuses, ces deux cœurs de femmes sympathisaient et communiaient sous les espèces d'une passion également profonde.

Sa toilette terminée, Céline se disposait à sortir et donnait quelques dernières recommandations à sa tailleuse installée près de la fenêtre de la lingerie, non loin de la porte d'entrée, quand soudain la sonnette violemment agitée, retentit dans l'antichambre.

On ouvrit.

L'agent Lasource entra.

— Pourrais-je dire un mot à une ouvrière que vous devez avoir en journée, fit-il à la bonne, et qu'on appelle Mignonne?

De sa place, Anne-Marie entendait la question de l'agent qu'elle ne pouvait pas voir et dont la voix un peu brève ne lui rappelait aucun souvenir. Elle crut un instant que c'était Hervé qui la devinant inquiète, lui avait à tout hasard expédié un camarade pour la rassurer.

Elle se leva et se dirigea vers la porte d'entrée. Céline, tout habillée, prête à sortir, la suivit.

— Vous me demandez, monsieur, dit l'ouvrière à l'agent : Qu'y a-t-il à votre service?

— C'est vous la fille Anne-Marie Lemorvez?

— Oui, monsieur.

— Vous êtes bien la maîtresse de Pierre Hervé ?

A cette question faite à brûle pourpoint devant Mlle Delabrière, qui jusqu'à présent ignorait sa conduite, l'ouvrière devint rouge comme une pivoine et balbutia toute tremblante une réponse dont on eût été bien embarrassé de dire si c'était oui ou non.

Mais l'agent feignit d'avoir saisi une réponse affirmative et ajouta :

— Suivez-moi sur le champ chez M. le commissaire de police ?

Anne-Marie était littéralement affolée. Elle ne voyait plus rien, elle n'entendait plus rien : cette révélation subite de son inconduite, le ton méprisant de l'agent, l'injonction d'avoir à comparaître devant la justice, tout cela l'avait terrorisée. Elle savait bien qu'elle n'avait rien à se reprocher, pas la moindre peccadille, mais elle devinait son cher Pierre mêlé à quelque épouvantable affaire et c'était pour lui qu'elle tremblait d'effroi.

Restée plus maîtresse d'elle-même, en dépit d'une émotion qu'elle ne cherchait pas à dissimuler, Céline s'approcha de l'agent au moment où Anne-Marie, plus morte que vive, se disposait à partir avec lui.

— Pouvez-vous me dire, Monsieur, de quoi il s'agit ? fit-elle en s'adressant à Lasource.

— Mon Dieu ! oui, mademoiselle, répondit-il sur un ton radouci, d'une affaire grave, d'un assassinat.

— Et Anne-Marie y serait compromise ?

— Non pas elle, certes, mais son *galant*.

— Pierre Hervé ?

— Lui-même, mademoiselle, un bien mauvais sujet, entre parenthèses.

— Et dit-on le nom de la victime?

— Oui, c'est un jeune homme des environs, qui s'appelle Albert Fauvel.

V

— Eh bien ! Eugène, et ce *Phare*?

— On vient de l'envoyer chercher aux bureaux : dès que le garçon sera revenu de la rue des Capucins, je vous l'apporte.

Ce dialogue s'échangeait au café Molière entre un des habitués, le grand Rougeais, et Eugène, le garçon spécialement attaché au service de la petite salle réservée de gauche où se réunissait alors la jeunesse dorée de notre bonne ville de Nantes. Vous avez peut-être remarqué du dehors, en remontant vers la rue Racine, près du bureau de tabac, les deux ou trois dernières fenêtres du café ; si vous entrez par la porte principale, laissant à droite le comptoir où a trôné de tout temps la maîtresse de céans, vous monterez à droite deux ou trois degrés et vous vous trouverez dans un salon dont l'accès est interdit au profane ou l'était du moins il y a quelque vingt ans, à l'heure où se passaient les événements que nous racontons.

Seuls les habitués, les intimes y étaient admis ; on n'y recevait que les jeunes gens sans distinction d'âge, depuis les bacheliers qui au sortir du collège faisaient leurs premiers pas dans la vie, jusqu'aux vieux beaux restés éternellement jeunes devenus incapables de mordre dans les pommes vertes autrement qu'avec les fausses dents de leur ratelier et destinés pourtant à mourir dans l'impénitence finale ; les uns qui s'étaient endurcis dans le célibat à perpétuité, les autres qui par contre ne s'étaient pas endurcis dans le mariage à temps. On fumait, on vidait les chopes de bière blonde d'Alsace, on postillonnait son absinthe, on taquinait la dame de pique, on faisait un billard ; les dominos, le damier, le tric-trac étaient mis à tout instant à réquisition, mais par-dessus tout, on y tenait salon de conversation.

C'était là que se faisaient et se défaisaient les renommées locales. L'actrice qui plaisait à ces messieurs du Molière, était sûre de passer haut la main à son troisième début ; celle qui n'avait pas su conquérir leurs bonnes grâces était condamnée d'avance. On conspirait pour ou contre tel salon de la ville, on pariait pour ou contre tel cheval le jour des courses, on allait faire du bruit à l'entrée de telle chanteuse de l'Alcazar. Il n'était pas une femme de Nantes dont on ne se plût à médire : qu'il s'agit de quelque grande dame du vrai monde, ou d'une Phrine en falbala, d'une cocotte à la mode — on n'avait pas encore inventé les horizontales ! — ou d'une grisette novice, toutes passaient sous les fourches caudines d'un petit clan jaloux des prérogatives qu'il s'était arrogées et qu'il n'entendait les partager avec personne.

Les gageures les plus invraisemblables, les duels les plus extraordinaires, les soupers les plus abracadabrants, les amourettes les plus audacieuses, tout partait de là et, disons-le bien vite, c'est par leur sans-gêne même que ces aventures se faisaient excuser. On contait à cet égard des anecdotes inouïes que la chronique scandaleuse faisait circuler sur les faits et gestes de ces jeunes gens. Ce n'est ni le lieu, ni l'instant de les redire. Bornons-nous à constater l'influence qu'exerçait à l'époque, sur l'opinion publique, le cercle qui tenait ses assises dans ce café devenu aujourd'hui, depuis longtemps déjà, beaucoup moins turbulent.

L'impatience du grand Rougeais se comprenait : il venait de demander pour la troisième ou la quatrième fois le Phare, avec le désir d'y trouver des détails circonstanciés du crime du Pont-Sauvetout, qui faisait partout, en ville, le sujet des conversations.

Au café Molière, il n'en pouvait être autrement. Bien que Fauvel ne fût pas au nombre des habitués (il n'y venait que rarement), tous ces messieurs étaient ses amis, ou les amis de ses amis ; ils s'étaient rencontrés l'hiver, en soirée, dans le monde. C'était un des leurs qui avait été lâchement frappé par le couteau d'un assassin.

— Et ce pauvre Daubusson, comme il doit être triste ! fit l'un des interlocuteurs, René Bolduc, qui, bien que travaillant comme clerc amateur chez un avoué de première instance, était plus ferré d'ailleurs sur le contre de quarte que sur le code de procédure.

— Fauvel était son grand ami, et il allait devenir son parent, dit Rougeais, son chagrin est trop naturel !

— C'est la jolie Céline que je crains le plus, ajoute un troisième personnage, Louis Durville, qui signait d'Urville par une faiblesse commune à tant de gens dont le nom commence par un D suivi d'une voyelle : elle aimait tant son Albert, elle ne se consolera jamais.

— Si je suis bien renseigné, la pauvre jeune fille aurait appris brusquement la mort tragique de Fauvel par un agent de police qui s'est présenté chez elle, j'ignore pour quel motif. Son saisissement a été tel qu'elle est tombée raide sur le plancher et qu'il a fallu la mettre au lit plus morte que vive. Elle est en proie à un violent délire qui fait même craindre qu'elle ait du mal à se relever d'une aussi profonde secousse.

— Voilà qui va contrarier notre ami Daubusson.

— Comment l'entends-tu ?

— Dame ! si la jeune Céline avait été plus facile à consoler, il aurait certes demandé la succession de son ami Albert qui l'avait quelque peu supplanté jadis. Il va se remettre sur les rangs, quand la petite sera revenue de ses émotions. Le gaillard a plus de bonheur que de mérite et voilà un coup de couteau qui fait avancer d'un fameux pas ses affaires.

À ce moment, Daubusson entra.

— Quand on parle du loup, fit Rougeais, on en voit les oreilles.

— Et elles ont dû vous tinter, mon cher : nous disions du bien de vous.

Daubusson était pâle et semblait encore sous le coup d'une émotion violente. Il y avait de quoi. Sous prétexte d'affirmer l'identité de la victime, les magistrats n'avaient-ils pas eu la cruauté de le mettre en présence du cadavre de Fauvel, avant l'autopsie ? Il l'avait donc revu à la morgue, et il racontait qu'il avait failli se trouver mal en retrouvant glacé par la mort impitoyable, celui dont la veille encore il serrait affectueusement la main. Le criminel, quel qu'il fût, mériterait un châtiment exemplaire et s'il ne dépendait que de lui, la justice serait aussi prompte que terrible. Ah ! s'il avait pu prévoir un pareil forfait, il ne se serait pas attardé au bal des Kerhortic jusqu'à une heure aussi avancée et comme il savait où devait aller Fauvel il fût allé le rejoindre.

— Vous n'êtes pourtant pas parti bien tard de la soirée ? fit l'un des assistants. À un moment donné, quelqu'un vous cherchait sans vous trouver et, à ce moment-là, la pendule Boule sous laquelle j'étais assis, sonna trois heures.

— Je venais alors de partir, mais d'après les indications que je m'en donnais ce matin le père Martinetti, le coup était déjà fait. Il tombait une pluie torrentielle. Je suis rentré dare dare, sans songer à Fauvel, sans me douter qu'il avait pu courir le moindre danger et surtout qu'il y eût succombé.

— Que voulez-vous ? C'est une fatalité ; et cette autopsie, nous en apportez-vous des nouvelles ?

— Y songez-vous ? À peine eus-je revu le cadavre de Fauvel que je ne demandai qu'à me retirer et j'en obtins facilement la permission. C'est égal la police de Nantes devra redoubler de vigilance. Trouver les malfaiteurs c'est bien quelque chose, mais prévenir les crimes, c'est mieux encore.

— N'as-tu pas été toi-même il y a quelques mois l'objet d'une agression nocturne que tu nous as racontée ?

— Précisément, répondit Olivier, et sans mon revolver qui m'a mis en fuite mon coquin, peut-être m'eût-il fait un mauvais parti.

— Tu n'as pas porté plainte ?

— À quoi bon ! C'est à peine si j'avais entrevu mon agresseur et je ne l'aurais certainement pas reconnu. C'eût été là de ma part une dénonciation inutile, sans compter les démar-

ches et les ennuis de tout genre qui en auraient été pour moi la conséquence.

— Rien n'est plus vrai, fit en manière d'assentiment le clerc amateur qui lui trouvait aussi la justice chose fort ennuyeuse.

Le Phare de la Loire arrivait au même instant. Le grand Rougeais l'ouvrit avec une hâte fébrile et courut à la chronique locale, dont près de deux colonnes étaient consacrées au récit du crime du Pont-Sauvetout. Après avoir résumé les faits matériels que nous venons de raconter, le journal s'exprimait ainsi sur l'autopsie de la victime et sur l'examen médico-légal d'un des assassins présumés :

« L'autopsie minutieuse faite par l'homme de l'art a confirmé de tous points le rapport sommaire adressé le matin même au parquet par M. Berruyer. De l'examen du tube digestif, résulterait la certitude que. le crime a dû être commis vers deux heures du matin, c'est-à-dire peu de temps avant le passage des deux agents qui l'ont découvert. Le malheureux jeune homme assassiné avait dû boire une heure auparavant un ou deux verres de bière dont l'estomac gardait encore des traces.

» A-t-il eu le temps de se défendre contre ses agresseurs ? Le point n'est pas encore élucidé.

» A première vue, rien n'indique qu'il y ait eu lutte et pourtant frappé par devant, il a dû voir venir à lui son ou ses assassins. À moins qu'il ne se soit pas défilé d'eux ou qu'ils aient réussi à s'approcher de lui vivement, en sortant de quelque coin obscur, grâce à la tempête de la nuit dernière.

» Les blessures ont été minutieusement relevées et décrites par le médecin légiste, surtout eu égard à la nature de l'arme dont les meurtriers se sont servis pour donner le coup mortel à M. Fauvel. Elle n'a pas encore été retrouvée et il est douteux qu'elle le soit, puisqu'elle n'était pas restée sur le lieu du crime, et que la police semble ignorer le chemin pris par le second malfaiteur qui pourrait n'être pas Rally, dit Charlot.

» Les restes du malheureux M. Fauvel seront remis à sa famille désolée. C'est à notre honorable commissaire de police, M. Martinetti, qu'a été confiée la douloureuse mission de prévenir la mère du pauvre jeune homme, laquelle habite, comme on sait, à la Basse-Indre.

» Il l'a fait avec une délicatesse de tact vraiment touchante. Mais notre plume serait impuissante à rendre l'accablement de Mme Fauvel, à la nouvelle du coup qui la frappait. On lui a dit que son fils n'était que blessé ; avec l'intuition d'une mère, elle a deviné le pieux mensonge et s'est écriée. — Vous me trompez ! mon fils est mort.

» Nous nous associons, au nom de toute notre population dont nous croyons être les interprètes, au deuil qui frappe ainsi, à la veille même d'un mariage, deux des familles les plus estimées de notre pays. »

Le chroniqueur du Phare en arrivait ensuite à l'examen fait par l'homme de l'art de Pierre Hervé qui, transporté dans la nuit sans connaissance à l'Hôtel-Dieu, y avait été entouré des soins les plus intelligents et les plus empressés :

« Les magistrats n'ont pu faire subir aucun interrogatoire à Pierre Hervé, toujours plongé dans cet état d'affaissement intellectuel, résultat du coup violent qu'il s'était porté sans doute dans sa chute accidentelle sur le pavé. Le docteur ne met pas en doute son complet rétablissement, mais il n'y compte pas avant quelques jours.

» En attendant, l'examen le plus minutieux a été fait, tant du corps d'Hervé que des effets dont il était vêtu. La figure, ne porte aucune trace sanglante, les mains non plus. Ce fait, qui semblerait au premier abord à la décharge de Pierre Hervé, s'expliquerait, paraît-il, de la façon la plus simple. Quand les agents le trouvèrent étendu sur le pont Sauvetout, ils se crurent en présence de la victime d'un meurtre, et, l'adossant au parapet du pont, ils s'empressèrent de lui laver la figure et les mains. Ce serait ainsi, par leur fait, que, la pluie aidant, toutes marques de nature à éclairer la justice auraient disparu.

» Par contre, des traces de sang ont été retrouvées sur les vêtements d'Hervé, auprès de l'ouverture des poches où ont été retrouvés les divers objets, bourse, bague, mouchoir ensanglantés. C'est évidemment en y portant la main qu'Hervé a ainsi souillé ses propres vêtements, écrivant en quelque sorte sur lui-même en caractères de sang sa propre condamnation.

» Un détail étrange pourtant : la casquette de soie ramassée sur le lieu du crime n'est évidemment pas celle d'Hervé, elle est beaucoup trop petite pour lui ; or, elle ne va pas non plus à la tête de Charlot, qui avait été extrait de la maison d'arrêt pour être confronté avec la victime et à qui, par la même occasion, le magistrat instructeur avait fait essayer la casquette en question. Il y a donc là un point obscur qui dérouterait les recherches de la justice, s'il n'était pas possible que cette casquette ne jouât aucun rôle dans l'affaire et que les assassins fussent l'un et l'autre nu-tête. Ce serait un passant, un ivrogne quelconque absolument étranger au crime qui aurait perdu là cette vieille casquette.

» Il paraît que la confrontation de Charlot et du cadavre de la victime a été fort émouvante.

» Le jeune boucanier n'a fait aucune difficulté de reconnaître qu'il avait remarqué Albert Fauvel, dont, disait-il, il ignorait le nom, la veille au soir, dans le tripot de la Champfleury. Il jouait avec des alternatives de gain et de perte, mais il gagnait plutôt.

» L'interrogatoire de Charlot s'était continué à peu près ainsi

» D. Allez-vous souvent dans cette maison de jeu clandestine ? — R. Non, de temps en temps, pour les beaux « quinquets » de la bobonne, une fine mouche, je vous assure.

» D. Y jouez-vous ? — R. Pour la gloire quelquefois ; pour des ronds jamais. Bon pour les Crésus, mais un pauv' boucanier comme moi !

» D. Hier soir, vous avez suivi la partie que jouait la victime ? — R. Oh ! d'un œil seulement, j'étais dans le brind'zingues et, à parler franc, j'suis pas trop au fait de ce qui s'est passé.

» D. Ce système serait vraiment par trop commode : un tueur père et mère et l'on viendrait dire ensuite à la justice qu'on était ivre et qu'on ne se souvient de rien. — R. Fauvel était-il un habitué de la maison. — R. On disait que non autour de moi.

» D. Avec qui a-t-il joué ? — R. Un peu avec tout le monde, avec tous ceusses qui étaient là. Devant le tapis vert, gnia ni grands seigneurs, ni petites gens, rien que des joueurs.

» D. Est-il sorti avant vous ou après ? — R. Je n'sais pas.

» D. Janvier, dit l'Andouillard, vous a accompagné ? — R. Un bout d'conduite jusque sur la place des guenilleux.

» D. Il prétend n'être pas allé si loin et vous avoir quitté place du Bon-Pasteur. Aviez-vous de l'argent sur vous à ce moment-là ? — R. Non.

» D. D'où vous venaient alors les trois louis trouvés sur vous ? Croyez-vous que ce soit Janvier dit l'Andouillard, qui les a t glissés dans votre poche. — R. Je l'en crois totalement incapable ; i' me les y aurait plutôt refaits à la grinche, s'il avait cru les arquepincer ; ma's comment l'aurait-il présumé ? Je n'en savais rien moi-même.

» D. Enfin vous voilà devant le cadavre d'un pauvre garçon hier encore plein de vie et de santé, tué et dépouillé par vous...

» Ici Charlot a esquissé un geste de dénégation...

» Le magistrat continua :

» — Vous le niez, soit : la justice appréciera. En attendant, vous n'exprimez pas le moindre regret de sa mort.

» L'impartialité nous commande de dire que la réponse de Charlot, faite avec une émotion

plus ou moins sincère, a produit bonne impression :

» — Si je le regrette ! s'est-il écrié, cent fois plus que vous, m'sieu le juge. Certes, lui vivant, je ne serais pas là pour me défendre. C'est lui qu'i vous dirait que je ne l'ai ni dépouillé, ni esturbi. Je n'pose pas pour un petit saint, mais voler et suriner, j'mange pas de c'pain-là. »

» L'article du journal se terminait ainsi :

» Nous croyons savoir que, dès que la justice pourra interroger Hervé, c'est-à-dire dans quelques jours, l'affaire sera menée rondement. Selon toutes vraisemblances, l'instruction se terminera par le renvoi en cour d'assises d'Hervé et de son camarade Charlot, sous la double inculpation d'assassinat et de vol.

» La peine capitale s'ensuivrait, au cas où le jury refuserait aux accusés les circonstances atténuantes. »

Cette lecture avait été faite, tout d'une haleine par Rougeois, au milieu d'une attention générale que n'avait pu distraire l'entrée dans la salle de quelques autres habitués parmi lesquels M. Martinetti cr. personne, le commissaire de police, fort lié, comme nous l'avons dit, malgré sa situation, nous serions plus exact en écrivant par sa situation avec toute la jeunesse dorée de Nantes.

— En fin de compte, fit un des joueurs qui avait interrompu sa partie, rien n'est prouvé ou du moins pas grand'chose : pas d'aveux, l'un des accusés nie tout, l'autre ne peut parler. Pas de témoins : c'est une superbe affaire pour la défense.

— Vous vous trompez peut-être, intervint alors M. Martinetti. Il y a des témoins, ce sont les pièces à conviction et elles ne manquent pas dans l'affaire. Elles parleront, que dis-je ? elles ont déjà parlé.

Une perquisition a été faite tantôt au domicile d'Hervé et de Charlot, rue Barrière-de-Couëron, 14, elle n'a pas donné grand résultat, ma's, par la même occasion, la police en a opéré une autre chez la maîtresse du principal coupable, rue Paré, sans trahir aucun secret professionnel, je puis vous dire qu'elle a amené la découverte chez cette jeune fille de cinq mouchoirs absolument semblables à celui qui a été trouvé ensanglanté dans la poche d'Hervé. Est-ce assez clair cette fois, cher monsieur ?

— Comment cela? dit l'incrédule à qui le commissaire venait précisément de répondre, mais qui ne voulait pas, par esprit de contradiction, se déclarer vaincu par l'évidence.

— Rien de plus simple: cette jeune fille que, dans le quartier, l'on a surnommé Mignonne (elle est fort gentille, du reste), possède évidemment une demi-douzaine de mouchoirs, nous n'en retrouvons que cinq.

Qu'est devenu le sixième ?

— Mais c'est la scène de la jalousie entre Bartholo et Rosine que vous nous contez-là, mon cher commissaire ?

— Si vous voulez, avec cette différence que Hervé n'a pas pris de précaution inutile, je l'espère. Interpellée. la maîtresse d'Hervé ne sut que répondre. Elle croyait bien avoir son compte, elle ignore où, quand et comment elle a pu l'égarer et ces petits détours ne sont pas bien naturels pour sauver son amant qui lui a pris ce mouchoir et y a essuyé ses mains ensanglantées ?

— Tout beau, tout beau ; mais votre réquisitoire, mon cher commissaire, pèche par la base. Votre soi-disant meurtrier n'a pas pu essuyer au mouchoir de sa jolie maîtresse ses mains plus ou moins ensanglantées, puisque, d'avis du médecin elles ne présentaient pas la moindre tache de sang.

— Dame ! parce qu'au premier moment, les agents prenant le meurtrier pour la victime, en lui lavant la figure et les mains, ont commencé par faire disparaître les traces accusatrices.

— Les magistrats ne sont jamais à court de réponse. Et cette pauvre Mignonne, puisque

Mignonne Il y a, la comprenez-vous aussi dans la poursuite comme complice, pour ce mouchoir pris ou prêté et pour ce mensonge bien pardonnable ?

— Comme complice, non pas ; comme témoin, peut-être ; et si vous suivez les débats...

— Nous les suivrons à coup sûr.

— Vous verrez là une belle fille :

— Ces brigands d'boucaniers ne se refusent rien, dit un des jeunes gens présents ; ils cueillent les fleurs les plus tendres et les plus jolies et c'est quand ils n'en veulent plus qu'ils nous passent leurs restes fanés.

— On la dit sage..... relativement.

— Et où demeure cette beauté, cette sagesse ? dit d'un ton goguenard un interlocuteur, j'irai pousser une visite comme journaliste à l'occasion.

Tandis que la conversation continuait entre les habitués du café Molière, dégénérant parfois en discussion assez vive sur les côtés quelque peu obscurs encore du crime du Pont-Sauvetout, remontons de quelques heures en arrière pour assister à la perquisition que se faisait chez la pauvre Anne-Marie, plus morte que vive.

Elle demeurait au quatrième étage de la maison portant le numéro 2 de la rue Paré. Un couloir, à gauche duquel était une échoppe souvent inoccupée du disciple de saint Crépin, conduisait à l'escalier qui déroulait à droite la spirale de ses marches de granit. C'est chose à noter, en effet, que ces escaliers de pierre de taille que possèdent les maisons les plus vieilles et les plus délabrées de notre ville et qui leur donnent aujourd'hui un certain cachet d'opulence. Il était défendu jadis de les construire autrement, à raison des dangers d'incendie, et peut-être est-il fâcheux que ces sages prescriptions n'aient pas été maintenues pour les constructions plus récentes dont les dégagements, il faut le reconnaître, sont plus larges et mieux aménagés que dans les maisons d'autrefois.

De larges baies, sans fenêtres, éclairaient l'escalier et s'épanchaient sur une cour de forme ovale qui eût été assez considérable, si elle n'avait été séparée en deux par un mur de trois mètres de hauteur environ percé d'une porte au milieu. Cette porte faisait communiquer la maison de la rue Paré, 2, à la maison de la rue Contrescarpe portant le numéro 7 (rue Guépin aujourd'hui) et dont dépendait la seconde moitié de la cour.

La maison de la rue Contrescarpe était habitée par des bourgeois ; dans la maison de la rue Paré demeuraient des commerçants en détail ; aux premiers étages et plus haut des ménages d'ouvriers.

C'est dans une petite chambre mansardée qu'Anne-Marie logeait depuis quelque temps, fort estimée de ses voisins qui la savaient aussi travailleuse que gentille et qui lui avaient pardonné ses relations avec Hervé, à raison de leur discrétion. Elles ne faisaient pas scandale : Hervé venait de temps en temps chez sa maîtresse, mais n'y était pas installé et c'était surtout le dimanche qu'ils aimaient à faire de bonnes et longues promenades ensemble.

L'interrogatoire de la jeune fille ne fut pas bien long au commissaire de police, elle déclara bien qu'elle attendait la veille Hervé et Charlot, ajoutant qu'elle ignorait ce qu'ils avaient pu faire l'un et l'autre de leur soirée.

— Je les crois incapables d'un meurtre, dit-elle en terminant avec d'autant plus de courage que tout semblait accuser celui qu'elle aimait, je les crois surtout incapables d'un vol et d'un meurtre pour cacher le vol. Hervé est vif jusqu'à la violence, il est foncièrement honnête.

— Ne prenez pas trop vite fait et cause pour lui, répondit le commissaire. Les renseignements sur lui sont mauvais, très mauvais, et puisque vous parlez d'honnêteté, ces relations avec vous, jeunes comme vous l'êtes tous deux, ne sont pas à sa décharge.

Anne-Marie rougit sous cette réponse personnelle, dont au fond du cœur, elle comprenait tort le poids. Avait-elle bien le droit de porter la tête si haute, elle, la maîtresse d'un voleur et d'un assassin ?

Elle se tut. La perquisition se fit sans grand tapage. Nous en avons fait connaître le résultat d'une réelle importance aux yeux du parquet.

— Allons, tout va bien, se dit en lui-même, quand il en eut connaissance, le jeune magistrat qui remplaçait le juge d'instruction en congé, et pour mon coup d'essai, j'ai fait un coup de maître. Il n'y a pas douze heures que le crime a été commis, et j'en tiens déjà presque tous les fils.

— Allons, tout va mal, murmurait juste à la même minute maître Frémaud, le greffier criminel : mon intérimaire s'est emballé sur une première piste à laquelle il rattache nécessairement tous les détails qui lui parviennent. Je ne vois pas du tout l'affaire comme lui. Enfin ! je ne suis que le greffier, j'enregistre parfois des erreurs, j'ai du moins la consolation de n'en jamais commettre.

VI

RUE DU PAS-PÉRILLEUX

— Si nous faisions une partie de vache ! dit l'Andouillard, ça nous permettrait de tuer l'temps en attendant les frangins.

— Va pour une vache, répondit Coquet, à qui se trouvait large et plate en même temps, comme s'il eût été, dans son enfance, passé au laminoir, avait valu sur le cale le sobriquet expressif de Planche-à-Pain.

Et Boulotte fredonna à l'adresse de la vieille cuisinière qui passait au même instant, le couplet à la mode :

Vieille, va che... richer ma guitare
Pour accompagner ma chanson,

en accentuant les syllabes que nous soulignons et dont la bonne femme, habituée sans doute à de pareils compliments, ne se formalisa du reste pas davantage.

Louis Durassier, dit le Grand-Louis, qui, de par la prononciation nantaise quelque peu traînante et chantante, répondait mieux encore au surnom de Grand-Le-Louis, s'amusait à aspirer la fumée de sa cigarette qu'il renvoyait tantôt par les oreilles, tantôt par le nez, à la figure de Boulotte. C'était son amant de cœur, son protecteur et suivant l'expression consacrée aujourd'hui, mais qui n'avait pas cours à l'époque où se passe cette histoire, il vivait *marmitalement* avec Amélie Milinier, une bretonne d'auprès d'Auray, qui avait jeté bien lestement sa coiffe et ses cotillons par dessus les ailes du moulin natal et à qui ses formes capitonnées sans le secours de la corsetière avaient bientôt valu une clientèle aussi nombreuse que peu choisie.

C'était la fainéantise surtout qui avait fait d'Amélie Milinier une fille. Appartenant à une bonne famille de meuniers, elle avait quitté, jeune encore, le domicile paternel pour entrer en service à Nantes, mais le travail l'avait effrayée, l'emploi constamment régulier de son temps du matin au soir n'allait guère d'accord avec sa nature éprise de liberté, une demi-journée de sortie le dimanche dans l'après-midi, c'était bien maigre et elle ne tarda pas à se fatiguer d'une situation aussi pénible à son gré.

Dans ces conditions, elle quitta sa place, battit pendant quelques jours le pavé de Nantes, à la recherche d'une position sociale moins fatigante et plus lucrative et se trouva bien vite lancée, comme tant d'autres, dans la galanterie vénale.

Sans doute au cours de ce récit, aurons-nous à reprendre quelques détails de ce passé peu honorable, ainsi que de celui de son protecteur et maître, le Grand-Louis. Quant à présent, suivons la vieille cuisinière qui revenait avec une manière de tapis vert graisseux et un jeu de cartes plus graisseux et plus sale (encore) c'était la *vache* que l'on appelle aussi le jeu de cartes d'*aluettes.*

C'est surtout dans les familles restées nantaises sans alliage, dans la classe ouvrière qui ne s'expatrie guère et où les mariages se font entre gens du pays que se joue encore, à la veillée, ce jeu bizarre, d'importation basque, où les épées et les massues d'Hercule remplacent le trèfle et le carreau, ce jeu aux expressions étranges, aux combinaisons multiples et inattendues, qui fait qu'au loin deux Nantais, deux Vendéens se reconnaissent comme à un mot d'ordre mystérieux.

Pourquoi cartes d'*aluettes* ? L'auteur ne se charge pas de l'expliquer. Le mot n'est ni dans le Dictionnaire de l'Académie, ni dans Littré, ni dans Larousse. Quel en est le sens exact ? Quel en est l'étymologie ? Comment ce jeu s'est-il conservé dans la population de la Basse-Bretagne et de la Vendée ? La question mérite peut-être d'être étudiée, mais ailleurs qu'au cours du récit de cette dramatique histoire.

Le nom populaire de *vache* est beaucoup plus facile à élucider.

Le jeu se joue à quatre personnes, deux contre deux ; les partenaires ont le droit de se signaler l'un à l'autre, par gestes, leurs cartes majeures, et le devoir de le faire assez habilement pour que leurs deux adversaires ne s'en aperçoivent pas. Les plus fortes cartes sont Monsieur, Madame, le Borgne, la Vache (qui donne son nom au jeu), puis les doubles as, grand neuf, petit neuf, deux de chêne, deux d'écrit, etc., etc. Par quel signe cabalistique s'annoncent ces cartes ? Monsieur lève les yeux au plafond, Madame joue de la prunelle, le Borgne ferme un œil, comme un soldat à la cible au moment de presser le doigt sur la gâchette du fusil ; une moue des lèvres annonce la Vache, c'est le mouvement du mufle des ruminants qui s'apprêtent à beugler, moins le beuglement, bien entendu. Grand neuf se signale en levant le pouce ; petit neuf en levant l'auriculaire, et ainsi de suite.

Quant aux combinaisons, elles sont curieuses et dignes d'être étudiées, les cartes à la main. Tel n'est pas ici notre but.

— Merci, mère Machin, cria Boulotte à l'adresse de la vieille cuisinière, qui était sourde comme un pot... au feu.

L'un des trois jeunes gens qui lui tenaient compagnie demanda alors :

— Comment nous installons-nous ?

— Ça m'est bien égal : pourvu que j'soie avec mon gros Lou-Lou, ajouta-t-elle en se frottant amoureusement comme une chatte contre Grand-Louis, débrouillez-vous à votre guise.

La volonté de Boulotte ne pouvait supporter de contradiction. L'Andouillard et Planche-à-Pain s'assirent l'un en face de l'autre, tandis que Boulotte croisait ses jambes avec celles de son amant, en lui adressant mille mamours et en lui faisant des yeux en coulisses à laisser croire qu'elle avait plusieurs fois Madame dans les neuf cartes qui venaient de lui être données.

— Allons, Boulotte, assez de faridondaines comme ça à la clef. Jouons-nous ou ne jouons-nous pas sérieusement ?

— Ne te fâche pas, vilain *grognoux*, on l'on donnera des Boulottes comme la tienne ; si tu en as assez, dis-le franchement.

— Silence là-bas, répondit-il, et attaquons. À toi, l'Andouillard.

La partie commença.

— J'joue Robineau, les quat'sabots, fit l'Andouillard en abattant sur la table une des plus basses cartes d'aluette, un bonhomme qui se frotte le museau en guise d'embrassade, à la figure d'une bonne femme.

— Je coupe, dit le Grand-Louis, qui joua un cinq.

— Je surcoupe d'une cavalière, s'écria Planche-à-Pain.

— Et j'prends d'un as, fit en manière de conclusion Boulotte, qui ramassa le premier pli.

— À moi de rien, lui dit alors son partenaire.

— Va pour un neuf, répondit-elle.

L'Andouillard joua un sept, le Grand Louis coupa d'un as ; mais Planche-à-Pain se fendit du *deux d'écrit*, double as ainsi nommé parce qu'il porte d'ordinaire écrit entre les deux épées, le nom de Grimaud, le fameux fabricant de cartes à jouer.

— Attention, cria-t-il : j'y vais de rien : as-tu de la force, l'Andouillard ?

— *As pas pur, ma cuitte,* répondit ce dernier qui connaissait ses classiques sur le bout de la langue.

Planche-à-Pain joua une basse-carte. Boulotte coupa d'un monarque, l'Andouillard couvrit d'un as.

— Je te le coupe, cria le Grand Louis qui prit avec le *deux de chêne*, autre double as. Allons, continua-t-il, il faut donner de la force. Grand neuf !

— Fais donc ton *rupin*, répliqua Planche-à-Pain. Je l'*pige*, ton grand neuf avec mon rumiant.

Et il joua la vache.

— Madame ! cria à son tour Boulotte qui s'excitait au jeu, en couvrant les deux cartes de la sienne qui était maîtresse.

— Les femmes ! Y'gnin qu'ça, chantonna l'Andouillard sur un air de la *Périchole* et il abattit un méchant valet.

— J'ai deux plis premiers, conclut Boulotte toute fière d'annoncer ce succès aux trois jeunes gens ; et passant au coup suivant elle annonça :

— L'enseigne des couvreurs !

— Joue donc quéqu'chose de fort pour voir venir, dit Planche-à-Pain à l'Andouillard, son partenaire.

— J'te gobe, reprit celui-ci : petit neuf !

— J'file, dit le Grand Louis, en jetant un cinq.

Planche-à-Pain joua un dix.

C'était le premier pli de l'Andouillard. Il y eut un ban, et les trois autres joueurs se mirent à entonner en batterie de tambours : *Aux champs.*

L'Andouillard reprit en jouant une basse carte.

— Une boise, fit le Grand Louis, qui couvrit d'un roi.

— J'prends d'un as, dit Planche-à-Pain.

Boulotte fila. Planche-à-Pain mit cette seconde levée au travers de la première qu'il avait faite. Le jeu se dessinait péniblement.

— Et d'un sept, dit-il.

— Je file, dit Boulotte.

— Tu files toujours, cria l'Andouillard, qui joua une dame.

— Pourri, conclut le Grand Louis, en jouant par dessus la dame de son voisin, une carte de même valeur qui annulait le coup, sans profit immédiat pour aucun des joueurs.

Ce fut Planche-à-Pain qui, en présence de ce coup nul, jeta de nouveau la première carte, un cinq. Boulotte la couvrit d'un valet, l'Andouillard vint à la rescousse avec un roi, mais le Grand Louis qui avait le borgne, le jeta et fit la levée.

Le dernier coup n'était plus douteux pour les quatre personnages, un valet, un neuf, puis Monsieur, la plus forte de toutes les cartes d'aluettes, enfin une cavalière s'abattirent en un instant sur la table.

— Trois plis premiers s'écria joyeusement Boulotte, pas d'gage. Enfoncé, les hommes ! Tenez, vous n'êtes que des canaris.

Et sur cette déclaration, elle embrassa son petit homme qui allumait une autre cigarette.

— J'boirais bien quéqu'chose, dit-elle : rien ne vous assèche la *margonlette* comme d'gagner.

— Mère Machin, apporte-nous donc du doux, comme qui dirait un saladier d'vin chaud avec beaucoup de cannelle, pas mal de citron et trop de vin.

La salle où se passait la scène que nous venons de raconter était une des chambres faisant partie d'une location assez considérable qu'avait prise dans un des immeubles de la rue du Pas-Périlleux une femme du nom de la Champfleury.

Qui ne connaît au moins pour en avoir entendu parler, cette ruelle étroite du vieux Nantes, qui va de la rue de la Poissonnerie, en coupant celle de la Bléterie, jusqu'au quai Jean-Bart et qui autrefois, avant le creusement du canal de l'Erdre et l'ouverture de la rue d'Orléans, se prolongeait de l'autre côté de la rivière, dans cette allée couverte entre le magasin de vannerie à l'enseigne de la *Girafe* et le magasin de blanc qui fait l'angle du quai Cassard.

Peut-être aux siècles passés était-ce une des voies publiques les plus fréquentées du quartier Sainte-Croix. Toujours est-il qu'à présent elle ne saurait prétendre à pareil honneur. D'où lui vient le nom qu'elle porte ? Il y a bien à Paris la rue Vide-Gousset ; une percée qui ne date guère que de vingt ans a fait disparaître la rue Tire-Chape, chère aux malandrins et aux voleurs à la tire : pourquoi Nantes n'aurait-il pas sa rue du Pas-Périlleux ? Des filles de mœurs légères habitaient là autrefois : n'est-ce pas la vertu des passants qui risquait d'y faire un faux pas périlleux ? N'est-ce pas dans cette rue que trébuchaient la morale et la décence publique ?

Quoi qu'il en soit, la Champfleury occupait dans cette rue de médiocre renommée à l'époque où se passe notre histoire, une maison tout entière dont elle avait su tirer le meilleur parti possible. Au rez-de-chaussée une buvette de modeste apparence à l'enseigne peu compromettante : *Au rendez-vous des bons enfants* et de l'autre côté de la porte d'entrée, une manière de restaurant à bas prix, de pension d'ouvriers, qui, à certaines époques de l'année, était très fréquentée par les Compagnons du tour de France : à ceux qui se présentaient par la petite porte de la cuisine, on vendait aussi bouillon, viande et légumes à la portion pour dix ou quinze centimes. Le reste de la maison était occupé par des chambres garnies que la Champfleury louait ou à des gens qui *étaient mis à l'ordonnance* pour se soustraire aux poursuites de créanciers trop rigoureux, ou plutôt à des filles entretenues qui y amenaient leurs amoureux de rencontre. On payait à la quinzaine et d'avance et quiconque n'était pas en mesure de régler rubis sur l'ongle le terme suivant, était mis d'autant plus facilement à la porte qu'il n'avait d'ordinaire qu'une malle ou une valise à enlever en s'en allant.

La Champfleury était une femme de quarante-cinq ans environ qui, jeune fille, avait tenu, avec une vieille parente à elle, une petite boutique de mercerie, place du Pilori, à l'enseigne de l'*Écheveau d'Argent*. Bien des gens du quartier se rappelaient y avoir fait leurs emplettes de fil, d'aiguilles et de coton à tricoter. Mais un beau jour, la faim d'écrevisses en cabinet particulier, l'occasion, les regards tendres et quelque diable aussi la poussant, Joséphine, gourmande des jeunes gens, avait fini par enlever par un jeune fashionable d'alors et fit en sa compagnie une excursion amoureuse qui dura plusieurs jours et plusieurs nuits. Ce n'était là qu'un début : au train dont elle se lança dans cette vie nouvelle pour elle, mais à laquelle elle avait bien pris goût, les affaires de la petite boutique de l'*Écheveau* s'embrouillèrent tant et si bien qu'elle dut bientôt la fermer. Dès cette époque, elle compta parmi les célébrités du demi-monde de la galanterie nantaise, ruina des jeunes gens, notamment des maréchaux-des-logis du régiment de cavalerie en garnison à Nantes et tua à cause d'elle, s'acquina à un vieux baron débauché et mena à grandes guides l'existence la plus dévergondée.

Elle ne manquait pas d'esprit naturel, elle en avait assurément plus que d'orthographe, mais elle affectait une audacieuse liberté de paroles et se plaisait même, dans la conversation courante, à un véritable cynisme d'expression.

Elle avait alors acquis, grâce à la libéralité de son vieil amant, du côté de Saint-Herblain, une propriété appelée le Champfleuri, dont-elle s'avait pas tardé à se donner le nom avec un y au lieu d'un i en remplacement de celui de Rénard, médiocrement aristocratique, qu'elle portait. Aussi plus tard, quand, les rides une fois venues, elle dut renoncer à mettre à profit ses charmes rapidement flétris et à exercer sur le sexe fort ce qui lui restait de séductions personnelles, conserva-t-elle même le nom de la Champfleury dans la profession interlope qu'elle crut devoir embrasser. Loueuse en garni ! à de rares et honorables exceptions près, pareil métier est nécessairement suspect toutes les fois que la maison est ouverte à des femmes seules qui, sous le vocable mensonger de modiste ou de tailleuse, ne trouvent en réalité de moyens d'existence que dans la plus basse galanterie.

La Champfleury ne s'en tenait pas là, et dans le salon qu'elle s'était réservée au premier étage, sur une cour intérieure, elle avait installé un tapis vert où toutes les nuits, de dix heures au matin, on taillait un *bac* effréné. Détail étrange et cependant tristement vrai, la passion du jeu est si absorbante, elle envahit avec tant d'intensité le malheureux qui s'y est une fois adonné, qu'elle lui fait perdre du même coup les notions les plus vulgaires de la dignité d'abord, et souvent hélas ! de l'honnêteté ensuite.

Il venait chez la Champfleury le rebut de la population, d'anciens garçons de café mis à la porte des grands établissements, des bookmakers sans travail, des souteneurs du haut vol qui y accompagnaient leurs donzelles et, à côté de cette racaille, des commis-négociants, des caissiers qui comptaient sur les faveurs des cartes pour combler quelque déficit inavouable, des jeunes gens de famille venus pour faire la fête à Nantes pendant quelques jours et qui s'en donnaient pour leur argent dans les hôtels borgnes et les tripots clandestins. Parfois même, sous un faux nom, s'y glissaient des personnalités plus connues et certaine descente de police fit un jour grand bruit, quand le parquet parcourut la liste des joueurs surpris dans une aussi basse académie.

La Champfleury, grande et solide gaillarde, haute au taille et haute en couleur, menait d'une poigne de fer, cette maison difficile à bien tenir. Buvette, restaurant, chambres meublées, salle de jeu, elle avait l'œil à tout et ne laissait ni partir le consommateur qui ne réglait pas la bouteille vidée, ni la fille méditant de déloger à la cloche de bois, ni le joueur heureux qui aurait été tenté de faire Charlemagne sans esprit de retour. A ce dernier, les séductions féminines ne manquaient pas, et quelques verres de Saumur champanisé aidant, il n'était pas bien difficile de lui faire laisser, dans l'escarcelle d'une « tendresse » d'agréable compagnie le gain qu'il avait pu réaliser devant le tapis vert. Ce qui venait de la demoiselle de pique retournait ainsi à la demoiselle de cœur et, sous les traits de la dame Marthe de *Faust*, la Champfleury s'en venait demander à Boulotte ou à quelque fille de même catégorie, Marguerite aux mœurs faciles, le prix de ses honteuses complaisances.

C'était dans une des salles de derrière de la buvette du rez-de-chaussée qu'au début de ce chapitre nous avons trouvé réunis autour d'une partie de cartes d'alouettes quatre personnages dont un seulement nous était déjà connu.

Triste monde, le lecteur l'a devine sans doute, que celui de ces boucaniers : Victor Janvier, enfant trouvé dans le courant du mois de janvier (de là son nom) dans une allée de la chaussée de la Madeleine, où l'avait abandonné une mère dénaturée ; Émile Coquet dit Planche-à-Pain, Amélie Milliner dite Boulotte, et surtout Louis Durassicr dit Grand-Louis, voleur, brutal, joueur, ivrogne, vivant de l'inconduite de la femme, qu'il protégeait. Ce jeune homme, qui mettait au service du mal toutes les ressources de son

intelligence, résumait en lui tous les vices et eût été capable de tous les crimes pour satisfaire ses détestables appétits.

Ils achevaient leurs consommations, quand la Champfleury parut.

— Salut, la petite mère ! lui dit Grand-Louis.

— D'abord toi, sois poli, tu sais que je n'aime pas qu'on m'appelle « petite mère » ! Je ne suis pas assez vieille pour ça.

— Je retire petite, répondit l'autre.

— *Mat va*, reprit la maîtresse de la maison, qui ajouta : Or ça, les enfants, vous allez me faire le plaisir de *décaniller* et plus vite que ça. J'attends ce soir du monde, quelques Vendéens qui se sont annoncés, et je veux des invités plus *rupins* que vous autres. Vous êtes tous ficelés comme qual'sous. Si Boulotte veut rester, je lui donnerai un coup de démêloir et j'mets ma poudre de riz et mon eau de Cologne à sa disposition : faut l'faire belle, ma petite, si tu veux plaire.

— Eh bien et nous ! demandèrent à la fois l'Andouillard, Planche-à-Pain et Grand-Louis.

— Vous, répondit-elle, vous irez voir le Crébillon si j'y suis, à moins que vous ne me reveniez en me ramenant quelque bon client, la poche garnie de picaillons. Et en tous cas, défense de montrer dans la salle de jeu vos trois museaux, ils ne sont pas assez divertissants.

— C'est bon ! C'est bon ! Si on revient, on restera dans la cuisine. Dame, si t'attends du grand monde, tu nous permettras bien de v'nir l'reluquer, à l'œil.

— Allons, suffit : demi-tour et pas d'observation.

Quelques heures plus tard, la petite fête battait son plein.

On sait comment les choses se pratiquent dans les maisons de jeu clandestines où le baccara est à l'ordre du jour ou plutôt de la nuit. La banque se met en adjudication trente ou quarante fois au cours de la soirée et c'était le joueur dont l'enchère montait le plus haut qui devenait le banquier. La minimum de la rétribution n'est jamais inférieur à cinq francs, mais, suivant le gain fort peu ou leur généreusité naturelle, les joueurs se laissent aller à des libéralités plus ou moins grandes et, en échange des risques qu'elle court, la maîtresse du tripot — c'est d'ordinaire une femme qui préside à la tenue de ces académies interlopes — se fait des recettes considérables. Pour peu qu'elle soit jolie et que l'heureux gagnant ait le cœur tendre, les jeux de l'amour succèdent souvent aux jeux du hasard, et c'est ainsi que les louis d'or ne font que passer entre les doigts du joueur persévérant pour arriver aux mains de sa volage maîtresse.

La Champfleury n'était plus ni de la première jeunesse, ni même de la seconde et à défaut de ses attraits personnels, trop fanés pour exercer sur les favoris de dame Fortune une séduction irrésistible, elle recevait dans son tripot des femmes galantes du demi-monde et au besoin du quart-e monde quand elles changeaient, à l'inverse des maraudeurs sur les champs de bataille, de dépouiller non les vaincus, mais les vainqueurs. Grisettes au minois futé qui se parfumaient à l'essence pénétrante du patchouli, actrices de cafés-concerts qui avaient perdu leur filet de voix par l'abus des alcools, femmes plâtrées et coloriées sur la figure de qui on eût volontiers posé cet écriteau : *Prenez garde à la peinture*, toutes, se donnaient rendez-vous un soir ou l'autre dans le tripot de la Champfleury et formaient, autour du tapis vert, un escadron volant qui rançonnait impitoyablement les goussets trop bien garnis. Les joueurs n'échappaient aux coups redoublés, des grecs que pour passer sous les fourches-caudines de ces romaines de la décadence.

Il y avait foule ce soir-là dans la salle de jeu de la Champfleury, beaucoup même avec une sobriété prudente. La fine mouche, qui se méfiait toujours de quelque descente de police, connaissait sur le bout de son ongle rose, le code des joueurs, elle savait que le mobilier de tout tri-pot est soumis à la confiscation et c'est pour-quoi, en dehors d'un superbe lustre installé là par le propriétaire, table et chaises étaient d'une excessive simplicité. Si jamais la justice je-tait le grappin sur le tapis vert, elle ne ratierait pas grand'chose.

Par contre, la chambre voisine qui communi-quait à la salle de jeu par une baie dissimu-lée par un rideau de damas bleu, était meublée assez luxueusement. Sur le plancher, une large carpette, des fauteuils, un canapé moelleux où d'autres émotions attendraient au besoin les visi-teurs ; sur la cheminée, des lampes dont des tulipes en verre dépoli tamisaient doucement la lumière ; dans un coin, une servante où se dé-bitaient des consommations diverses, du cham-pagne mousseux à dix francs la bouteille, dont les vignobles tourangeaux faisaient ordinaire-ment les frais, des pâtisseries, des pommes d'a-pi, où ces dames aimaient à se mouler les dents, des mandarines qu'elles se plaisaient à écorni-fler, etc., etc.

Ce soir-là la salle de jeu n'était pas moins remplie que la chambre voisine.

Autour du tapis, un public des plus mélangés suivait, avec émotion, les coups qui se succé-daient. C'était un jeune homme d'une bonne famille de la Mothe-Achard qui gaspillait les débris de l'héritage paternel, quitte à faire au fond du fossé la culbute ; c'était un restaurateur interlope qui amenait là sa clientèle de ren-contre et jouait pour le plaisir de jouer ; un épicier failli, un pharmacien en rupture de bo-caux, un étudiant en médecine de quinzième année, des agents d'affaires véreux, des em-ployés de commerce, un ancien notaire des-titué de ses fonctions et même le patron de la buvette mal famée à l'enseigne du l'Ort-il-de-Chat, où la police de sûreté avait la veille au soir mis un instant l'Andouillard en état d'ar-restation. Autour de la table, ne prenant pas part aux chances de la fortune capricieuse, Grand-Louis était sur un gilet jaune clair une chaîne en doublé qui reluisait à la lumière du lustre et Planche-à-Pain, les mains derrière le dos, suivait, à côté du banquier, les cartes qui se succédaient avec une rapidité vertigi-neuse, tandis que l'or et l'argent couraient sous le râteau du croupier dans un va-et-vient éblouis-sant. Quelques femmes flirtaient aussi autour des joueurs qu'elles excitaient et à qui elles empruntaient de temps en temps un louis pour tenter la fortune.

Dans la chambre voisine, Boulotte, enfoncée paresseusement dans une bergère, tenait une cigarette : l'Andouillard, seul auprès d'elle, lui causait tout bas à l'oreille.

— Voyons, Boulotte, pourquoi ne plantes-tu pas là ton grand Louis et viens-tu pas te mettre avec moi ? Je serais ton petit homme, tu serais ma petite femme et je t'aimerais comme du bon pain blanc.

— Tu sais bien qu'au fond je ne demanderais pas mieux que d'lâcher ce gueusard-là. Depuis quelque temps surtout j'l'abomine...

— Eh bien, c'est le moment de le planter là comme des draps, ce brutal.

— Tu n'comprends donc pas que c'est sa bru-talité qui m'épouvante. Il serait capable, non par jalousie, mais par méchanceté, de vouloir se revenger et il me donnerait bien vite un mauvais coup. Ce n'serait pas le premier.

— Eh bien, moi, j'compte donc poure rien ?...

— Je n'dis pas ça, mais il est plus fort que toi, et, traître comme je le connais, il te frap-perait par derrière.

— Voyons, Boulotte, sois gentille pour ton ami.

— Plus tard nous verrons, mais en ce mo-ment j'ai peur : il était tout chose ce matin quand je suis rentrée à la maison, et d'une humeur de dogue et je voulais lui adresser la parole, et en même temps il paraissait inquiet, dès qu'un pas

lourd se faisait entendre dans l'escalier. Qu'a-vait-il encore ?

— Le lui as-tu demandé ?

— Oui, mais il m'a envoyé dinguer en m'di-sant que ça n'regardait pas les femelles et que si j'n'fermais pas mon bec, il m'collerait un pain de première. Dame ! j'ai pas insisté. Fallait qu'en soit grave pour qu'il m'ait pas même de-mandé quéqu'argent pour ses menus plaisirs.

— T'en avais donc ?

— Oui, nous n'étions rentrés de la Joue-lière qu'à trois heures du matin, Amanda et moi, avec des types très chocnosoff qui avaient été grands et généreux. Mon petit homme m'a tout laissé. J'sais pas pourquoi j'ai dans l'idée qu'il avait fait un coup de sa façon. Mais à pro-pos, n'en sais-tu rien toi-même au lieu de me faire jaspiner comme une jacasse ?

— Moi, riu de rien, répondit l'Andouillard.

La salle était à peine éclairée. Si Boulotte, qui d'ailleurs s'enveloppait exprès de la fumée de sa cigarette, eût dévisagé de plus près son interlocuteur, elle aurait sans doute remarqué l'embarras avec lequel il supportait cette conver-sation, répondant à peine aux questions qu'elle lui posait.

Comme ils allaient continuer, le bruit qui se faisait dans la salle de jeu, interpellations des joueurs, appel du banquier, rires des femmes, cessa brusquement couvert par la voix stri-dente et impérative d'un homme qui venait d'ouvrir la porte :

— Que personne n'essaie de sortir! toutes les issues sont gardées.

Avant même que ces quelques mots fussent achevés, un des habitués avait éteint le gaz du lus-tre, tandis que le croupier faisait main basse sur les fonds engagés et que la plupart des joueurs pénétraient dans le salon voisin où se tenaient Boulotte et l'Andouillard et qu'éclai-rait faiblement une lampe placée sur la che-minée.

Bientôt une allumette brilla et le lustre re-prit son éclat accoutumé.

Le lecteur l'a deviné sans peine, c'était la police qui, sous les ordres du commissaire Mar-tinetti, faisait irruption dans ce tripot mal famé d'où la veille au soir le pauvre Albert Fauvel n'était sorti que pour aller à la mort.

— Inutile de faire les méchants, dit aussitôt le commissaire : vous allez tous passer devant moi, à tour de rôle, me donner vos noms, pré-noms et qualités et répondre à mes questions sans barguigner, ou sinon, je vous arrête séance tenante.

Ce furent les joueurs proprement dits qui dé-filèrent les premiers. La police les connaissait déjà pour la plupart ; ne les avait-elle pas déjà surpris trois semaines auparavant dans l'arrière-boutique d'une pension de marins de la rue des Trois-Barils ? Ceux qui pensaient n'être pas con-nus, donnèrent, suivant la coutume tradition-nelle, de faux noms et de fausses adresses. Tous ceux-là, après un interrogatoire sommaire, fu-rent laissés en liberté.

— Encore vous, hé M. Martinetti, quand vint le tour de l'Andouillard ; je vous trouve sur ma route ce matin, je vous rencontre de nouveau ce soir. Que faites-vous ici ?

— J'faisais un somme su'l'divan d'à côté, jus-tement à cause de la nuit blanche que j'ai pas-sée hier à votre service, répondit l'Andouillard : et j'étais plongé ben tranquillement dans les bras de l'orfèvre quand votre entrée m'a réveillé en cerveau, répliqua plutôt à Boulotte.

Boulotte confirma les dires de l'Andouillard.

— Et vous, dormiez-vous aussi, Grand-Louis ? demanda le commissaire de police.

— Non, je faisais ma partie, répondit posément le boucanier.

— La faisiez-vous aussi hier, en compagnie de votre ami l'Andouillard ?

— Non ; s'il est venu ici, il y est venu seul. Je n'suis pas entré chez le Champfleury hier.

— Où donc étiez-vous ?

— Dans mon lit ; je m'étais couché de bonne heure ; demandez plutôt à ma logeuse.

L'interrogatoire ne semblait pas tourner au gré du commissaire. L'Andouillard s'était déjà expliqué le matin même d'une façon plus ou moins acceptable sur l'emploi de sa soirée ; ni Boulotte, ni son amant de cœur n'avaient, au moins à les en croire, fait d'apparition la veille dans le tripot de la rue du Pas-Périlleux. L'in-telligent officier de police judiciaire se heurtait, devant le silence absolu de ceux que leur passé permettait de suspecter. Assurément, il se pro-mettait bien la pelle de vérifier leurs déclara-tions ; mais quant à présent, elles coupaient court à toute investigation nouvelle.

La Champfleury n'était ni dans l'une ni dans l'autre salle au moment de l'entrée de la police, le commissaire avait chargé un de ses agents de la lui découvrir et bientôt elle arriva en des-habillé de nuit, les pieds dans des babouches.

Elle savait déjà ce qui venait de se passer. Prise en flagrant délit de tenue de maison de jeu clandestine, elle ne pouvait songer à nier. Le commissaire fit procéder devant elle à l'in-ventaire du mobilier dont il opérait la saisie puis, arrivant au but essentiel de sa visite, il demanda à la Champfleury quelques détails sur la présence de Fauvel dans son tripot et sur les meurtriers présumés.

— Procédons par ordre, fit-il : connaissez-vous Hervé et Charlot ?

— Qui ne les connaît pas ? Ce sont les deux inséparables. Qui voit l'un, voit l'autre.

— Les avez-vous vus ici hier soir ?

— Non : pourtant il paraît que Charlot est venu et que contrairement à son habitude il était seul.

— Est-il entré dans la salle de jeu.

— Comment voulez-vous que je l'aie remar-qué ? Ce n'est pas un client tellement précieux pour moi que je surveille tous ses mouvements, et si je ne compltais que sur lui pour arrondir ma pelotte...

— A quelle heure est-il sorti ?

— La domestique ou la cuisinière vous le di-ra mieux que moi.

— Et n'avez-vous pas eu la visite d'un jeune homme fort distingue que vous n'aviez jamais vu, bien mis, vingt-cinq ans environ, bague ca-mée à la main droite ?

— En effet, je l'ai vu.

— Comment a-t-il pu pénétrer jusqu'à ce salon où l'on n'entre qu'avec un mot de passe ?

— Je l'ignore ; mais, s'il est entré seul, il avait certainement le mot, sans que je puisse savoir de qui il le tenait.

— A quelle heure est-il parti ?

— D'assez bonne heure, vers une heure et demie.

— Seul ?

— Je n'ai vu personne sortir en même temps que lui.

— Votre cuisinière l'a-t-elle vu s'en aller ?

— Je ne le sais pas.

— Avait-il été heureux au jeu ?

— Il avait plutôt gagné.

— Qui tenait la banque hier ?

— C'était Redon, l'ancien notaire, qu'on sur-nomme Gratte-Papier.

— Nous le questionnerons.

Cet interrogatoire languissait : la Champfleu-ry feignait de ne rien savoir ou du moins de ne pas savoir grand'chose des faits de la veille dont elle comprenait la gravité pour sa maison ; que la justice était capable de mettre à l'index, com-me si elle pouvait être responsable d'une atta-que nocturne commise sur un joueur. Avec cette manière d'étendre les responsabilités, on pour-rait aller loin.

Le commissaire Martinetti l'invita à passer le lendemain au petit parquet et se retira après avoir terminé le procès-verbal. En tous cas, il ne revenait pas bredouille de son expédition nocturne. Si l'affaire Fauvel n'en profitait pas, il n'en avait pas moins surpris un tripot clan-

3

destin que le parquet poursuivrait certainement devant le tribunal correctionnel.

Au fond, il ne comptait qu'à demi sur cette descente de justice pour éclaircir le mystère du Pont-Sauvetout, les aveux, les contradictions qui les remplacent ne s'obtiennent pas par des mesures violentes, qui mettent les gens sur leurs gardes et leur indiquent le silence comme ligne de conduite. Mais il fallait, au lendemain de ce crime, donner une manière de satisfaction au sentiment public et comme l'opinion était montée contre le tripot de la Champfleury, on fermerait son établissement, afin de calmer les esprits et l'on édicterait contre elle des poursuites judiciaires.

Quant au crime en lui-même, on verrait : la justice tenait déjà deux meurtriers, était-il absolument indispensable qu'elle en découvrît un troisième ou un quatrième ?

C'est ce que disait le lendemain matin, en guise de conclusion, M. Martinetti, au juge d'instruction, en lui rendant compte de son expédition nocturne, rue du Pas-Périlleux.

— Voyez-vous, monsieur le juge d'instruction, la grosse question à présent, c'est de savoir quelle attitude va prendre Hervé quand vous pourrez l'interroger ; s'il fait des aveux, l'affaire, déjà très claire, marchera toute seule.

— Il en fera, monsieur Martinetti, dit d'une voix haute et assurée le magistrat qui ne doutait pas de la culpabilité du boucanier.

— Il n'en fera pas, murmura entre ses dents un troisième personnage qui assistait muet à l'entrevue.

C'était Me Frémaud.

VII

UNE ÉCHAPPÉE DE LUMIÈRE DANS LA NUIT

Une huitaine de jours s'étaient passés depuis les événements que nous venons de raconter.

L'émotion publique s'était déjà calmée ; le scandale du lendemain — une femme du monde partie avec un petit-crevé en laissant en plan son mari et ses deux enfants — avait presque fait oublier le drame de la veille et, sauf la justice toute, mais qui ne s'arrête jamais dans sa marche, sauf encore les personnages mêlés plus ou moins directement à cette mystérieuse affaire, on ne s'en préoccupait plus en ville, pas plus aux derniers degrés de l'échelle sociale qu'au sommet. Le journal avait résumé le sentiment général en déclarant à un moment donné que l'instruction suivait son cours et que les criminels seraient probablement jugés aux assises de mars.

Les fêtes de Noël approchaient ; ce n'étaient plus des malfaiteurs que la population s'inquiétait ; tout à la joie on ne songeait qu'à réveillonner gaiement, à passer une joyeuse journée le premier de l'an, puis à tirer les rois, et la triste nuit de décembre où était mort assassiné le malheureux Fauvel, était déjà loin dans l'émigrate et fugitive mémoire de ceux mêmes qui se disaient ses amis. Les morts vont vite et l'oubli, a écrit George Sand, est la fleur qui croît le mieux sur les tombeaux.

Mais son souvenir était toujours vivant dans le cœur de celle qui avait été sa fiancée, de la pauvre Céline Delabrière, frappée en pleine joie à la veille d'être la plus heureuse des jeunes mariées et veuve, sans avoir été femme.

Et comme elle avait appris la terrible nouvelle ! Brutalement, sans une main amie pour la soutenir, sans une tendre parole pour la consoler, de la bouche d'un agent de police qui procédait à une arrestation sous ses yeux.

On meurt parfois de joie, dit-on, mais on ne meurt jamais de douleur. La douleur de Céline fut aussi sincère, aussi profonde, aussi immense qu'il est possible de l'imaginer ; elle en fut tout d'abord abattue, malgré sa fermeté de caractère, comme par un coup de foudre. Sans s'arrêter aux détails dramatiques et poignants du meurtre, tout son esprit, tout son cœur s'absorbaient dans cette seule pensée : « Mon fiancé, mon bien aimé n'est plus ! » Parfois elle se refusait de croire à un malheur aussi irrémédiable et, perdue dans sa douleur muette, elle se surprenait à l'attendre, prêtant machinalement l'oreille au moindre bruit extérieur, tressaillant au moindre coup de sonnette comme si c'était lui, le cher adoré, qui allait entrer dans ce salon que les deux amoureux illuminaient jadis de leur sourire.

Ni les baisers de sa mère, ni l'affection intelligente de son père n'étaient tout d'abord parvenus à la distraire de cette idée fixe, qui lui était restée dans le violent délire des premières heures. Les craintes que cette fatale nouvelle, apprise dans les conditions que l'on connaît, avait pu faire concevoir pour sa santé, n'avaient pas duré ; mais quelle influence ne mort tragique de son fiancé exercerait-elle sur cette imagination vive, sur ce tempérament impressionnable ? Un point d'interrogation quelque peu menaçant se dressait à cet égard.

Elle avait commencé par refuser toute consolation ; à l'exception de ses parents, sa chambre avait été fermée à tout le monde. Doublusson lui-même était venu présenter à son oncle et à sa tante l'expression de ses condoléances, mais il n'avait pu pénétrer jusqu'à sa cousine, qui, couchée les premiers jours, confinée à la chambre ensuite, près du feu, dans un fauteuil, ne voulait recevoir personne. Sa pensée était ailleurs, elle ne rêvait qu'à lui.

Bientôt, il se fit dans son esprit une métamorphose singulière. Un soir qu'elle reposait déjà presque endormie dans son lit de jeune fille, son père et sa mère faisant auprès d'elle une partie de piquet, histoire de tuer le temps, dans le demi-sommeil où elle s'était assoupie, elle entendait sans les comprendre les propos des deux joueurs dont l'un annonça à haute voix le valet de pique qu'il venait de poser sur la table.

Ce seul mot valet de pique lui remit en mémoire la lettre anonyme qu'elle avait reçue quelque temps auparavant et jetée dédaigneusement au feu, comme une vraie menace. Mais la voyait encore devant ses yeux avec sa calligraphie féminine, son orthographe fantaisiste, qui lui revenaient à l'esprit avec une netteté telle que, si on lui eût mis une plume à la main, elle aurait pu (la pauvre jeune fille le croyait du moins !) la reconstituer texte, style et écriture tout à la fois. Hélas ! la prédiction sinistre à laquelle elle n'avait attaché aucune importance, s'était réalisée de point en point. Tu n'es pas encore madame, disait la lettre, et voilà qu'un coup de poignard faisait de cette prophétie une réalité, qu'elle n'était plus madame et qu'à présent elle ne le serait plus jamais.

Peu à peu son esprit énervé se rappela les moindres détails de cette lettre et elle en vint bientôt à se demander si c'était la missive d'un mendiant éconduit, ou si ce document n'avait pas été méchamment écrit par un ennemi personnel de Fauvel ou d'elle-même, qui aurait ainsi ajouté à tout l'odieux de l'attentat la lâcheté de cette raillerie menaçante. Était-ce à elle qu'on en voulait ou à son fiancé ? Elle ne savait que conjecturer : en tous cas c'était à leur projet d'union, puisque la première phrase débutait ainsi : On dit qu'tu vas te marier.

Qui pouvait bien lui en vouloir ? Personne assurément. Elle était bienveillante aux pauvres gens à qui son mariage ne pouvait pas porter ombrage, elle témoignait à ses égaux, jeunes gens ou jeunes filles, une amitié plus ou moins vive, plus ou moins banale selon qu'elle sympathisait plus ou moins avec eux, mais elle n'avait jamais, par une parole inconsidérée, par une attitude désobligeante, donné prise au moindre sentiment de rancune ou, si elle l'a vait fait, il fallait que ce fût bien malgré elle, puisqu'elle n'en avait pas gardé le moindre souvenir.

Ce n'était d'ailleurs pas quelqu'un du même monde qu'elle qui lui avait écrit la lettre anonyme ; le style, les fautes même, la « tireuse de cartes », la « soupe et les fèves » au lieu de la « coupe et les lèvres », tout indiquait que cette lâcheté sans nom partait de bas, mais qui sait si l'inspirateur n'occupait pas, dans la société, une place relativement élevée ? Qui sait si quelque jeune fille, jalouse de son bonheur, dont les parents avaient déjà pu jeter leur dévolu sur Albert Fauvel et qui voyait ce mari charmant à tant d'égards échapper à une convoitise effrénée, ne s'était pas vengée méchamment en lui faisant écrire ces lignes destinées à la troubler ?

Et voilà que la tireuse de cartes consultée avait raison, voilà que le valet de pique, messager de mort, s'était trouvé sur le chemin du fiancé qu'elle adorait et avait brisé la douce et tendre chaîne d'amour à peine formée entre elle et Albert Fauvel.

Mais elle ne trouvait dans son entourage, ni dans ses relations, ni dans celles de son fiancé, aucune jeune fille à marier qu'elle pût croire capable d'une pareille bassesse. Ce n'était donc pas à elle-même qu'en voulait l'auteur de la lettre, c'était à Albert, mais là encore, c'est en vain qu'elle passait en revue la liste des jeunes gens dont il aurait pu blesser les susceptibilités ou provoquer la jalousie : son esprit ne s'arrêtait sur le nom de personne.

Et pourtant le rapprochement entre la menace faite et la menace réalisée, entre le lugubre pronostic et la mort qui l'avait suivi de si près, s'imposait à elle avec tant d'évidence qu'elle avait fini par écarter l'hypothèse pourtant bien vraisemblable d'un vol vulgaire suivi d'un meurtre devenu nécessaire pour attribuer au crime un mobile plus élevé et plus effrayant tout à la fois.

Elle ne connaissait pas Pierre Hervé que tout contribuait à charger de cet assassinat ; mais, assurément, Fauvel ne le connaissait pas davantage, et si le coup mortel, donné par l'un à l'autre, n'était pas le résultat d'un démêlé personnel.

C'est pour le compte d'un tiers que Hervé avait frappé si tant était qu'il fût coupable. Mais l'était-il ? Tout semblait l'accuser, sa présence sur le lieu du crime, à quelques pas de sa victime, ses poches garnies des objets volés à Fauvel, ses vêtements ensanglantés, mais elle ignorait encore quelles explications il avait pu fournir à la justice et, jusqu'à nouvel ordre, elle tenait à se renfermer dans une réserve plutôt favorable à l'amant de sa petite cousine.

L'amant d'Anne-Marie ? Hélas ! oui. Anne-Marie qu'elle s'était plu à considérer comme une brave et honnête fille, attachée de la plus vive affection à un garçon de son âge, incapable de déshonorer l'heure du mariage légitime, s'était abandonnée aux caresses de son galant. Quand elle avait appris de la bouche du garde-de-ville cette liaison dont la honte l'avait blessée dans ses sentiments de pudeur les plus intimes, elle avait éprouvé comme une pensée de dégoût, presque de mépris, pour cette ouvrière qui avait surpris sa bonne foi, en lui laissant croire à une innocence dès longtemps disparue.

— La vilaine hypocrite ! s'était-elle dit dans une colère irrésistible ; avec ses petits airs de sainte-n'y touche, ne m'avait-elle pas intéressée à ses amours avec ce Pierre Hervé ? Fiez-vous donc aux mines penchées et doucereuses.

Les jeunes gens, ceux surtout qui, par leur éducation et leur situation dans le monde, n'ont jamais fait le mal, n'ont jamais été exposés à le faire, sont souvent à l'égard des fautes d'autrui d'une sévérité implacable, peu conforme à leur bienveillance native. Il leur est si facile à eux de se conformer aux lois de l'honnêteté qu'ils ne comprennent pas que le probité, la conduite droite et loyale soit plus malaisée pour d'autres, et qu'ils sont sans pitié pour des faiblesses qu'ils n'ont pu connaître. Avec l'âge, avec l'expérience de la vie, la tolérance s'impose et les vieillards sont plus indulgents.

Comment d'ailleurs Céline qui avait pu s'intéresser aux amours châstes de sa petite ouvrière, n'eût-elle pas changé d'attitude en apprenant l'irrégularité de cette existence à deux ? Comment n'eût-elle pas détesté dans Anne-Marie la maîtresse de celui qui avait assassiné Albert Fauvel ?

Et pourtant, bien que ces motifs dussent agir de toute leur puissance sur cette intelligence vive et impressionnable, elle ne se sentait pas au fond du cœur ni pour la jeune fille qui avait abusé de sa bonne foi, ni pour son indigne amant, cette haine vigoureuse que les honnêtes gens éprouvent d'instinct pour le vice et pour le crime. Elle voulait trouver Anne-Marie odieuse, Pierre Hervé abominable, elle n'y parvenait pas et malgré ses efforts pour leur vouer une animadversion bien méritée, elle plaidait tout bas pour les deux amants, dans son for intérieur, les circonstances atténuantes.

Anne-Marie ne lui avait pas avoué les relations intimes qu'elle avait nouées avec Hervé : fallait-il lui en faire un grief ? Le pouvait-elle sans honte ? et n'était-il pas tout naturel au contraire qu'elle cachât, sous le nom de fiancailles, cette affection qui s'était prématurément manifestée par le plus tendre abandon ? Tout confesser, c'était s'exposer à un brusque congédiement, à la perte de ses journées, à la ruine en perspective. La pauvre ouvrière avait reculé devant la peur du scandale, devant la crainte d'un renvoi immédiat et elle avait tout dissimulé par son mensonge bien excusable.

Quant à Hervé, pour qu'Anne-Marie lui eût ainsi donné son affection, elle si gentille, si travailleuse, si bonne, ne fallait-il pas en fait digne ? Céline s'admettait pas que sa protégée eût pu s'éprendre d'un garçon sans foi ni loi, capable, pour dépouiller un passant inoffensif, d'aller jusqu'à l'assassiner, et malgré les apparences contraires, elle se révoltait à la pensée d'une pareille perversité, qui n'avait même pas l'excuse de quelque mobile, tel que la jalousie ou la vengeance, moins répugnant que la basse cupidité.

Un matin que la pauvre Céline se mettait ainsi l'esprit à la torture, une domestique entra et lui remit une lettre dont les plis formaient l'enveloppe.

Elle l'ouvrit avec une certaine hâte fébrile, comme avec l'espoir d'y trouver quelque indice relatif aux soucis qui la poursuivaient. Voici ce qu'elle lui :

« Mademoiselle,

» Voudrez-vous recevoir une pauvre fille indigne de vos bontés ?

» J'ai perdu tout mon travail chez mes autres pratiques, depuis cette terrible affaire.

» Vous seule ne m'avez pas encore chassée ; le ferez-vous sans m'avoir entendue ?

» Votre très humble servante,

» ANNE-MARIE. »

Le premier mouvement de Céline Delabrière fut de prendre une plume qui se trouvait à portée de sa main et d'écrire, sur la lettre elle-même, en travers, un refus net et sec de continuer les moindres relations. Puis, elle sembla se raviser :

— Est-ce qu'on attend la réponse ?, demanda-t-elle.

— Oui, mademoiselle.

— Et qui est là ?

— C'est Anne-Marie elle-même.

Céline ne s'attendait pas à cette nouvelle, elle s'était imaginée que sa petite ouvrière avait fait porter sa lettre par quelque voisine complaisante. En apprenant sa présence dans l'antichambre, elle changea d'avis.

— Faites entrer ; dit-elle à la domestique.

Anne-Marie, un instant après, parut sur le seuil de la porte. Ce n'était plus la belle et pimpante fille de la semaine précédente. Huit jours s'étaient à peine écoulés depuis que l'agent Lasource était venu la chercher chez M. Dela-

brière, et il n'en avait pas fallu davantage pour métamorphoser cette physionomie avenante. Les yeux étaient cernés et rougis par les larmes, les joues autrefois colorées d'un charmant incarnat, tombaient, pâles et amaigries, les traits fatigués prouvaient les nuits sans sommeil, et de fait la pauvre Mignonne, bouleversée par de trop d'émotions douloureuses, ne mangeant plus, ne dormait plus, n'était plus, en un mot, que l'ombre d'elle-même.

En la voyant ainsi changée, Céline sentit sa colère s'apaiser et les paroles dures qu'elle s'apprêtait à lui dire s'arrêter en quelque sorte sur ses lèvres.

— Avancez, Anne-Marie et asseyez-vous là, lui dit-elle en lui montrant une chaise.

Mais au lieu d'obéir, la petite ouvrière fit quelques pas vers la jeune fille et tomba à ses genoux en lui prenant respectueusement les mains qu'elle baignait de ses pleurs avec une émotion vraie qui toucha le cœur de Céline Delabrière.

— Oh ! mademoiselle, fit-elle enfin, quand elle put étouffer ses sanglots, que vous êtes bonne et compatissante ! Vous ne me repoussez pas, vous, alors que c'est vous qui auriez plus que personne le droit de me haïr ?

— Je ne vous hais pas, Anne-Marie, je vous plains, mais quelque que soit ma pitié pour vous, je ne saurais continuer à vous employer à mon service.

— Je vous comprends, mademoiselle ; que dirait-on en apprenant que la fiancée d'Albert Fauvel a conservé le moindre point de contact avec la maîtresse de Pierre Hervé ?

— Pauvre fille ! murmura à demi-voix Céline.

— Dites plutôt pauvre garçon ! répondit en sanglottant Anne-Marie, et quelque malheureuse que je sois. Pierre l'est cent fois plus que moi, parce qu'il est accusé et qu'il est innocent.

— Innocent ! je voudrais le croire pour lui et surtout pour vous, mais votre amour égare votre raison.

— Il ne saurait tromper mon cœur.

— Mais tout le condamne.

— Je sais, mademoiselle, qu'il y a contre lui comme une fatalité dont il est accablé ; j'espère encore qu'elle ne l'écrasera pas et qu'il parviendra à prouver que celui qui l'frappe est un voleur, un meurtrier.

— De ce sang répandu sur ses vêtements ? dit d'une voix déchirante la pauvre Céline dont cet entretien ravivait la douleur, mais ces objets trouvés sur lui ? Il n'a plus qu'à avouer son crime et demander pardon à Dieu et aux hommes et surtout à vous, ma pauvre fille.

— C'est qu'il n'avoue rien du tout, mademoiselle, c'est qu'il crie bien haut, comme Charlot, qu'il est innocent et je sens qu'il dit la vérité.

— Comment ! il nie tout, demanda Mlle Delabrière, plus stupéfaite encore de cette phase inattendue que semblait prendre l'affaire qu'indignée de l'audace d'Hervé. Et que peut-il dire pour expliquer sa présence sur le lieu même où a été relevé mon malheureux fiancé ?

Anne-Marie se mit alors à faire à Céline Delabrière le récit du premier interrogatoire de Pierre Hervé que nous avons laissé, le lecteur s'en souvient, couché sans connaissance dans une salle de l'Hôtel-Dieu, au moment où le médecin légiste qui l'avait examiné venait de faire sur sa personne des constatations singulières ; pas de sang aux mains, pas de traces de violence subie par lui et pourtant une persistance d'évanouissement qui ne pouvait être que le résultat d'une commotion extérieure des plus intenses.

Ainsi que l'avait prévu l'homme de l'art, peu à peu le calme se produisit ; dans le milieu tranquille où il avait été transporté, Pierre Hervé reprit connaissance non certes du premier coup, mais au fur et à mesure que l'équilibre violemment bouleversé se refaisait dans le cerveau surexcité. Il ne se reconnut pas tout

d'abord : quand il se vit dans un lit d'hôpital au bout d'une salle garnie de lits semblables au sien, auprès desquels allaient et venaient sans bruit des infirmiers et des « bonnes sœurs, » il ne se rendit pas compte de sa présence dans ce dortoir silencieux. Il se demanda si c'était bien lui, Pierre Hervé, le boucanier du quai de la Fosse, qui faisait ainsi le cavalier seul entre deux draps dans une couchette si différente de son méchant matelas de quinche, de la rue Barrière-de-Couëron ; puis il chercha à se rappeler pourquoi il était là et ne parvint pas, même en faisant de vains efforts de mémoire, à répondre à la question qu'il se posait.

Il se hasarda à le faire à un infirmier qui lui répliqua en mettant un doigt sur la bouche. Le futur Hippocrate empruntait le geste d'Harpocrate, le dieu du silence pour se dispenser de faire connaître à Pierre Hervé le motif de sa présence à l'Hôtel-Dieu. C'était une précaution toute naturelle de la part du praticien qui pouvait craindre une rechute plus grave en face d'une émotion nouvelle ; c'était également le résultat des recommandations de la justice. Les magistrats désiraient, autant que possible, qu'Hervé ne fût pas prévenu de leur visite, afin de ne pas lui permettre de préparer, dans l'attente d'un interrogatoire, des réponses qui auraient trahi la préoccupation de sa défense personnelle beaucoup plus que la manifestation de la vérité.

D'ailleurs il se sentait mieux et demanda s'il ne pourrait pas recevoir, puisqu'il était malade, la visite de sa bonne amie, Mignonne, qui très certainement avait dû se présenter pour le voir et à qui sans doute cette permission avait été refusée.

— Plus tard, lui fût-il répondu.

Le lendemain, le procureur impérial ou pour mieux dire celui de ses substituts qui avait assisté aux premières phases de la procédure et le juge d'instruction intérimaire accompagné de Me Frémand se présentaient à l'Hôtel-Dieu et se faisaient conduire auprès du lit du malade qui les dévisagea avec une certaine curiosité.

Il reconnaissait bien, pour l'avoir vu déjà dans ses précédentes affaires correctionnelles, le greffier que se disposait à transcrire les questions et les réponses de l'interrogatoire et, devinant des magistrats dans les deux personnes dont Me Frémand semblait être le secrétaire, il se demandait pourquoi il se trouvait malade dans un hôpital et accusé devant des juges. C'était donc un crime que d'être couché ailleurs que dans son lit.

Telle était en apparence l'expression de sa physionomie, à moins qu'Hervé ne fût un merveilleux comédien et qu'il ne poussât jus qu'aux dernières limites la simulation du crime qui lui était imputé.

— Comment vous appelez-vous ?

— Hervé, Pierre.

— Votre profession ?

— Manœuvre.

— Vous voulez dire : boucanier. Je ne vous demande pas si vous avez déjà été condamné ; j'ai là votre casier judiciaire.

Hervé gardait un silence affirmatif.

— Vous vivez en concubinage avec une nommée Anne-Marie Lemorvec ?

— Oui, reprit Hervé, avec Mignonne.

— Eh bien, dites-nous ce que vous avez fait dans la nuit du 12 au 13 décembre dernier et fournissez à la justice des explications satisfaisantes. Et comme Hervé faisait avec ses mains le geste de l'homme qui ne se souvient pas, le magistrat ajouta :

— Je précise : N'avez-vous pas reçu d'un marchand de vins une bouteille de rhum pour quelques services que vous lui aviez rendus ?

— Si fait, je me souviens même que c'est le père La Sécheresse, rue Saint-Similien, qui me l'avait offerte.

— Eh bien, qu'avez-vous fait de cette bouteille ?

Hervé se mit à réfléchir, comme s'il cherchait

réellement ce qu'était devenue cette coquine de bouteille.

Le juge continua : — L'avez-vous bue ?

— Non, je... Ah ! la mémoire me revient, nous devions nous en régaler de compagnie, Mignonne, Charlot et moi.

— Eh bien ! cette partie fine s'est-elle réalisée ?

L'inculpé était retombé dans ses réflexions et la tête entre ses mains, il cherchait. On eût dit un témoin scrupuleux, craignant d'induire la justice en erreur par quelque réponse inexacte et qui méditait les termes mêmes dans lesquels il allait la formuler.

— Aidez-moi un peu, monsieur, dit-il enfin. Je ne me rappelle plus.

— Ne savez-vous pas que Charlot, manquant à votre rendez-vous, était allé passer la soirée dans un tripot clandestin, chez la Champfleury ?

— Il y a que quelquefois.

— N'est-il pas allé vous retrouver, en vous avisant qu'il y avait un bon coup à faire, une personne qui avait gagné au jeu et qu'il suffisait d'attendre à la sortie pour la dévaliser ?

— Jamais de la vie.

— N'avez-vous pas, de concert ou vous seul, mais sur les indications de Charlot, attaqué ce passant et, comme il résistait et qu'il vous aurait dénoncé, ne l'avez-vous pas frappé mortellement de coups de couteau ? Répondez.

À mesure que le magistrat parlait, la figure d'Hervé semblait exprimer tour à tour la surprise, la colère, l'exaspération.

— Je ne me souviens pas de l'emploi de mon temps dans la soirée dont vous me parlez, mais ce que je puis vous affirmer, les yeux fermés, c'est que je n'ai ni volé ni frappé personne.

— Ce ne serait pas la première fois que pareil fait se fût produit ; vous avez été condamné pour des actes de violence et vous avez la réputation d'un brutal.

— J'suis un peu vif, c'est vrai, mais je ne joue pas du couteau et je ne comprends pas qu'on puisse m'accuser. Il y a donc eu quéqu'meurtre de commis...

Et comme si ce dernier membre de phrase lui eût subitement rendu la mémoire qui le fuyait, il se reprit vivement et d'un ton presque joyeux, s'écria dans un style entrecoupé et sans suite :

— J'y suis, j'y suis en plein. C'était du côté du pont de Sauvetout... Un homme qu'on attaquait et qui cherchait à se défendre... J'passais pas bien loin... Il a crié. J'avais bien un peu bu d'avance. J'ai tout de même couru... Quand je m'ai eu amené, il pleuvait, c'est rien que j'té dire, plus personne... J'allais refiler, croyant m'être mis la phalange dans l'œil, lorsque...

— Lorsque ? répéta le juge.

— Jen'me rappelle plus, fit après un suprême effort le malade qui s'était mis sur son séant pour répondre et qui, à ce moment, se laissa, comme épuisé de fatigue, retomber sur son lit.

Les deux magistrats s'interrogèrent du regard, comme pour se demander leur opinion sur ce récit qui fourmillait d'invraisemblances. Ils n'avaient pas interrompu Hervé, qui avait pu parler avec une entière spontanéité, mais ses explications étaient absolument inadmissibles. Le meurtrier se métamorphosant en Dieu sauveur : c'était là le comble du cynisme et il importait d'arrêter immédiatement Hervé dans cette voie audacieuse.

— Mais vous étiez couvert de sang ?

— C'est qu'alors j'ai dû être frappé par quelqu'un, peut-être par celui qui a tué l'homme dont vous me parlez.

— Tenez, Hervé, vous vous enferrez par vos mensonges. Renoncez-y et dites-nous plutôt la vérité. La justice vous en tiendra compte. Vous dites que vous avez dû être blessé : vous ne portez pas trace de la moindre égratignure et pourtant on trouve vos mains, votre figure, vos vêtements ensanglantés.

Hervé ne savait plus que répondre.

— Il y a plus : la victime avait des bijoux, de l'argent sur elle. C'est sur vous, dans vos poches que nous les retrouvons ? Qu'avez-vous à dire à cela ? On trouve un mouchoir sur vous : en aviez-vous un ?

— P'l'être bien : j'en porte qué'qu'fois.

— C'est un mouchoir semblable à ceux qu'une perquisition a découverts chez votre maîtresse. Il ne lui en restait que cinq : c'est vous qui aviez le sixième couvert de sang parce que vous y aviez essuyé vos mains.

Ces révélations successives venaient frapper sur le cerveau du malheureux Hervé comme le marteau frappe sur l'enclume. Écrasé par ces détails que lui faisait connaître le magistrat instructeur, il finit par renoncer à se défendre.

— Je suis bien innocent de tout cela, dit-il, et je suis accusé à faux.

— Avouez donc, vous ferez mieux, dit d'un ton plus doucereux que bienveillant le juge qui à sa conviction personnelle, eût préféré la reconnaissance du crime par l'inculpé lui-même.

— Le cou sous le tranchant de la guillotine, lui répondit avec gravité Pierre Hervé, je n'avouerais pas.

— Tant pis pour vous alors, si votre entêtement devait vous conduire jusque-là.

Anne-Marie Lemorvec ne connaissait pas, avec des détails aussi circonstanciés que ceux que nous venons de rapporter, l'interrogatoire de Pierre Hervé, puisque l'instruction criminelle a conservé, au moins dans sa partie préparatoire, le secret qui présidait sous l'ancien régime : la publicité qui fonctionne en Angleterre et aux États-Unis est inconnue en France. Toutefois il semble que les murs qui ont, dit-on, des oreilles, ont aussi une bouche pour répéter les phrases entendues et la presse périodique parvient à rendre compte avec assez d'exactitude des paroles mêmes de la procédure qui se passent dans le mystère du cabinet du magistrat instructeur.

C'est par le Phare de la Loire de la veille au soir que la petite ouvrière avait appris que ses pressentiments ne l'avaient pas trompée et que son amant protestait avec énergie contre la terrible accusation d'assassinat et de vol. Le journal ne donnait à cet égard qu'une vingtaine de lignes, mais il n'en avait pas fallu davantage pour faire briller un rayon d'espérance au cœur de Mignonne. Cette attitude de Pierre Hervé, c'était comme une échappée de lumière dans la nuit, et pour faire part à Céline Delabrière de ce qu'elle considérait comme une heureuse nouvelle, elle avait pris son courage à deux mains et s'était hasardée, sans savoir comment elle serait reçue, si même elle le serait, à demander à la jeune fille un moment d'entretien.

Quand elle eut exposé en quelques mots les dénégations de Pierre Hervé, elle tourna vers Céline son beau visage amaigri par la douleur et trouvant la force, au milieu de ses larmes, d'esquisser un sourire :

— Vous le voyez, Mademoiselle, j'avais raison, Hervé est innocent.

— Il le prétend, du moins, mais il n'explique ni les taches sanglantes, ni la présence sur lui des objets volés.

— Mais ne devinez-vous pas ce que le trouble de sa mémoire ne lui permet pas d'expliquer ? Il passait non loin du Pont-Sauvetout, il venait chez moi, puisque je subis la honte d'être obligée d'en faire l'aveu devant vous. Soudain, il entend crier à l'assassin; il s'approche pour porter secours à la victime. Vous le savez, Mademoiselle, tout boucanier qu'il est, il est courageux et bon, et ce n'est pas la première fois qu'il se dévouerait pour les autres. Moi-même, je l'ai aimé, parce qu'il m'avait protégée contre une agression violente, et je l'aime encore... Il s'est donc avancé dans la nuit, par une pluie battante, guidé par la voix de la jeune victime, par le bruit de la lutte, mais sans rien voir. Qu'est-il arrivé ? A-t-il reçu du ou des meurtriers

un coup assez fort pour lui faire perdre connaissance ? S'est-il brusquement trouvé mal et est-il venu tomber près du corps de M. Fauvel ? L'une ou l'autre de ces choses est possible. Quant aux bijoux, c'est sans doute le vrai coupable qui, pour égarer la justice, les a mis dans la poche d'Hervé, afin de laisser croire que c'était lui l'assassin et qu'il n'était pas nécessaire d'en chercher un autre.

— C'est vous qui, dans votre affection, avez imaginé tout cela ; ma pauvre fille. Je ne vous en veux pas, mais je ne saurais entièrement partager votre opinion, ni surtout vos espérances.

— Oh ! mademoiselle !

— Toutefois, je ne vous abandonnerai pas. Vous garder à mon service, il n'y faut pas songer. Le monde est si méchant qu'il y trouverait certainement à redire. Mais je vous donnerai du travail à me faire chez vous sans que vous ayez à me le rapporter. Je l'enverrai prendre et vous ne mourrez pas de faim. Tenez, voici un premier paquet.

— Que vous êtes bonne, mad'moiselle, s'écria Mignonne en se jetant aux pieds de Céline qui la releva et en lui embrassant les mains. Comment reconnaître tout ce que vous faites pour moi ! Aussi comptez sur mon dévouement sans bornes !

À ce moment, un coup sec retentit à la porte de la chambre.

— Entrez ! dit Céline, tandis que Mignonne essuyait furtivement ses yeux humides de pleurs et ficelait le paquet que lui avait remis sa jeune maîtresse.

Ce fut Olivier Daubusson qui entra.

— Bonjour, ma chère Céline, fit-il d'abord en lui serrant les mains plus affectueusement que de coutume.

Et comme pourrester seule avec lui, Mlle Delabrière congédiait l'ouvrière en l'appelant par son nom : — « Au revoir, Anne-Marie ! » Olivier fit un brusque mouvement qui retint la pauvre fille comme clouée de stupeur auprès de la porte.

— Comment, s'écria-t-il d'un ton de colère et d'indignation, tu daignes encore recevoir cette fille, la maîtresse du meurtrier, peut-être sa complice et tu lui dis au revoir, comme si tu devais, comme si tu pouvais conserver avec elle les moindres relations !

— Calme-toi, Olivier, je t'en prie, cette pauvre fille est bien malheureuse !

— Malheureuse ! de quoi donc ? de n'avoir plus auprès d'elle son indigne amant qui, sans cette congestion cérébrale vraiment providentielle, serait sans doute allé partager dans la chambre de cette fille — et il la désignait du doigt, avec un geste de dédain, en appuyant outrageusement sur le mot fille — le produit de son crime. Et toi donc, ma pauvre Céline, n'es-tu pas malheureuse aussi ?

— Oui, je le suis, mais, en multvailrait ainsi Anne-Marie, tu augmentes ma douleur. Quoi que Pierre Hervé ait pu faire, cette pauvre Anne-Marie n'est coupable de rien.

Puis d'une voix où perçait la plus touchante sympathie, elle reprit l'expression qui avait froissé son cousin.

— Au revoir ma pauvre enfant, dit-elle à Mignonne qui s'éloignait le cœur bien gros.

Elle sortit par le couloir sombre qui mène sur le cours Cambronne et qui faisait un coude d'autant plus obscur que, le lecteur s'en souvient, les événements que nous racontons se passent au mois de décembre.

Comme elle allait s'engager dans la dernière partie du couloir qui aboutit au jardin, elle entendit un bruit de voix et s'arrêta sans se montrer, pour permettre aux passants de s'éloigner. Elle avait si grand'honte, la malheureuse, elle s'imaginait que tout le monde devait la connaître et la montrer au doigt et que partout sur son passage, on s'éloignerait d'elle comme d'une maudite, comme d'une excommuniée, comme de la maîtresse de l'assassin.

Du coin où elle s'était arrêtée, ne voyant rien, mais n'étant pas vue, elle entendit un bout de conversation qui l'intrigue.

— Il n'manque pas d'toupet, l'particulier, de r'tourner chez la veuve à Bibi.

— Tu es sûr qu'c'est lui ?

— Sûr comme du vinaigre.

— Dame ! qu'est tué à la chasse, perd sa place ! Qui n'revient pas, n'peut pas chasser l'coquin !

Il n'était pas possible que, dans la préoccupation d'esprit exclusive où se trouvait Anne-Marie, ces phrases étranges ne fissent pas quelque impression sur elle. Ce dialogue décousu, où l'on parlait d'un homme tué qui perdait sa place, d'un particulier effronté, de la veuve à Bibi, n'avait en réalité aucune signification pour quiconque ignorait qui parlait et de qui il était question. De sa place, Anne-Marie ne voyait rien; elle entendait, mais sans distinguer entre qui s'échangeait ce lambeau de conversation. Ces couloirs du sous-sol des maisons du cours Cambronne ont, en effet, à raison même de leur conformation, de leurs encoignures multiples, de leur voûte écrasée, une acoustique spéciale : la voix humaine y perd sa clarté et sa limpidité ordinaire, elle y acquiert un grossissement factice qui en exagère la tonalité habituelle, qui en dénature le timbre et, dès lors, ne permet pas de reconnaître qui vient de parler.

C'est ce qui arriva à la pauvre Anne-Marie. Il lui semblait bien que c'était un homme et une femme dont elle avait surpris l'entretien, mais elle n'en était rien moins que certaine, et il lui eût été absolument impossible d'apporter à cet égard une affirmation précise.

Elle courut à la porte pour voir au moins ces deux interlocuteurs suspects. La porte était fermée : la pauvre fille, troublée par sa précipitation même, perdit quelques instants pour retrouver le ressort caché qui faisait mouvoir la serrure, elle dut ramener sur elle-même la grille qui ouvrait au dedans, monter les quatre marches pour arriver au jardin, elle ne vit tout d'abord personne. Puis, quand, en se hâtant jusqu'à l'allée cochère, elle put, d'un coup d'œil embrasser le cours tout entier, elle aperçut une dizaine de personnes qui allaient et venaient les unes du côté de la rue des Cadeniers, les autres du côté de la place Graslin. Mais toutes marchaient isolément ; il n'y en avait pas deux ensemble.

Évidemment les deux passants qui l'avaient intriguée s'étaient séparés. Était-ce l'homme, était-ce la femme qui avait disparu par la rue des Cadeniers ? Anne-Marie devait-elle suivre quelqu'un ? et qui ?

À tout hasard, elle se dirigea du côté de la place Graslin, mais sans plus d'indication, elle renonça à toute nouvelle recherche.

— Quel dommage, se disait-elle, que je ne sache pas qui a parlé ! Peut-être cette conversation ne se rapporte-t-elle en rien, à l'affaire de mon pauvre Pierre ! Mais à qui voulait-on faire allusion en parlant d'un homme tué dont la place allait être prise par quelqu'un qui retournait, non sans toupet, chez la veuve du premier qualifié familièrement de Bibi ? L'homme tué, ce serait M. Fauvel; sa veuve, la chère demoiselle Céline que je viens de quitter, mais alors le particulier, le coquin qui veut prendre la place de M. Fauvel, ce serait son cousin, ce monsieur Olivier qui m'a méprisée et foulée aux pieds avec tant d'arrogance. C'est lui qui aurait frappé à coups de couteaux le fiancé de sa cousine !!! Allons, je suis folle. Ce que je pense là est impossible et la conversation que j'ai surprise n'a trait à rien de pareil. N'y songeons plus !

Et la pauvre fille remonta tristement dans sa petite chambre de la rue Paré, plus désespérée qu'à l'heure où elle l'avait quittée pour rendre visite à Mlle Delabrière.

Olivier avait prolongé sa visite chez sa cousine plus que d'ordinaire. N'était-ce pas bien naturel ? Depuis la date fatale du crime, il s'y était présenté souvent comme devait le faire un bon parent. Il avait trouvé son oncle et sa tante consternés du coup qui, en frappant leur fille unique, leur fille adorée, les atteignait eux-mêmes au cœur, mais il n'avait pas été admis à voir sa cousine alitée, affaiblie par la fièvre et pour la santé de qui les médecins avaient redouté pendant quelques jours de graves complications. Il la revoyait enfin, non plus fiancée, non plus engagée par une sainte et loyale promesse à l'époux de son choix, mais libre, une fois les jours de deuil passés, de donner à l'ami perdu un successeur à défaut d'un remplaçant et de tendre à un autre la main enviable à laquelle Albert Fauvel ne pouvait plus aspirer.

Olivier Daubusson n'avait pas la prétention de s'imposer du jour au lendemain à sa charmante cousine; la loi oblige les veuves à laisser s'écouler près d'une année avant de convoler à de nouvelles noces ; les mœurs du grand monde, à défaut de la loi, astreignent à un deuil d'une égale durée, les jeunes fiancées dont la mort a soudainement tranché de si faux impitoyable la gerbe de bonheurs naissants. Céline pleurerait son pauvre Albert aussi longtemps qu'elle voudrait, mais les douleurs ne sont pas éternelles, Olivier du moins n'en connaissait pas d'aussi longue durée et, quand viendrait pour sa cousine l'heure du mariage, pourquoi ne se mettrait-il pas sur les rangs ? M. et Mme Delabrière ne tenaient sans doute pas plus à un mari qu'à un autre pour leur fille, sauraient même gré à leur neveu de la distraire de son chagrin par la perspective d'une union qui leur rendrait son sourire envolé. Il ferait sa cour aux parents, tout en la faisant à sa cousine et un jour luirait sans doute où il serait agréé sans difficulté.

C'est dans cette disposition d'esprit qu'il était entré chez Céline Delabrière. Le lecteur a vu avec quelle raideur il avait dit son fait à la petite ouvrière dont les domestiques lui avaient appris la présence auprès de sa cousine, avant qu'il y pénétrât à son tour. La cuisinière et la femme de chambre jalouses de la sympathie que leur maîtresse témoignait à Anne-Marie, furieuses de voir que la mort même de M. Fauvel ne semblait pas en avoir atténué l'expression, avaient trouvé à une occasion de tirer vengeance d'une pauvre fille qui leur était préférée.

Elles ne s'étaient pas trompées en s'adressant à Olivier Daubusson, qui se faisait ainsi une entrée en matière conforme aux plans qu'il rêvait de réaliser.

— Ma chère Céline, dit-il quand Anne-Marie fut sortie, tu as tort de continuer la protection à une fille comme celle-ci. Elle te sait naturellement compatissante et essaie d'en profiter pour t'intéresser au sort du mauvais drôle qui l'a séduite : mais qu'elle vienne à être compromise à son tour dans cette affaire, ne regretteras-tu pas tes bontés pour elle ?

— Mais, répondit la jeune fille, qui n'avait pas osé empêcher la brutalité d'attitude de son cousin et qui prenait sa revanche en défendant Anne-Marie, si pourtant Hervé n'était pas coupable ! s'il était lui-même victime d'une déplorable fatalité ou d'un odieux complot !

— Tous les malfaiteurs, à moins d'être pris en flagrant délit, en disent autant et tu ne vas pas t'attendrir, je l'espère, aux larmes de crocodile d'un des boucaniers les plus mal notés du quai de la Fosse. J'en ai parlé au commissaire de police qui m'a donné sur lui des renseignements détestables.

— Il y a pourtant bien des obscurités dans ce drame, depuis cette visite étrange d'Albert à cette maison de jeu...

— Oh ! je t'en prie, ne m'en parle pas, interrompit Olivier en affectant les marques d'un profond désespoir, c'est là pour moi le sujet d'un éternel remords. Je devais l'y accompagner, en tous cas j'y rejoindre, et si je n'avais pas pour les plaisirs du bal laissé passer l'heure du rendez-vous, notre ami serait encore de ce monde.

— Mais pourquoi voulait-il y aller ? Il m'a dit que c'était pour te faire plaisir qu'il se risquait dans un pareil milieu. Et tu me soutiens au contraire que c'est toi qui devais lui servir de compagnon, à sa demande ?

— Il n'aura pas osé te faire, à ce sujet un aveu bien sincère, mais le pauvre ami, il faut bien te le dire, aimait assez à jouer et pour le plaisir, non de gagner, mais de manier les cartes, pour cette émotion spéciale que donne telle ou telle carte retournée, il fréquentait de temps en temps les tapis verts de la ville. Nul doute qu'une fois marié, il ne se fût tout à fait rangé, mais en attendant il y allait pour la dernière fois, histoire de dire adieu à sa vie de tripot et malheureusement cette visite suprême devait être une visite mortelle.

Céline n'écoutait plus, elle pleurait.

— Méchant que je suis, s'écria Olivier : pardonne-moi, ma charmante cousine, d'avoir fait couler tes larmes en rappelant ce défaut, le seul d'ailleurs du pauvre Albert. J'aurais dû te le taire, et je l'aurais fait si je n'avais voulu me disculper du reproche de l'avoir entraîné.

L'entretien continua encore quelques instants.

Olivier prit congé de sa cousine en l'embrassant affectueusement, mais en passant qui se fut penché près de ses lèvres, quand il eut quitté le logis de M. et Mme Delabrière, l'aurait entendu murmurer ces mots :

— Voilà mon premier jalon de planté. Cela n'a pas marché tout seul et je suis bien forcé de meurtrir un peu ce pauvre cœur qui en tenait pour Albert. Ma foi, tant pis, le reste n'en ira que mieux, et personne ne saurait me blâmer de reprendre mon bien où je le trouve.

Et se frottant les mains, en signe de satisfaction, il ajouta un peu plus haut :

— Allons, allons, je ne suis pas trop bête et si j'y dépose quelques billets de mille, je les regagnerai au centuple....

— Olivier a raison, se disait au même moment Céline Delabrière en repassant dans sa mémoire la conversation qu'elle venait d'avoir avec son cousin. J'ai grand tort de m'intéresser à Anne-Marie, plus encore à son amoureux, et pourtant c'est plus fort que moi, je ne peux pas réussir à les détester...

VIII

LE DÉFENSEUR

— Comptez sur moi, et rassurez votre charmante cousine !

C'est en ces termes que Me Lefrançais prenait congé d'Olivier Daubusson qui, à l'heure de sa consultation, était venu l'entretenir du procès criminel inscrit au rôle des prochaines assises. Lui-même y devait être témoin, mais ce n'était pas, prétendait-il, de sa déposition courte et sans intérêt direct à la cause qu'il se préoccupait, c'était au nom de sa cousine, Céline Delabrière, qu'il avait rendu visite à l'avocat chargé d'office de la défense de Pierre Hervé.

Non pas qu'elle lui eût confié pareille commission qui fût revenue de droit à son père ou à sa mère, mais il avait pris ce prétexte pour faire connaissance avec le défenseur et s'attirer ainsi par ricochet une bienveillance dont il pourrait avoir besoin. Ne lui reprocherait-on pas d'avoir manqué au rendez-vous donné par lui à Fauvel et d'être par là responsable au moins moralement de sa mort ?

Il était donc venu, comme si Céline l'eût prié d'obtenir de l'avocat qu'on fit prononcer le moins possible au cours de cette dramatique affaire et l'avocat s'y était engagé sans crainte de compromettre les intérêts de son client, qui, coupable ou non, n'avait rien à gagner à l'évocation des détails cruels que la mort de Fauvel avait accumulés.

Force était, par la disposition même des lieux, de repasser par la salle d'attente pour retrouver la porte de sortie. Plusieurs clients qui attendaient leur tour, étaient assis sur les chaises qui faisaient le tour de la pièce garnie à droite d'une bibliothèque en acajou et au centre d'une table sur laquelle s'empilaient des brochures sans intérêt et des journaux de la semaine précédente. Pas de pendule, ni de cartel : le temps paraît moins long à qui n'en peut surveiller la marche.

La salle était éclairée par une large fenêtre qui donnait sur la rue : le long de la cloison qui y faisait face, c'est-à-dire assis eux-mêmes en pleine lumière, se tenaient un homme au costume de la campagne, la figure halée par le travail quotidien au grand air, puis un couple que nous avons déjà eu occasion de rencontrer, Boulotte, en toilette presque luxueuse, toute brillante de clinquant, en compagnie de son seigneur et maître, Grand-Louis ; dans l'encoignure opposée, autrement dit dans l'ombre, était assise une jeune femme, peut-être une jeune fille, dont il était d'autant plus difficile de reconnaître les traits, qu'elle était séparée de la fenêtre par une autre personne, l'encaisseur du tribunal de commerce, qui venait présenter une quittance pour frais de jugement.

Comme Me Lefrançais ouvrait la porte de son cabinet pour reconduire Olivier, se fit un certain mouvement dans la salle d'attente, les clients se levant tout ou moins se soulevant pour esquisser à l'adresse de l'avocat un salut de déférence, mais ce mouvement ne fut pas si rapide que la jeune femme enfoncée dans l'ombre de la pièce n'eut le temps de remarquer comme un signe d'intelligence entre Olivier qui sortait et Grand-Louis qui allait entrer avec sa compagne.

En était-elle bien sûre ? Non, elle n'avait pas vu la figure du cousin de Céline, placé comme elle dans la partie la moins éclairée de la chambre, c'était sur le seul visage de Grand-Louis qu'elle avait cru voir une contraction des traits, où la stupéfaction avait bien vite fait place à une complète indifférence, et c'est de cet unique indice qu'elle avait conclu à nous ne savons trop quelles relations entre ces deux hommes placés pourtant aux extrémités opposées de l'échelle sociale.

Cependant l'encaisseur du tribunal de commerce s'était fait payer; fatigué d'attendre ou plutôt craignant de manquer le train, le paysan s'en était allé; Boulotte et Grand-Louis étaient entrés dans le cabinet de l'avocat. Il ne restait plus dans la salle que la jeune femme qu'avait intriguée l'attitude du boucanier et qui — le lecteur l'a sans doute deviné — n'était autre que Mignonne.

La consultation de Boulotte ne dura guère qu'un quart d'heure : il s'agissait d'une bataille de dames. Elle s'était prise de bec un soir au Crébillon avec une autre donzelle à propos d'un passant sur qui elles essayaient l'une et l'autre la séduction de leurs charmes. Pendant qu'elles se disputaient ainsi son cœur, une tierce luronne était survenue qui s'empara du galant. De là une averse d'injures réciproques, puis des coups assez violents, puisque Boulotte avait cassé sur le dos d'une adversaire un superbe parapluie à manche d'ivoire dont un galant en titre lui avait fait cadeau peu de temps auparavant.

Me Lefrançais avait laissé la jeune fille lui exposer les motifs de la prévention qui pesait sur elle.

— Quel jour êtes-vous traduite en police correctionnelle? lui demanda-t-il.

— Pour le 8 mars, un lundi.

— Je regrette de ne pouvoir me charger de votre défense, puisque c'est ce jour-là que commencent les débats du crime du Pont-Sauvetont, et je ne saurais être partout à la fois.

Il leur désigna un jeune confrère qui le suppléerait à merveille et Boulotte s'éloigna avec Grand-Louis, en se promettant bien de faire en sorte d'assister ce jour-là à la dramatique affaire qui allait de nouveau, après quelques semaines d'accalmie, passionner à Nantes tous les esprits.

Ce fut au tour de Mignonne d'entrer dans le cabinet de celui à qui avait été confié la défense de Pierre Hervé, le plus compromis des deux accusés qui allaient passer devant la cour d'assises de la Loire-Inférieure.

C'était un homme de trente-cinq à quarante ans environ, ne portant ni barbe ni moustaches, rasé de près suivant une mode sévère qui a peu à peu disparu dans le barreau pour faire place à la liberté la plus absolue. Il avait une chevelure noire luxuriante, qui remontait du front pour venir retomber en boucles sur le cou et au travers de laquelle le peigne devait avoir peine à passer. Les lèvres étaient un peu fortes et les yeux bleu foncé, respiraient l'intelligence et la douceur tout à la fois. Il était grand, de belle prestance avec une légère tendance à l'embonpoint.

Ce n'était peut-être pas à proprement parler l'avocat d'assises, de ceux qui, en défendant un parricide trouvent encore moyen d'apitoyer les jurés sur un pauvre orphelin privé des joies et des consolations de la famille. Il comprenait avec plus d'élévation et de dignité les devoirs qui lui incombaient et si jamais un criminel n'avait sollicité en vain le concours de son éloquence il ne se considérait pourtant que comme son porte-parole, chargé de faire valoir ses propres arguments sans compromettre l'autorité de sa plaidoirie en affirmant l'innocence de son client. D'autres avaient plus de hardiesse souvent couronnée d'un succès considéré comme douteux, aucun n'apportait à la barre criminelle une honnêteté plus persuasive.

Il prenait l'affaire dans son ensemble avec toutes les charges accumulées par le ministère public et procédant ensuite à une élimination successive de ces griefs, il donnait à tout une explication si simple, si naturelle, avec des éclats de voix, avec une telle bonhomie, avec un accent de sincérité si convaincant, que le jury se serait toujours laissé séduire, si le résumé impartial du président ne venait ensuite démolir consciencieusement l'œuvre de la défense.

Maniant la parole avec une incontestable talent, ne craignant ni les interruptions du président, ni la réplique du procureur impérial, ne faisant rien pour provoquer les incidents d'audience, mais capable de s'en tirer avec bonheur, Me Lefrançais était pour le ministère public un adversaire redoutable, surtout dans une affaire comme celle du Pont-Sauvetont, où les preuves directes et matérielles du crime faisaient défaut, où le doute de la culpabilité s'imposait.

C'était la veille seulement que le greffe avait mis à sa disposition la volumineuse copie des pièces de la procédure et fidèle à une habitude dont il s'était toujours bien trouvé, il avait voulu la lire tout entière, le crayon bleu à la main, pour souligner et annoter les passages les plus importants avant d'aller à la maison d'arrêt pour en conférer avec Pierre Hervé. A quoi bon se fier aux seules allégations d'un accusé sans être prêt — ne fût-ce qu'à titre de répétition générale de ce qui se passera à l'audience publique — à lui rétorquer ses arguments comme ne manquera pas de le faire, au jour suprême du jugement, le président des assises ou le procureur impérial!

Me Lefrançais n'avait donc fait qu'entrevoir Pierre Hervé qui lui avait cependant remis un acte d'accusation, mais il connaissait déjà à fond le dossier, c'est-à-dire les dépositions des témoins, les confrontations, les procès-verbaux de perquisition.

Les pièces étaient précisément devant lui, quand Mignonne entra. Il la fit asseoir, comme il en avait l'habitude pour tous ses clients, en pleine lumière, de manière à pouvoir suivre sur leur physionomie l'impression de la discussion qu'il avait avec eux.

— Que désirez-vous, mademoiselle ? lui dit-il.

— Monsieur, vous me connaîtrez quand je vous aurai dit mon nom ; je m'appelle Anne-Marie Lemorvec, ou si vous aimez mieux, Mignonne, et je venais vous parler de l'affaire de Pierre Hervé.

Ces quelques mots furent prononcés avec une émotion douloureuse qui impressionna vivement Me Lefrançais.

— Grave affaire, fit-il en hochant la tête, vous savez toutes les charges qui accablent Hervé, j'ignore comment il en sortira.

— Mais, monsieur, il est innocent, je vous le jure. Il le dit puisqu'il nie le crime qui lui est reproché et il l'avait deviné avant qu'il eût retrouvé la parole.

— Pourtant les témoignages sont écrasants, continua l'avocat ; ses antécédents sont fâcheux, il ne travaille guère......

Peut-être exagérait-il son opinion, mais il ne tenait pas à donner à la jeune fille un espoir que le jury pouvait tromper et que d'ailleurs il ne partageait qu'à demi. Il pouvait les choses au noir intentionnellement et d'ailleurs bien qu'il n'y eut pas de témoin même du meurtre ni du vol, l'affaire n'en restait pas moins délicate et se présentait mal pour l'accusé.

Mignonne se mit alors à lui faire l'éloge des qualités de bravoure et de dévouement de Pierre Hervé, d'abord de ce qu'il lui était personnel, puis du sauvetage qu'il avait réalisé lors de l'incendie du quai de la Fosse et de l'acte de probité qu'il avait accompli en restituant au marin son porte-monnaie perdu.

Ces deux faits n'indiquaient-ils pas que le bien d'autrui ne le tentait pas, qu'il était au contraire prêt à se laisser aller à commettre un meurtre pour voler; il était plutôt disposé à se porter au secours d'un passant attaqué, afin de le défendre.

— Mais cet argent sur lui et son ami Charlot? Mais ce mouchoir ensanglanté qu'il avait pris chez vous, mais même vous en faire part?

— Ce mouchoir m'a été présenté par M. le juge d'instruction. Il n'est pas à moi, répondit d'un ton ferme Mignonne.

— Comment ! ceux-là autres tout-pareils sont retrouvés à votre domicile.

— L'étoffe et le dessin sont semblables, il est vrai, mais l'étoffe est si commune et le dessin si répandu, qu'assurément cent mille autres personnes en ont venant de la même fabrique. Mais ce mouchoir est marqué d'un A., les miens ne sont pas marqués du tout, et si je l'avais fait, ils porteraient A. M., Anne Marie, ou plutôt M. seulement, car je réponds plus au surnom de Mignonne qu'à mon vrai nom de baptême. Le point de l'ourlet n'est pas le même non plus ; et ce mouchoir, je vous le jure, n'est pas à moi.

— Soit, répondit l'avocat, qui se laissait aller à la vivacité de cette argumentation ; mais n'y eut-il pas de mouchoir du tout dans l'affaire, ne reste-t-il pas la bourse remplie d'or et la bague de la victime ?

Mignonne garda un instant le silence, puis elle répondit :

— Ne serait-il pas possible que le meurtrier véritable eut glissé ces objets dans les poches d'Hervé évanoui, afin de le compromettre ? et vous voyez qu'il n'y a que trop réussi.

— Je vais présenter dans ce sens la défense d'Hervé, fit l'avocat, mais ce système est des plus délicats. Encore s'il n'y avait que lui ! mais son ami Charlot est également trouvé porteur de trois pièces d'or suspectes, les deux qu'ils ont à première vue l'air d'avoir fait ensemble le coup et ne s'être séparés qu'après en avoir partagé le produit.

— Mais que seraient alors devenus les autres bijoux de M. Fauvel, sa montre, sa chaîne, son parapluie, son portefeuille qui n'ont été retrouvés aux mains ni d'Hervé, ni de Charlot? Et cette casquette qui ne va à la tête de personne ?

— Qui sait ? répondit l'avocat, peut-être viendra-t-on nous dire qu'ils étaient trois à attaquer la victime et de ce que le troisième est inconnu, est-ce une raison pour ne pas juger et condamner les deux autres ?

Ce raisonnement n'était que trop juste. Mignonne revint pourtant à la charge, avec la persévérance de sa nature affectueuse, et elle raconta au défenseur d'Hervé le dialogue qu'elle avait surpris deux mois auparavant, en sortant de chez Mᴵˡᵉ Delabrière.

— Je venais d'être malmené en paroles de la manière la plus outrageante, d'être traité comme la dernière des dernières par le cousin de mademoiselle, un jeune homme que j'ai vu sortir de votre cabinet tout à l'heure, M. Daubusson...

Mᵉ Lefrançais ne put retenir un mouvement que Mignonne tout émue ne remarquât pas.

— Un avocat est un confesseur et je n'ai rien à vous cacher. Oui, je suis la maîtresse d'Hervé, mais je ne suis pas une coureuse de galants et je n'ai jamais été qu'à lui bien que les propositions ne m'aient pas manqué. Devait-il me traiter avec tant de mépris, ce beau garçon qui en a sans doute des maîtresses de rechange, alors que mademoiselle s'est toujours montrée, même depuis le crime, si bonne, si bienveillante pour moi ?

— Comment l'entendez-vous ? interrogea le défenseur.

— Elle ne m'emploie plus chez elle, cela ne se pouvait guère, mais elle me fait parvenir du travail à domicile, et depuis trois mois, c'est elle seule, la bonne demoiselle, qui me permet de vivre. Sans la couture qu'elle me donne, il ne me serait resté que la perspective de courir les rues — ce que je n'aurais pas voulu — ou de me jeter à la Loire.

Mignonne pleurait presque en parlant ainsi.

L'avocat l'écoutait avec d'autant plus d'attention que dans sa visite, Olivier Daubusson se faisant, disait-il, l'interprète de sa cousine, avait déblatéré avec amertume contre les allures de la petite ouvrière.

Aussi, quand Mignonne en arriva au récit des paroles qu'elle avait entendues, sans voir les traits, ni reconnaître la voix de ceux qui les avaient prononcées, Mᵉ Lefrançais se redressa vivement dans son fauteuil.

— Alors, suivant vous, ce serait M. Daubusson qui, de ses propres mains ou à l'aide de complices aurait fait assassiner son ami pour se débarrasser d'un rival à la main de Mˡˡᵉ Delabrière.

— Je ne dis pas cela, mais si les paroles que j'ai entendues se rapportent à M. Daubusson, comment les expliquer autrement ? Il venait à peine d'entrer ; les gens qui parlaient se tenaient presque à la porte qu'il avait prise. Si il est pour quelque chose dans ce meurtre, c'était assurément un « toupet » de rendre visite à celle dont il avait fait commettre une veuve.

— Et vous n'avez pas eu, depuis d'autres indices de nature à confirmer ces premiers soupçons ?

— Aucun, bien que j'aie suivi quelquefois le soir M. Daubusson pour savoir où il allait, mais une femme ne peut pénétrer partout et malheureusement je n'ose en confier à personne pour cette police que je crois bien nécessaire. Cependant, puisqu'il faut tout vous dire, tout à l'heure, chez vous...

— Chez moi ? interrompit Mᵉ Lefrançais.

— Chez vous, comme M. Daubusson quittait votre cabinet, j'ai cru remarquer comme un coup d'œil, comme un signe d'intelligence échangé furtivement entre lui et le jeune homme que vous avez reçu ensuite, en compagnie d'une femme entretenue que je connais de vue.

— C'est impossible, vous vous trompez, répondit l'avocat. Vous êtes tellement préoccupée du sort d'Hervé que vous y rattachez les moindres attitudes des gens dont vous faites la rencontre.

— Je ne dissimule pas mes préoccupations,

fit-elle, mais, tenez, je ne connais pas ces gens, vous au contraire, vous les connaissez ; en tous cas, vous pouvez les connaître. Prenez des renseignements sur leurs faits et gestes ; peut-être en arriverez-vous à une preuve plus certaine que la mienne.

— Nous verrons cela, ma pauvre fille, dit l'avocat. Je vais rendre visite sous peu à notre prisonnier, je lui dirai que je vous ai vue et que vous pensez toujours à lui. Cela lui donnera du courage pour le jour de la grande épreuve. Vous-même, ne désespérez pas et pourtant la cause est difficile, très difficile.

— J'ai confiance en vous, monsieur.

— J'aurai à m'entendre avec mon confrère, Mᵉ Bourlance, qui doit défendre Charlot. Enfin, nous ferons de notre mieux et pour le reste, à la grâce de Dieu.

— Singuliers détails, se dit Mᵉ Lefrançais quand la jeune fille fut partie. Il est certain que ce Daubusson n'est pas bien recommandable. C'est un joueur et un débauché, mais aurait-il poussé ces deux défauts jusqu'au crime ? Assurément il m'a menti, en me transmettant les prétendus désirs de sa cousine qui s'intéresse à cette petite ouvrière. Pourquoi ce mensonge ? Je saurai aussi, ne fût-ce que pour l'acquit de ma conscience, ce qu'est ce Durassier, qui sortait d'ici tout à l'heure. Il a été interrogé une fois par le commissaire de police, lors de la descente dans le tripot de la Champfleury, mais il ne semblait être pour rien dans l'affaire du Pont-Sauvetout. Que d'obscurités encore !

Mᵉ Lefrançais ne demeurait pas bien loin de la maison d'arrêt où s'élevait alors en face de prison actuelle, à l'angle de la rue Lafayette et de la rue du Général-Meusnier et occupait le terrain qui va de la banque de France au coin de la rue des Arts.

C'est sans doute sur une ancienne tenue dépendant de quelque couvent du bon vieux temps que s'élevait la prison. La place Lafayette était beaucoup plus rétrécie qu'à présent et formait un triangle à base étroite dont les deux côtés fuyaient, en manière d'entonnoir pour une rue assez courte qu'on appelait rue Meunier.

L'entrée de la prison ne manquait pas d'un certain caractère : elle était construite dans le genre d'architecture dont le style existe encore dans les ruines du temple de Pestum et qui en a pris le nom. Quatre colonnes de granit, aux moulures d'ordre dorique, en séparaient les trois travées.

La porte qui effectuait le pylône, c'est-à-dire l'entrée des tombeaux et des temples égyptiens, occupait la travée centrale. On y lisait ces mots :

MAISON D'ARRÊT, DE JUSTICE ET DE CORRECTION

Mᵉ Lefrançais, son dossier sous le bras, sonna à la porte d'entrée. Un petit judas s'ouvrit, deux yeux dévisagèrent le nouvel arrivant, puis la porte tourna sur ses gonds et l'avocat pénétra dans le couloir de ronde extérieur, après avoir répondu au salut du gardien-portier qui avait refermé la porte sur le visiteur.

Il arriva à la conciergerie, puis au corps-de-garde, et enfin en traversant le parloir des condamnés, jusqu'au greffe où il fallait s'adresser pour qu'on fit tout ou tel accusé.

Le greffier de la maison d'arrêt n'était pas seul, le gardien en chef était également présent, ainsi que le greffier de l'instruction, Mᵉ Frémaud, qui attendait son juge pour procéder à l'interrogatoire d'un détenu.

— Je voudrais voir l'accusé Hervé, dit Mᵉ Lefrançais.

Et tandis que le greffier de la prison sonnait pour faire amener l'auteur présumé du crime du pont Sauvetout, Mᵉ Frémaud s'adressa à l'avocat qu'il connaissait de longue date.

— Superbe affaire que vous avez là, maître Lefrançais, lui dit-il, superbe affaire ! Il n'y a pas de preuves contre Hervé, j'entends de preuves solides et convaincantes, et par contre, que

de points obscurs et contradictoires qui auraient dû être éclaircis !

— Je voudrais partager votre espoir, mon cher Frémaud, mais je sens que cet acquittement n'ira pas tout seul. Le monde auquel appartient Hervé n'est pas assez intéressant, et la victime est tellement sympathique qu'il faudra trouver un coupable malgré tout.

Cependant Hervé arrivait, conduit par un gardien qui lui dit :

— Suivez Monsieur votre défenseur.

Avocat et accusé se dirigèrent vers la petite salle réservée aux conférences que tout prévenu a besoin d'avoir avec son défenseur. Ameublement d'une simplicité primordiale, il est à peine besoin de le dire : un banc pour l'accusé, une chaise ou deux destinées aux avocats, une table recouverte d'un tapis vert et sur lequel traînait, près d'un encrier rempli d'un liquide noir et pâteux, une plume épointée et rouillée.

Hervé était vêtu de l'uniforme disgracieux des prisonniers, veste brune, pantalon de treillis, chaussettes de laine dans des sabots de bois blanc à peine dégrossis, béret de couleur indécise tirant à la fois sur le brun et sur le gris.

Il y avait près de six semaines déjà qu'il avait été transféré de l'Hôtel-Dieu à l'infirmerie de la maison d'arrêt, puis de l'infirmerie aux prévenus, c'est-à-dire dans la salle et le préau réservés aux inculpés qui attendent leur mise en jugement. Mais dès qu'il s'était trouvé complètement remis de la violente secousse du 13 décembre, il avait pu rejoindre ses compagnons de captivité au nombre desquels il avait retrouvé avec joie son ami Charlot. Que de confidences n'avaient-ils pas à échanger à propos de cette nuit fatale où ils ne s'étaient pas vus, ce qui n'empêchait pas qu'ils fussent impliqués dans le même assassinat !

Nous passons rapidement sur la plus grande partie de l'interrogatoire que Mᵉ Lefrançais fit subir à son client. Les quelques paroles de Mᵉ Frémaud avaient rendu courage à l'avocat : du moment où l'affaire paraissait bonne au greffier criminel, c'est qu'elle l'était effectivement et qu'il y avait au moins autant de chances de sortir vainqueur de cette lutte pour la vie que d'y succomber. Aussi prit-il de nombreuses notes sur les détails que lui donnait Hervé. Bien que la mémoire très nette des événements de cette terrible nuit ne lui fût pas revenue, il était convaincu que c'était un coup de poing violent qui l'avait renversé, alors qu'il venait au secours d'un passant attaqué. Quel était le coupable ? C'est ce qu'il était dans l'impossibilité absolue de désigner.

L'entretien de l'avocat et de l'accusé touchait à sa fin, lorsque brusquement et comme s'il s'agissait d'un renseignement personnel, Mᵉ Lefrançais demanda :

— Connaissez-vous un nommé Louis Durassier ?

— Parfaitement, une canaille de la pire espèce, capable de tout, excepté de ce que que chose de bien, joueur comme les cartes, vivant aux crochets des femmes, copain d'ces canaille su' du plâtre quand l'métier n'rapport'pas assez pour que monsieur s'rinc'la dalt' à volonté, une gouape enfin et de la plus belle venue.

— Croyez-vous qu'il soit mêlé à cette attaque nocturne et que ce soit lui le meurtrier ?

Hervé se prit le front entre les mains et le serra comme s'il avait espéré en faire sortir quelque révélation nouvelle, puis, d'un air désolé, il répondit :

— Ce serait un mêla'là faire pareil coup, mais je ne sais rien qui puiss' l'accuser, cependant...

— Cependant, fit l'avocat.

— Son inséparable est mêlé à l'affaire. Mon compagnon m'a conté qu'il était chargé par l'Andouillard, qui est avec le Grand-Louis comme les deux doigts de la main. Ce l'Andouillard me semble suspect.

— Reprenons sa déposition, dit Mᵉ Lefrançais en feuilletant pour la retrouver les pièces de la procédure et relisons-la : peut-être nous sera-t-elle utile.

L'avocat la relut et l'analysa :

— Voyons, l'Andouillard était chez le Champfleury...

— Il a donc pu voir M. Fauvel en train de jouer et de gagner...

— Charlot y était aussi, lancé ; d'après l'Andouillard, Charlot lui aurait demandé de le reconduire.

— L'aurait-il fait si nous avions comploté d'attaquer un passant ?

— C'est vrai, mais il était en état d'ivresse, et c'est ce qui expliquerait ses confidences : les ivrognes sont bavards.

— Enfin, l'Andouillard l'aurait reconduit jusque sur la place du Bon-Pasteur ?

— C'était pas son chemin pour regagner sa niche : y'demeure rue de l'Héronnière : pourquoi que de chez la Champfleury, y n'a pas pris la place Royale, au fleur d'remonter par le temps d'chien qu'y faisait jusqu'à deux pas de la place Bretagne ? C'est pas clair, tout ça.

— Mais Charlot reconnaît que l'Andouillard l'a accompagné jusque-là ?

— Oui, mais si c'est vrai, pourquoi que l'Andouillard ne veut pas l'avouer ? C'est qu'la place Bretagne est trop près du pont Sauvetout. Vous savez, qui s'ressemble, s'rassemble. L'Andouillard vaut l'Andouillard, Grand-Louis vaut l'Andouillard, et ces deux copains réunis ne valent rien.

— Je vais reprendre ces points en détail, dit l'avocat : si nous pouvions retrouver une piste, si légère fût-elle ! Allons... nous lutterons jusqu'au bout. Je vous reverrai encore avant l'audience.

Me Lefrançais sortit de la chambre des avocats.

À la porte, un gardien en uniforme bleu de France garni de liséré jaune aux parements, faisait les cent pas, en attendant la fin de l'entretien. Il salua le défenseur, puis se tournant vers Hervé :

— Suivez-moi, dit-il d'un ton bref.

La porte de la maison d'arrêt s'ouvrit pour laisser passer l'avocat plus perplexe que jamais.

— Si le meurtre a été commis par Grand-Louis et par l'Andouillard, comment la bourse, la bague et des pièces d'or se trouveraient-elles sur Hervé et sur Charlot ? Il faudrait supposer que les meurtriers les y auraient eux-mêmes introduits ? Si oui, ils ne tuaient donc pas pour voler ; et s'ils ne tuaient pas pour leur propre compte, qui donc les avait mis en mouvement ? Serait-ce Daubusson, et ce coup d'œil surpris dans ma salle d'attente par la maîtresse d'Hervé serait-il une réalité ?...

Comme il s'éloignait, une bande joyeuse vint à passer auprès de lui ; c'étaient quatre couples de jeunes gens et de jeunes filles, parmi lesquels l'avocat reconnut ses clients de l'heure précédente.

Ils étaient gais et chantaient la vieille mélopée, aux paroles insignifiantes, mais à la cadence charmante et qui marque si bien le pas :

Marchons légère, légère,
Marchons légèrement.

— Est-il possible, se demandait le défenseur, qu'une telle joie puisse persister chez des gens qui auraient à se reprocher un vol, un meurtre et, ce qui est plus abominable encore, la condamnation préméditée d'un innocent ? À moins que tout ce bruit n'ait pour but que de couvrir la voix de leur conscience.

Le même soir, vers dix heures et demie, un jeune homme la tête recouverte d'un feutre mou, qui lui dissimulait le haut du visage, vêtu d'un pardessus dont le col relevé et boutonné cachait le menton, arrêtait son cheval à la porte d'un des restaurants installés sur les bords de l'Erdre, à la Jonnelière, sorte d'Asnières nantais où canotiers et canotières se donnent rendez-vous, dans les belles journées d'été.

À l'heure où se passe notre récit, à la fin de février, ces restaurants avec tonnelles sont peu

fréquentés. Toutefois le premier étage de celui qui répondait à l'enseigne du Jardin des Hespérides était brillamment éclairé et la bande joyeuse venue là pour souper, y menait grand tapage, à en juger par le bruit des chansons qui s'entendait du dehors.

Le cavalier, sans descendre de sa monture, porta à ses lèvres un petit sifflet d'argent et en tira à intervalles égaux trois sons stridents qui retentirent dans le silence de la nuit comme autant de coups de fouet fendant l'air.

C'était évidemment un signal. À peine avait-il achevé qu'un homme qui semblait attendre dans un bosquet voisin, dépouillé de feuillage, s'avança vers le nouveau venu.

— C'est vous, Grand-Louis ? dit à voix basse le cavalier.

— C'est moi, répondit l'autre.

— Approchez.

Les deux interlocuteurs se touchèrent presque et échangèrent quelques paroles qu'un passant n'aurait pu saisir au vol, tant ils chuchotaient bas. À la fin le cavalier remit à l'homme un papier ou plutôt une enveloppe bulle.

— Voilà ce que je vous ai promis pour ce soir. Le reste après le jugement.

L'autre s'inclina sans rien dire, glissa dans la poche de sa jaquette le pli qu'il venait de recevoir et rentra dans le jardin, puis dans la maison, tandis que le mystérieux cavalier reprenait le chemin de Nantes.

Quand Grand-Louis rentra dans la salle où ses amis de l'un et de l'autre sexe faisaient la fête et chantaient en frappant avec les couteaux sur les verres, le tumulte s'apaisa un instant.

— D'où viens-tu comme ça ? lui dit Boulette, qui finissait une cigarette commencée par l'Andouillard.

— Est-ce que ça t'regarde ? répondit-il en la regardant de travers. J'viens d'où j'viens : si on te l'demande, tu diras que tu n'sais rien.

— C'est louche, ça m'chicane-là, fit-elle avec insistance, tu sors il y a une demi-heure, c'est pas pour aller rêver aux étoiles, y a pas d'étoiles ; pendant c'temps-là, on siffle trois fois, faudra m'expliquer ça, ma vieille, j'aime pas toutes ces cachotteries.

— Et moi, dit-il, j'aime pas toutes tes questions ! Ferme la goule ou j'm'en charge.

— V'là comme il est aimable, répondit Boulette en s'adressant à l'estimable société qui l'entourait. Je payerai encore des petits soupers fins.

— C'est bon, c'est bon, et Grand-Louis s'allongea sur un canapé en allumant un cigare, pendant que les autres entonnaient la romance connue :

Montagnes, Pyrénées
Vous êtes mes amours.

Que s'était-il passé dans le mystérieux conciliabule du boucanier et du cavalier dont le nom n'avait pas été prononcé et dont la personne comme le costume était restée impénétrable ?

IX

À LA COUR D'ASSISES

— Messieurs les défenseurs, vous vous êtes sans doute entendus pour exercer les récusations, c'est l'un de vous qui s'en chargera...

— C'est moi, Monsieur le président, répondit en soulevant légèrement sa toque Me Lefrançais.

Le président des assises, M. Hubardon de La Hubardière, plongea le bras dans l'urne placée auprès de lui, agita de la main les billes de bois sur chacun desquelles est collée une petite bande imprimée portant le nom d'un juré, et commença le tirage au sort :

M. Lamandin, chef du jury.

Et comme ministère public et défense restaient muets, il ajouta :

— M. Lamandin, veuillez pre dre place à l'ex-

trémité du premier rang : MM. les jurés se mettront auprès de vous dans l'ordre où ils seront appelés.

Puis il continua :

— M. de La Bretonnerie, deuxième juré. M. Durand (Pierre-Marie), troisième juré. M. Rougeais, quatrième juré...

— Je le récuse, fit le procureur impérial.

— Récusé par le ministère public, dit le président.

Ce juré était, on s'en souvient, peut-être, celui des habitués du Café Molière, qui avait discuté avec le commissaire de police le peu de mérite de l'accusation qui pesait sur Hervé, sans se douter alors qu'il ferait partie deux mois plus tard du jury. Aussi le procureur avisé de l'opinion émise par Rougeais, s'était-il promis de le récuser au besoin. Rougeais qui s'était levé à l'appel de son nom, se rassit d'un air désappointé.

Le président poursuivit le tirage du jury :

— M. Lubert, quatrième juré. M. de Marcé, cinquième juré. M. Beauvallet, sixième juré. M. Durand (Louis), septième juré. M. Fauvel, huitième juré...

— Récusé, fit Me Lefrançais qui écartait ainsi fort naturellement du jury un cousin germain de la victime, et évitait l'influence qu'il aurait pu exercer sur ses collègues.

— Récusé par la défense, répéta le président qui reprit : M. Delcroix, huitième juré, M. Lambert, neuvième juré. M. de la Borilière, dixième juré, M. Dujardin, onzième juré, M. Hérisy, douzième juré.

Puis agitant une dernière fois les boules qui restaient dans l'urne.

— Il ne nous reste plus qu'à tirer le juré supplémentaire, à raison de la longueur présumée des débats... M. Willard (Armand), juré supplémentaire.

Et tandis que le juré supplémentaire, qui est en même temps le signataire de ce récit, allait prendre place sur une modeste chaise à côté du douzième juré, le président ajouta avec une certaine volubilité comme s'il répétait par cœur une leçon dès longtemps apprise :

— Les noms de douze jurés et du juré supplémentaire étant sortis de l'urne sans récusation, je déclare le jury de jugement formé dans l'affaire Hervé-Charly. Ceux de Messieurs les jurés qui ne sont pas tombés au sort dans cette affaire, sont libres jusqu'à demain matin dix heures. Ils sont libres également de rester et de suivre l'audience ; à des places spéciales leur sont réservées.

Tandis que M. Hubardon de la Hubardière rappelle aux défenseurs les dispositions légales qui les obligent à s'exprimer avec décence et modération et à ne rien dire contre leur conscience et le respect dû aux lois, tandis que les jurés prêtent le serment de ne trahir ni les intérêts de l'accusé, ni ceux de la société qui l'accuse, tandis que l'un des greffiers lit d'une voix monotone l'arrêt de la chambre des mises en accusation et l'acte d'accusation qui n'est est au point de vue des faits qu'un second exemplaire revu, corrigé et généralement augmenté, jetons un coup d'œil sur la salle d'assises du Palais-de-Justice de Nantes.

L'affaire avait attiré au Palais une foule considérable. C'était le procureur impérial en personne, M. Espérandieu, qui avait tenu à occuper le siège pour réclamer, avec la vindicte publique, le châtiment des coupables. Le président des assises passant pour un des magistrats les plus capables de la cour, on sait que le mérite se mesurait alors au petit nombre d'acquittements que prononçait le jury.

Le public se divisait en deux catégories que séparait une barrière pleine, en chêne, à hauteur d'appui : d'un côté se tenaient les spectateurs debout, ouvriers sans travail, modistes en rupture d'atelier, boucaniers de la Fosse, gars du Marchix, gamins qui trottillaient de haut en bas de la rue Crébillon, tout un personnel bien connu des magistrats de la correctionnelle dont les uns et les autres étaient généralement des clients assidus. La cour d'assises pour eux, c'est le théâtre ou un asile gratis : ils suivent les débats d'une affaire criminelle comme à Graslin ils se passionnent pour les péripéties de *Lazare le Pâtre* ou de la *Dame de Saint-Tropez*, avec cette différence tout à l'avantage du Palais-de-Justice que : ça ne coûte rien et que les acteurs jouent leurs rôles pour de bon ».

Le public assis comprenait les jurés qui n'étaient pas tombés au sort et dont aucun n'avait bougé, les témoins assignés par le ministère public, des membres du barreau, des étudiants en droit, des amis du pauvre Fauvel, désireux de suivre les débats, et ce qu'on pourrait appeler le tout-Nantes, comme on dit le tout-Paris, ces désœuvrés des grandes villes qui ne manquent aucune solennité sortant un peu de l'ordinaire pour la seule gloriole de proclamer partout qu'ils y ont assisté et qu'il se préhasseraient aux premiers rangs avec autant de désinvolture pour une exécution capitale que pour une représentation hippique au Cirque anglo-américain.

Céline Delabrière, accompagnée de sa mère, avait tenu à suivre ces douloureux débats qui allaient mettre de nouveau à vif les plaies encore saignantes de son cœur. Elle l'avait exigé pour ainsi dire, la brave et courageuse fille, avec cette force de volonté qui était un des traits de son caractère, comme si elle eut espéré que des débats surgirait, inattendue et vengeresse, quelque révélation qui lui donnerait l'explication de la lettre anonyme reçue par elle presque à la veille de la nuit fatale.

Dans un coin de la salle, près du premier et du septième jurés assis l'un derrière l'autre, se tenait debout, la physionomie mobile et furetant avec tout le flair du chien de chasse, maître Frémaud qui aimait à suivre les débats des affaires qui l'avait instruites. Il était curieux de savoir quel parti la défense saurait tirer des lacunes inévitables qu'il était le premier à reconnaître. Mais dans cette affaire surtout où personnellement il ne croyait pas à la culpabilité des accusés, il dévaguait le public placé derrière lui, comme s'il avait eu la conviction que le véritable criminel n'était venu pour voir juger l'innocent faussement poursuivi. Il remarquait dans le personnel qui tapissait le fond de la salle plus d'une figure de connaissance, plus d'un repris de justice, mais sur quoi arrêter des soupçons ? Sur quelle preuve les appuyer ?

Les défenseurs étaient à leur poste, la toque posée sur leur table. Me Lefrançois jouait machinalement avec l'hermine qui garnissait sa robe.

Derrière eux, les deux accusés, assis sur une banquette et tenus à distance l'un de l'autre pour éviter toute communication, par des gendarmes qui surveillaient leurs moindres mouvements.

Ils paraissaient assez calmes tous deux et tandis que le greffier achevait la lecture des pièces, leurs yeux se portaient d'eux-mêmes vers le banc de la presse où un journaliste qui amusait le crayon aussi bien que la plume, croquait leur profil pour sa collection de criminels célèbres.

— Hervé et vous Charly, dit enfin le président, quand l'acte d'accusation fut terminé, il résulte des pièces qui viennent d'être lues que vous êtes accusés d'avoir soit comme auteur, soit complice, commis un homicide volontaire sur la personne d'Albert Fauvel avec préméditation et de plus avec cette circonstance aggravante que ce meurtre avait eu pour objet de préparer, faciliter ou exécuter un vol commis en réunion sur la même personne. Vous allez entendre les charges qui vont être produites contre vous.

Le procureur impérial fit procéder à l'évocation des témoins assignés à sa requête, au nombre d'une vingtaine environ : c'étaient les agents de police et le commissaire, M. Martinelli, qui avaient fait les premières constatations,

les médecins-légistes, le personnel du tripot de la rue du Pas-Périlleux, depuis la Champfleury jusqu'à la petite bohème à qui Charlot faisait deux doigts de cour. Daubusson, Mignonne, etc.

— Huissier, dit le président Hubardon de la Hubardière, veuillez faire retirer tous les témoins dans la chambre qui leur est destinée et veiller à ce qu'ils ne rentrent pas dans la salle d'audience, avant que je les fasse appeler.

Les témoins sortis, l'interrogatoire commença :

Le président, petit bonhomme chauve, au nez légèrement recourbé, aux yeux pétillants de malice, au ton malveillant avec une pointe de goguenardise, était un magistrat des plus redoutables pour les accusés. Il les malmenait dès les premières questions jusqu'à l'issue des débats avec une virulence qu'il n'aurait pas pardonné à la défense de lui reprocher. Aussi avait-il de fréquentes altercations avec les avocats dont il dénaturait les questions en les posant aux témoins, avec les témoins qu'il menaçait des foudres du Code pénal (articles relatifs au faux témoignage). toutes les fois qu'ils ne faisaient pas les réponses qu'il attendait de leur docilité, avec le jury lui-même. On racontait volontiers la recommandation fâcheuse qu'il avait adressée à une jeune fille poursuivie pour infanticide et qui venait d'être déclarée non coupable :

— Messieurs les jurés vous ont acquittée, ma fille, vous voilà libre, eh bien qu'à recommencer ! Ce qui lui valut une protestation énergique de la part du chef du jury et une disgrâce momentanée.

Une autre fois, il interrompait presque à chaque phrase de sa plaidoirie un des avocats du barreau de Nantes, qui finit par lui dire, avec autant d'à-propos que de courage : — Je vais prendre des conclusions pour demander à la Cour de me décerner acte des interruptions de M. le président.

Tel était le magistrat devant les préventions professionnelles de qui Hervé et Charly allaient essayer de prouver leur innocence.

— Vous avez été condamné ? demanda-t-il à Hervé après la constatation de son identité.

— Oui, M'sieu, quatre fois.

Quatre fois ? Vous voulez dire cinq, pour outrages et rébellion, violences légères, tapage nocturne et même une fois pour coups et blessures, ce qui est grave comme antécédents dans une affaire comme celle d'aujourd'hui. Voilà votre casier et vous n'avez que 25 ans ? Vous promettez et vous seriez allé loin, si Messieurs les jurés n'allaient y mettre bon ordre.

Hervé baissa la tête sans rien dire.

— Il résulte de vos condamnations antérieures que vous êtes un ivrogne, querelleur, insolent, brutal...

— Je ne suis ni un ivrogne, ni un meurtrier.

— Il y a plus, continua le président qui avait feint de ne pas entendre l'interruption d'Hervé faite du reste à voix basse, les renseignements de police nous apprennent que votre mauvaise conduite a causé la mort de votre mère, une bien digne femme. Par contre, vous avez débauché une jeune fille avec laquelle vous vivez en concubinage. Est-ce vrai tout cela ?

Le jury écoutait attentivement, suivant sur la physionomie triste d'Hervé les phases de cet interrogatoire.

— Mais pour subvenir à la coquetterie de votre maîtresse, qui, autrement, vous eût sans doute abandonné pour un autre, il vous fallait de l'argent. Vous n'en avez pas, vous ne travaillez pas, ou si peu que ce n'est guère la peine d'en parler. Messieurs les jurés, qui sont de Nantes, savent mieux que moi ce que valent les boucaniers de la Fosse. Alors, pour vous procurer cet argent indispensable, vous n'hésitez pas à commettre un vol, et, comme le malheureuse victime résiste, vous allez jusqu'à l'assassiner, afin de vous assurer, vous l'espériez du moins, l'impunité absolue. Est-ce cela ?

— Non, monsieur.

— Non, ce n'est pas cela : eh bien, expliquez-vous ? ou plutôt, reprenons en détail ces points que vous contestez. Vous avez été maltresse, ceci est incontestable....

Elle est assignée comme témoin, interrompit le procureur impérial, et nous l'entendrons tout à l'heure.

— Vous ne travaillez pas et il vous faut de l'argent pour vivre et pour entretenir votre concubine.

— Mais, monsieur, répondit Hervé, comment aurais-je été attaquer pour le voler un passant que je ne connaissais pas et qui aurait pu être, lui aussi, sans le sou ?

— Vous vous défendez habilement, Hervé, et vous allez au-devant des objections. On voit que vous avez l'habitude des tribunaux correctionnels et que vous vous souvenez des cours du droit criminel qui se donnent dans les prisons. Eh bien, puisque vous intervertissez les rôles et que c'est vous qui m'interrogez, je vais vous répondre.

Vous saviez que le passant sur qui vous vous êtes jeté avait de l'argent, vous le saviez par votre compère Charly, dit Charlot. Vous n'étiez pas chez la Champfleury ?

— Non, monsieur.

— Mais votre digne compagnon y était, il a vu le pauvre monsieur Fauvel jouer et gagner ; que fait-il alors ? il sort pour vous prévenir ; vous l'attendiez, un témoin nous dira que vous lui aviez promis une bonne surprise ; une fois réunis vous vous dirigez à la rencontre de M. Fauvel, vous le voyez à votre tour sortir de la rue du Pas-Périlleux, vous marchez sur ses pas et quand il atteint, rentrant par le plus court chemin à son domicile, le pont de Sauvetout, vous vous jetez sur lui et vous le frappez de deux coups de couteau avant de le voler.

— Mais qui peut m'accuser ainsi ? personne ne m'a vu frapper M. Fauvel.

— Mauvaise défense, que celle-là, répondit le président ; personne ne vous a vu frapper, mais quelques minutes après, on vous trouve à deux pas du cadavre, ivre-mort, une bouteille de rhum brisée auprès de vous et dans vos poches une bourse remplie d'or et la bague de votre victime. Expliquez, si vous le pouvez, à MM. les jurés ces coïncidences qui vous accablent.

Hervé fit alors aux jurés le récit que nous connaissons déjà, sa sortie nocturne pour aller chez Mignonne, les appels désespérés qu'il entendit en passant sur la place Bretagne, son arrivée sur le Pont-Sauvetout, puis le coup qui l'avait lui-même étourdi et renversé, non sans briser la bouteille qu'il portait. De couteau, il n'en avait pas, on n'en avait du reste pas retrouvé sur le pont. Quant aux bijoux trouvés sur lui, c'était celui qui lui avait porté le violent coup de poing dont il était resté si longtemps à se remettre, le meurtrier sans aucun doute, qui lui avait glissé dans les poches afin de le compromettre.

— A qui ferez-vous croire de pareilles balivernes ? dit enfin le président. Le meurtrier que vous ne connaissez qu'il aurait, suivant vous, tué et volé puis fait à faire cadeau du produit du vol. Si vous le gêniez, n'avait qu'à vous faire connaissance avec le couteau qui a donné la mort à M. Fauvel. Voyons, vous feriez mieux de changer d'attitude et de revenir enfin à la vérité.

Hervé garda le silence. Le président insista.

— Vous avez partagé avec Charlot : quel a été son rôle exact dans cette affaire ? Nous savons qu'il vous a aidé en amenant en quelque sorte votre victime sous votre couteau : ditesnous où et à quel endroit vous lui avez remis les trois pièces d'or trouvées sur lui.

— Je n'ai pas vu Charlot et ne lui ai rien remis.

— Dites plutôt que le partage s'est fait séance tenante et que vous avez vidé votre bouteille sitôt après. Vous êtes tombé ivre-mort à l'endroit même du crime, lui a pu se traîner à quel-

4

quos pas de là sous des bâches de marchands forbins de la place Bretagne.

Ce fut au tour de Charly, dit Charlot, qui lui aussi reprit son récit du premier jour et y persista. Il fut d'une énergie gouailleuse dans ses réponses, sans que les reproches du président eussent pu modifier son attitude :

— Hervé a raison, dit-il, à un moment donné, il y a un autre particulier mêlé à ce mic-mac, pisqu'y a une *autre cassiette* (c'est ainsi qu'il prononçait casquette).

— En effet, MM. les jurés, il a été trouvé sur le lieu du crime une casquette qui semblait appartenir à l'un des assassins, elle a été essayée aux deux accusés, elle ne leur va pas.

— C'est c'que j'disais : si par l'effet de saint Thasard, cette nippe eut coiffé une de nos cabeoches, quelle preuve contre nous ? Serait-y pas juste, puisque notre tête et le couvre-chef se ressemblent comme un four et un moulin, que la police nous laisse tranquilles et cherche plutôt le *propriltiltaire* de cette *cassiette*.

— Et vous, fit d'un ton sévère le président, vous feriez mieux de chercher à nous expliquer l'origine des trois pièces d'or trouvées sur vous ? Vous n'essayez même pas de vous justifier. Tenez, asseyez-vous. Nous allons entendre les témoins. Huissier, faites venir le premier inscrit sur votre liste, M. le commissaire Martinetti.

La chambre des témoins n'existe qu'approximativement au Palais de Justice de Nantes : c'est un couloir latéral à la cour d'assises et que le jury traverse pour se rendre dans la salle de ses délibérations et pour en revenir. Il y faisait, il y fait encore bon et frais au cours de l'été ; en hiver, pendant les sessions de décembre et de mars, c'est une glacière et les témoins y battraient la semelle pour se réchauffer que nous n'en serions pas autrement surpris, d'autant qu'on ne s'y amuse guère en attendant le tour qui vous est assigné par le hasard de la composition de la liste.

Les agents de police, Lasource, Rivoal, Rigoigne et Barthélemy, le commissaire Martinetti et son secrétaire formaient en quelque sorte un premier groupe ; les docteurs Berruyer et Lerond, médecin légiste, ainsi que M. Danais, pharmacien, s'entretenaient familièrement ensemble auprès d'une des croisées qui donnent sur un des deux jardins potagers qu'on ne devinerait guère sous les sous-sols du Palais de Justice ; enfin, l'Audouillard, la Champfleury et quelques comparses appartenant au personnel de la maison de jeu *rigolaient* dans un coin, avec une familiarité bien naturelle de la part de gens qui avaient avec dame Justice d'assez fréquentes relations de mauvais voisinage. Daubusson faisait les cent pas dans la salle des Pas-Perdus, sans parvenir à dissimuler l'énervement d'une pose qui menaçait de se prolonger encore.

Assise à l'extrémité d'une banquette de bois, Mignonne, les jambes croisées, le coude droit appuyé sur le genou, la tête dans la main, semblait abîmée dans ses réflexions intimes. Qu'allait-il se passer dans cette enceinte terrible, où elle n'avait jamais mis les pieds et où elle allait pour la première fois comparaître comme complice plus encore que comme témoin ? En réalité, elle ne perdait pas un mot de ce qui se disait autour d'elle, notamment dans le groupe de la Champfleury, comme si quelque parole imprudente eût pu la mettre sur la piste inattendue du véritable meurtrier.

Cependant, M. Martinetti était entré et après avoir prêté le serment traditionnel, il commençait son témoignage que nos lecteurs connaissent et sur lequel nous ne reviendrons pas.

Il s'y étendait avec d'autant plus de complaisance que le fauteuil des témoins est installé à la cour d'assises de Nantes avec un confort tout particulier. La justice tient à soigner ses plus précieux auxiliaires. A Paris, il n'y a qu'une simple barre contre laquelle peut s'appuyer le témoin debout : à Nantes, un fauteuil moelleux

lui permet de se délasser des fatigues de l'attente ; il pose, puis il dépose et se repose. Le seul revers de la médaille est piquant à signaler. Au bas des trois marches du fauteuil, se trouve une bouche de chaleur ; c'est forcément au-dessus que se tiennent pendant quelques instants les témoins, au moment de la prestation de serment. Les hommes s'en tirent encore à peu près ; mais il arrive parfois qu'en hiver, quand le couloir d'attente est très froid et que la bouche envoie de fortes bouffées de chaleur, que de pauvres femmes sont saisies de bas en haut par cette brusque transition de la glacière à l'étuve et qu'il en résulte un de ces accidents inscrits par Racine dans ses *Plaideurs*, au compte de petits chiens qui avaient... pleuré partout.

Les membres de la presse et les avocats assis au banc de la défense, sont seuls à s'en apercevoir ; les uns ne mentionnent pas dans le compte-rendu de l'audience ces averses dont la pudeur la plus délicate ne saurait s'offusquer, les autres sont liés par la discrétion professionnelle. Les témoins ne sont-ils pas d'ailleurs tenus de déposer tout sans restriction ?

Fermons ici cette trop longue parenthèse et revenons à M. Martinetti qui terminait son témoignage.

— Ainsi, M. le commissaire, votre conviction n'est pas douteuse ?

— Nullement, quant à Hervé, répondit-il. En ce qui concerne Charlot, c'est évidemment un complice au moins pour le partage de l'argent volé, sinon pour le meurtre lui-même.

— Je vous remercie, M. le commissaire et je vous félicite au nom de la Cour, de l'intelligence et de la promptitude avec lesquelles vous avez conduit l'instruction de cette affaire.

Il y eut dans la salle comme un murmure d'approbation qui s'acheva tandis que M. Martinetti allait prendre place à l'extrémité de la première banquette réservée non loin du siège de l'huissier audiencier.

On entendit encore les agents de police, les médecins qui demandèrent la permission de se retirer pour retourner auprès de leurs malades, le pharmacien M. Danais qui fut à juste titre félicité de son dévouement, la Champfleury que le président lança vertement du commerce infâme qu'elle menait.

— Si vous le voulez bien, messieurs les jurés, dit alors le président, nous allons suspendre l'audience pendant une demi-heure. Nous la reprendrons à deux heures précises.

La cour disparut par les portes latérales ménagées dans la boiserie de chêne qui forme l'hémicycle du fond de la salle, qui se vidait comme par enchantement, sauf aux places réservées, que les titulaires craignaient d'abandonner, de peur de ne plus les retrouver à la reprise des débats.

L'animation était grande dans la salle des Pas-Perdus, où les deux avocats étaient fort entourés par leurs confrères.

— Eh bien ! quelle tournure prend votre affaire ? demanda M⁰ Raoula, un des nouveaux arrivants.

— Médiocre, fit M⁰ Lefrançais ; les charges sont bien graves.

— Il nous faudrait quelque bon incident d'audience, dit M⁰ Bourlance, qui allumait une cigarette avec d'autant plus de satisfaction que la longue abstinence des quatre heures d'audience lui pesait fort.

— Il n'en naîtra pas.

— Il en naîtra peut-être : avec le père Hubardou de la Hubardière, il faut toujours ménager jusqu'à la fin une petite place à l'imprévu. Quant à moi ; je compte sur un acquittement haut la main.

— Le jury est mal disposé. Avez-vous remarqué le septième juré ? Il n'écoute plus rien, son opinion est faite, et, certainement, contre nous.

— Voulez-vous que je demande à la cour de

nous décerner acte de l'inattention du septième juré ?

— Vous ne serez jamais sérieux, Bourlance.

Cependant les témoins avaient suivi le même chemin que le reste du public ; les uns étaient allés se rafraîchir à la buvette voisine du palais : *Au Rendez-vous des témoins*, avec une bouteille de vin cacheté, du vrai vin de témoins, puisqu'il déposait.... comme eux ; les autres avaient donné un coup de pied jusque chez eux pour savoir si leur absence, qui menaçait de se prolonger, ne se ferait pas trop sentir.

— Si nous allions à la correctionnelle voir juger Boulotte, proposa l'Andouillard.

— Ça va, répondirent en chœur la Champfleury et le reste du personnel du tripot.

— Comment ! se dit Mignonne, on juge Boulotte, ce doit être cette fille grasse-ouillette qui se trouvait l'autre jour chez l'avocat et dont le gaulait m'a paru suspect. J'y vais aussi : si je pouvais apprendre quelque chose !

Elle se mêla au public aussi nombreux que peu choisi qui donne à la salle correctionnelle cette odeur *sui generis*, sueur et brûle-gueule mélangés avec une légère pointe de parfumerie avariée, que connaissent à merveille ceux qui, par plaisir ou par devoir, sont amenés à y faire de quotidiennes visites.

Précisément l'affaire de Boulotte commençait.

Le président interrogeait le premier témoin, une certaine Félicité Hervochon, fille galante dont la jeunesse dorée de l'époque ne prononçait jamais le prénom sans y ajouter cette plaisanterie connue : « Félicité, tu fais la mienne. »

Elle s'était mise sur son trente-et-un pour paraître en justice, vêtements aux couleurs rutilantes, gants à seize boutons, chapeau à haute aigrette. Naturellement, elle ne s'était pas dégantée d'avance et le tribunal dut attendre quelques instants que « Mademoiselle » eût déboutonné ce gant interminable.

— Votre âge ?

— Dix-neuf ans.

— Votre profession ?

— Lingère.

L'énoncé de ce métier aussi modeste qu'honorable contrasta tellement avec le luxe tapageur de la toilette de Félicité, qu'il y eut comme un grognement dans l'auditoire.

— Lingère, soit, dit le président d'un ton qui prouvait qu'il n'en croyait pas un traître mot : dites ce que vous savez.

— C'était un soir, je causais avec un *type* que j'avais rencontré au coin de la rue Contrescarpe et de la rue Créhillon, quand mademoiselle (elle désignait Boulotte assise au banc des prévenus libres) s'est approchée de nous et m'a *agoni* de sottises, histoire d'emmener mon *type* avec elle. Je n'tiens pas à ce que ma figure plaise à mademoiselle, mais au moins qu'elle n'en dégoûte pas les autres. Est-ce que je lui débine, moi ?

— Faites-nous grâce de vos réflexions et arrivez-en aux coups. Elle vous a frappée ?

— D'autor et d'achar, je n'vous dis qu'ça ; à ce point que son tout-cas avec lequel elle me *cognait* sur la tête, s'est cassé en deux.

Les trois magistrats, enfoncés dans leurs fauteuils, les lirent, par un mouvement instinctif, rouler en avant, avancèrent la tête par dessus les codes qui convraient leur bureau, et jetèrent les yeux sur les tronçons du parapluie déposés sur le plancher, devant le bureau du greffier.

L'huissier les fit passer au tribunal qui les examina un instant. C'était un en-tout-cas de soie bleu marine avec un manche en ivoire formé béquille, sur lequel se détachait en écusson dessus à décovrir des initiales ou des armoiries qu'y faisaient encore défaut.

— Il a fallu vous frapper fort pour briser ce parapluie.

— Certainement, monsieur, et j'ai dû garder le lit pendant quelques jours.

— Il y a un certificat médical, dit le substitut qui occupait le siège du ministère public.

Félicité-tu-fais-la-mienne, avait terminé sa

déposition. Elle alla s'asseoir, non sans avoir jeté sur Boulotte des regards furibonds.

Les faits étant avoués au moins dans leur partie essentielle, aucun autre témoin n'avait été cité. Ce fut donc au tour de Boulotte de se lever.

— Vous vous appelez Amélie Milmer, dite Boulotte, vous avez, vous aussi, dix-neuf ans, vous vivez de votre métier de femme entretenue, et vous nourrissez avec le produit de votre inconduite le nommé Grand-Louis, sur la réputation de qui le tribunal est édifié. C'est lui qui vous avait donné l'en-tout-cas dont vous vous êtes fait une arme dangereuse ?

— Oui, m'sieu le juge, c'est bien mon p'tit homme qui m'a fait ce cadeau. J'ai eu fais, i'm'en fait, paraît qu'ça entretient l'amitié.

— Il paraît que cela entretient aussi les dispositions belliqueuses. Vous avez cherché querelle à la plaignante ?

— Dame ! j'ai fait ce que vous auriez fait à ma place, m'sieu le juge. Elle causait avec un particulier qui m'avait déjà accosté la veille chez la mère Lechat, je m'approche d'elle tranquille comme Baptiste, et, avant que j'aie eu le temps de placer quatre paroles, elle se met à dire : T'v'là encore, vieille râleuse. Ça vous plaîrait-y, m'sieu le juge, qu'on vous appelle vieille râleuse. J'me suis rébiquée, et j'ai riposté sur le même ton.

— Si vous vous en étiez tenue là, vous auriez sans doute été poursuivies l'une et l'autre en simple police seulement pour tapage et injures réciproquement. Mais vous avez frappé ?

— Dame, la moutarde m'a monté au nez et j'ai cogné. Oh ! pas bien dur, car le lendemain soir je la rencontrais de nouveau au même endroit que la veille.

Le substitut se borna à requérir l'application de la loi ; un jeune stagiaire se leva pour dire quelques mots spirituels sur cette futilité de dames sans gravité, d'incapacité de travail, il ne fallait pas parler, c'est à la tête que la blessée avait été atteinte, et le travail qui lui servait de gagne-pain n'avait jamais passé pour exiger de grands efforts d'imagination. Il y avait eu d'ailleurs provocation, et ce qui suivra Boulotte n'était-elle pas déjà punie par la perte d'un superbe en-tout-cas qui avait pour elle la valeur d'un souvenir.

Le tribunal fixé d'avance sur la culpabilité de Boulotte, prononça une condamnation à 48 heures de prison pour cette petite querelle qui n'eût entraîné qu'une amende de seize francs, s'il s'était agi d'une honnête femme.

Cependant l'huissier avait annoncé la reprise des débats criminels et la foule avait fait de nouveau irruption dans la salle de la cour d'assises.

Comme ils se l'étaient promis, Boulotte et son souteneur Grand-Louis, y étaient entrés aussi après l'affaire correctionnelle terminée.

— Rien, rien encore, murmura tout bas Mignonne désappointée de cette audience correctionnelle sur laquelle elle avait tout d'abord fondé, sans trop savoir pourquoi, de si grandes espérances.

Au même moment l'huissier appelait dans le couloir des témoins : Anne-Marie Lemoryce.

X

UN INCIDENT D'AUDIENCE

La déposition de Mignonne fut ce qu'elle devait être, touchante et charmante comme elle et la sympathie qui se dégageait de toute sa personne eût certainement rejailli sur Hervé si les preuves n'avaient paru aussi accablantes.

Fidèle à ses indéracinables habitudes, le président l'avait maltraitée, comme il le faisait de tous les témoins favorables aux accusés, mais sans parvenir à effacer l'effet heureux qu'elle avait produit dans l'intérêt de la défense. Elle n'avait parlé ni du dialogue surpris par elle sur le cours Cambronne, ni de sa rencontre dans le cabinet de Me Lefrançais, tant elle comprenait que ses déclarations auraient peu de poids auprès des jurés si elle ne parvenait à les appuyer sur autre chose que sur sa parole. Mais elle fit l'éloge du courage et de la probité d'Hervé, elle lui renouvela en pleine audience l'expression de son attachement et tandis qu'elle parlait ; deux personnes ne pouvaient retenir leurs larmes, Hervé et Céline Delabrière qui savait gré à Anne-Marie de sa fidélité à l'amant malheureux.

— Et le mouchoir ensanglanté, soutiendrez-vous toujours qu'il ne fait pas partie de la demi-douzaine que déparaille son absence ?

— Toujours : mes mouchoirs ne sont pas marqués et s'ils l'étaient, c'est d'une M qu'ils le seraient.

— Qu'avez-vous à dire à cette déposition. Hervé ?

— Rien, M'sieu le président. Mignonne dit la vérité, mais je ne l'en remercie pas moins d'avoir bien voulu me garder son amitié jusqu'ici.

— V'là ce qui s'appelle ne pas caner et parler en homme, répondit Charlot.

Mignonne, les larmes aux yeux, alla prendre place sur le banc des témoins, à côté de ceux qui avaient déjà déposé, ne perdant pas de vue son cher Hervé, suivant sur la physionomie de l'avocat, l'effet que produisaient les témoignages qui se déroulaient devant la cour d'assises.

Ce fut bientôt le tour d'une fille Françoise Lecoroller, la petite bobonne qui avait excité l'admiration de Charlot dans sa première déclaration au commissaire de police. Elle avait un minois chiffonné et cette beauté du diable qui se fane bien vite surtout dans un milieu comme celui où elle vivait.

Elle raconta l'arrivée de Fauvel au tripot qu'il avait quitté vers une heure et demie du matin :

— Charlot était-il sorti avant ou après ?

— Avant, j'en suis sûre.

— Et qui vous donne cette certitude ?

— Il pleuvait à torrents et Charlot me demanda à lui prêter un parapluie : j'allai au porte-parapluie où nous en avons toujours quelques-uns que nous mettons à la disposition des clients surpris par une averse, mais il n'en restait plus de disponible. C'est alors que je remarquai le parapluie de M. Fauvel.

— Vous avez dit que ce parapluie, auquel vous faites allusion, appartenait à M. Fauvel ?

— Il vint me le réclamer quelque temps après, quand il partit à son tour, et c'est moi-même qui le lui ai remis.

— Ce parapluie n'a pas été retrouvé, dit alors, intervenant dans le débat, le procureur impérial ; c'est même la première fois qu'il en est mention. Cette fille n'en avait pas parlé à l'instruction.

— Et comment était-il, ce parapluie ? demanda le président en reprenant la parole.

— Dame, m'sieur, c'était un beau parapluie de soie avec un manche droit en ivoire et que je reconnaîtrais, je crois bien, si je le voyais.

— A vous de nous le dire, Hervé, fit alors le président, ce que vous avez fait de ce parapluie qui n'a pas été retrouvé.

— Comment le saurais-je ? je suis innocent.

— Et vous, Charlot ?

— Moi non plus, m'sieur le président, je ne puis pas le savoir et je ne le sais pas.

A ce moment, on entendit une voix dans la salle qui s'écria : — Je le sais, moi.

— Que celui qui vient de parler s'approche, dit le président Hubardon de la Hubardière d'un ton qu'à tout hasard il crut devoir rendre sévère.

Ce fut Mignonne qui se leva et fit quelques pas en avant.

Il y eut un moment de stupéfaction générale, sans doute aussi de crainte du côté du ministère public et du président des assises, d'espoir vague de la part des accusés.

— Voici l'incident d'audience demandé, murmura Me Bourlance à l'oreille de son confrère.

— Reste à savoir, répondit Me Lefrançais, quel effet il va produire.

— Silence, cria l'huissier de service.

Le président commença par morigéner Mignonne avec l'arrière-pensée de la troubler dans sa déposition. Rien n'est désagréable en matière judiciaire comme les surprises ; le magistrat à son siège tout fait et les incidents malheureux démontent ses batteries.

— Témoin, dit-il avec sévérité, vous n'avez pas le droit d'interrompre les débats. Je ne vous empêche pas de parler, si vous avez quelque chose à dire d'utile à votre amant ; vous voulez le sauver. C'est là un sentiment trop naturel. Mais demandez-moi la parole sans interrompre.... Enfin, puisque vous voilà devant MM. les jurés, expliquez-vous. Vous avez connaissance du parapluie de M. Fauvel ?

Mignonne raconta ce qui s'était passé une demi-heure auparavant à l'audience correctionnelle, elle avait vu de loin le parapluie brisé de Boulotte, la maîtresse de Grand-Louis, qui était lui-même l'intime d'Andouillard et, sans conclure par une dénonciation formelle, elle obligeait en quelque sorte le président des assises à tirer au clair cette question du parapluie qui pouvait mettre en cause un nouveau personnage.

La petite bonne de la Champfleury, Françoise Lecoroller, était restée assise au fauteuil des témoins :

— Êtes-vous bien sûre, lui redemanda le président, que M. Fauvel avait un parapluie ?

— Parfaitement.

— Nous allons, messieurs les jurés, donner des ordres pour qu'il nous soit apporté au greffe et cette pièce à conviction si tant est que ce parapluie soit le même, vous sera également soumise comme les autres.

Cette scène qui ne figurait pas au programme du drame judiciaire que nous racontons, avait vivement impressionné l'auditoire. Mais deux personnes surtout suivaient avec une attention extrême les péripéties de cet incident, l'une était Céline Delabrière qui connaissait le parapluie d'Albert Fauvel et se demandait comment il pouvait se trouver aux mains d'une fille galante comme Boulotte ; l'autre, c'était le greffier Frémaud.

— Comment, se disait-il, n'avons-nous pas songé au parapluie qu'évidemment la victime devait porter puisque le soir du crime il faisait une pluie battante ?

Boulotte et Grand-Louis avaient au fond de la salle, cachés à tous les yeux par une quadruple rangée de spectateurs debout, à cet incident qui les visait directement. Grand-Louis avait pâli.

— T'entends, ma vieille, lui avait murmuré Boulotte à l'oreille : d'où te v'nait-il, l'robinson que tu m'as offert ?

— T'inquiète pas ; ça, c'est mon affaire.

Cependant le parapluie avait été descendu du greffe. Françoise le reconnut comme étant celui que Fauvel lui avait réclamé au moment de sortir.

— Il faudra donner des ordres, monsieur le procureur impérial, pour amener ici, fut-ce par la force, cette fille qu'on appelle Boulotte et son amant Grand-Louis.

A ce moment, une voix du fond de la salle cria :

— C'est pas la peine : présent !

Boulotte et Grand-Louis, témoins improvisés, firent le tour par le couloir de la salle d'attente et, fendant le flot du public, arrivèrent devant la Cour.

Il y eut un mouvement général de curiosité.

— Faites retirer un instant Grand-Louis, dit le président ; quant à vous, fille Boulotte, vous ne prêterez pas serment, vous n'êtes entendue ici qu'en vertu de mon pouvoir discrétionnaire et à titre de renseignements.

Boulotte se borna à affirmer que c'était un ca-

deau de son amant et qu'elle en ignorait absolument la provenance.

Ce fut le tour de Grand-Louis de s'expliquer.

— Rien de plus simple, dit-il : c'était au lendemain du crime. On faisait la p'tite partie de bac
chez la Champfleury, quand m'sieu le commissaire est venu y pousser une p'tite visite. Bonsoir les voisins ! fallut déguerpir. Juste y pleuvait des hallebardes. J'avise dans le porte-parapluie un superbe riflard. Dame ! vous savez, y
a des choses qui sont à tout le monde et à personne, comme les boîtes d'allumettes, les para-
pluies : le premier qui a besoin s'en sert. Je
l'ai pris, personne n'l'a réclamé, je l'ai confisqué
et je l'ai donné à ma particulière.

— C'est un vol que vous avez commis là et il
appartient à M. le procureur impérial d'en prendre bonne note et de vous en demander compte
devant une autre juridiction. Quant à présent,
vous saurez que vous êtes en complète contradiction avec le témoin Charlot.

— Grand-Louis n'a pas pu prendre le parapluie au lendemain du crime, fit la domestique,
puisque le soir même je l'ai remis aux mains de
M. Fauvel.

— Eh bien ! Grand-Louis ?

— M'sieu le président, cette fille-là est un
faux témoin ; après tout ça n'm'étonne pas, faut
bien qu'elle sauve son Charlot.

— En effet, reprit le président, vous êtes la
maîtresse du second accusé, et il semble que
Grand-Louis ait raison. Vous et la fille Anne-
Marie Lemorvec vous vous êtes entendues pour
faire naître ces incidents d'audience et essayer
de porter le trouble dans la conscience de MM.
les jurés. Vous voulez tirer vos amants d'affaire
et vous ne craignez pas de laisser planer les
soupçons sur d'autres. Il est temps d'insister
davantage sur vos déclarations. Si j'étais plus
sévère, je pourrais vous rappeler les prescriptions du Code pénal sur le faux témoignage.
Allez vous asseoir. MM. les jurés apprécieront.

Boulotte et Grand-Louis allèrent prendre place
au banc des témoins. Françoise et Mignonne se
mirent un peu plus loin, rapprochées l'une de
l'autre par la communauté de leurs chagrins et
la même aversion de l'homme qui venait, selon
l'expression nantaise, de fouler les accusés.

Les autres témoins furent bientôt entendus.
Sans trop savoir pourquoi, le président, M. Hubardon de la Hubardière redoutait quelque nouvel incident qui, tournât-il aussi bien que celui
du parapluie, indiquerait en même temps au jurés les lacunes d'une instruction superficielle et
menée avec trop de rapidité.

Le témoignage de Daubusson fut d'une correction irréprochable. Il trouva le moyen de
faire du défaut un éloge exagéré qui lui conci-
lia tous les suffrages et glissa, dans les formes
voulues, un compliment à l'adresse de Céline
Delabrière dont il laissa deviner la présence dans
la salle d'audience.

— La cour vous remercie, Monsieur, de votre
touchante déposition : Vous voyez, Messieurs
les jurés, quelles sympathies avait su éveiller
partout la malheureuse victime des deux accusés qui sont là, presque indifférents, sur le banc
de la cour d'assises.

— Farceur ! murmura tout bas Rougeais, le
juré récusé qui assistait aux débats. Ce sont
des larmes de crocodile que tu verses-là !

— Cher Olivier, quel bon ami c'était ! se dit
Céline dans la confiante bienveillance de son
cœur.

Mignonne était comme affaissée : l'échec de
l'incident du parapluie sur lequel elle avait tant
compté, l'avait accablée. Elle qui, à un moment
donné, soupçonnait tout le monde, n'osait plus
rien dire. Elle sentait la condamnation approcher, terrible, inévitable, rendue plus certaine
peut-être par l'inutilité des efforts qu'elle avait
faits pour sauver son amant.

L'Andouillard s'explique, lui aussi, fort posément. Charlot lui donna un démenti formel.

Mais que valent les dénégations d'un accusé
intéressé à tout dire pour échapper au châti-

ment, en face du serment prêté en justice, fut-
ce par le dernier des misérables ; qui donne
ainsi à sa parole une consécration solennelle ?

Me Lefrançais essaya cependant d'éveiller l'attention du jury sur la personnalité du témoin
qui venait de déposer.

— Monsieur le président, fit-il, voudriez-
vous demander à l'Andouillard combien de condamnations il a déjà subies et pour quels motifs ?

— Maître Lefrançais, je ne poserai pas la
question au témoin. Une pareille procédure est
inadmissible. Les témoins sont ici pour donner,
sous la foi du serment, des renseignements sur
l'affaire et non pas pour soumettre à des inves-
tigations sur leur vie privée qui n'y ont aucun
trait. Pourquoi ne leur demander-vous pas tout
de suite leur casier judiciaire ?

— Sans compter que bien souvent il serait à
sa place dans le dossier, murmura à demi-voix
l'avocat.

— Avez-vous autre chose à demander ?

— Oui, Monsieur le président. Une casquette
qui ne va ni à Hervé, ni à Charlot a été trouvée sur le Pont-Sauvetout. Le témoin l'Andouillard n'a pas dû passer bien loin de là pendant
la nuit du crime. Je désirerais que cette casquette lui fut essayée.

Il y eut de nouveau un mouvement d'émotion
dans la salle. Si cette casquette s'adaptait à sa tête !

L'huissier passa la pièce à conviction à l'Andouillard, qui l'essaya sans hésitation. Elle
s'enfonçait jusqu'aux yeux. L'épreuve était complète et défavorable aux accusés.

Le président triomphait. Il devint marquis.

— Désirez-vous encore quelque autre chose,
maître Lefrançais. Voulez-vous qu'on essaie la
casquette à un autre témoin, à tous les témoins,
depuis M. Daubusson, jusqu'à Grand-Louis ?
C'est votre droit.

— C'est inutile, répondit l'avocat qui n'osa pas
insister, tout en regrettant que Grand-Louis
n'eût pas été soumis à la même épreuve.

Combien il l'eût regretté davantage s'il avait
pu surprendre le frémissement qui avait saisi
l'amant de cœur de Boulotte à cette proposition
inattendue du président !

Me Frémaud, du coin qu'il n'avait pas quitté,
avait remarqué la physionomie un instant troublée du dangereux boucanier et il se promet-
tait, le cas échéant, de surveiller ce personnage
suspect.

Il ne restait plus de témoins à entendre. On
fit passer sous les yeux des accusés et de leurs
défenseurs les pièces à conviction qu'ils regardèrent à peine, leur avant déjà vues au cours de
l'instruction. Les jurés les retirèrent pendant
quelques instants, tandis que de leurs places,
Mignonne et Céline les examinaient avec d'autant plus d'attention qu'elles en étaient plus éloi-
gnées.

— Messieurs les jurés, avant que je donne la
parole à M. le procureur impérial, nous allons
suspendre, si vous le voulez bien, l'audience,
pour la reprendre ensuite sans désemparer jusqu'à la fin des débats.

CHAPITRE XI

LE VERDICT

— Sur mon honneur et sur ma conscience,
devant Dieu et devant les hommes, la déclaration du jury est :

Première question : Hervé (Pierre) est-il coupable d'avoir volontairement donné la mort à
Albert Fauvel ? Réponse : Oui, à la majorité.

Circonstance aggravante : Cet homicide volontaire a-t-il été commis avec préméditation ?
Réponse : — Non.

Seconde question : Hervé (Pierre) est-il coupable d'avoir volé de l'argent et divers objets
mobiliers au préjudice dudit Albert Fauvel ?
Réponse : — Oui, à la majorité.

Troisième question : Le meurtre spécifié à la

première question a-t-il eu pour objet de préparer, faciliter ou exécuter un délit ou de fa-
voriser la fuite ou d'assurer l'impunité des auteurs ou complices de ce délit ? Réponse :
Oui, à la majorité.

Les mêmes questions, à peu près, posées
au sujet de Charly, dit Charlot, étaient toutes
résolues négativement.

Le chef du jury ajoutait en terminant sa lecture écoutée dans le plus religieux silence :

— A la majorité, il y a des circonstances atténuantes en faveur de Hervé (Pierre).

Ainsi tant d'efforts éloquents, tant d'appels
désespérés à la cause qui doit être, autant que
l'innocence éclatante, la sauvegarde des accusés, tant d'esprit et de cœur avaient été dé-
pensés en vain. De l'avis unanime, Me Lefrançais avait été merveilleux de dialectique, d'habileté, de sentiment. Il avait parlé au bon sens
des jurés, il avait fait vibrer leurs fibres les plus
intimes et peut-être avait-il pu les emporter,
si le président Hubardon de la Hubardière n'a-
vait, comme toujours, transformé le prétendu
résumé impartial en un nouveau réquisitoire
d'autant plus terrible qu'il n'était pas possible
d'y répondre.

Le jury avait délibéré pendant près de deux
heures avant de rendre son verdict aussi mi-
tigé que possible, étant donné l'affirmation de
la culpabilité.

La préméditation était écartée, le jury avait
fini par s'arrêter à l'opinion suivante que le
vol avait été le mobile de l'agression nocturne
et que le meurtre n'avait eu lieu qu'en face de
la résistance inattendue de la victime, et de
crainte d'un châtiment qui n'avait d'ailleurs pas
tardé. Au regard aux antécédents de courage et
de probité d'Hervé sur lesquels le défenseur
avait notablement beaucoup insisté, le jury
avait accordé les circonstances atténuantes que
personne ne demandait, ni le procureur impérial qui avait réclamé l'expiation suprême, ni
le défenseur qui avait sollicité l'acquittement.

Quant à Charlot, la décision du jury s'expliquait plus facilement encore. Il n'y avait aucune
preuve de sa participation directe et matérielle,
soit au meurtre, soit au vol : la seconde question spécifiait, à la vérité, en ce qui le concer-
nait, la participation au vol comme co-au-
teur, soit comme complice par recel. Mais quel
que étrange que fût la présence de trois pièces
d'or sur lui, le jury avait hésité à déclarer que
cet argent ne lui portait pas de taches de sang
eût-été vrai à Fauvel, il avait reculé devant la
sévérité présumée de la loi qu'il ne connaissait
pas et finalement dit non à toutes les questions.

Le président Hubardon de la Hubardière fit
rentrer les accusés. Lecture faite de la décision
du jury qu'il avait préalablement signée, il prononça l'acquittement du boucanier Charlot et sa
mise en liberté, s'il n'était détenu pour autre
cause.

Charlot esquissa un salut et sortit pour aller
faire lever son écrou à la maison d'arrêt.

Ce fut au tour de Pierre Hervé d'entendre sta-
tuer sur son sort. Il connaissait trop le mécanisme de la cour d'assises pour conserver la
moindre illusion à cet égard. Il savait qu'il était
condamné : restait à savoir dans quelle mesure
il le serait.

Il l'apprit bientôt. Le procureur impérial re-
quit l'application de la loi.

— Hervé, dit le président, vous venez d'entendre M. le procureur impérial. Avez-vous
quelque chose à dire sur l'application de la
peine ?

— Vous allez condamner un innocent, répondit-il : c'est tout ce que j'ai à dire.

— Me Lefrançais, fit le magistrat en s'adressant au défenseur.

Celui-ci, sans parler, se souleva légèrement de sa chaise, retira sa toque en un instant
pour saluer la Cour et se rassit. C'était une
façon de dire qu'il n'avait rien à ajouter, persuadé que la conviction de la Cour était faite
et qu'il ne pourrait la modifier en rien.

Les deux juges assesseurs rapprochèrent leurs sièges du fauteuil du président, ils échangèrent quelques observations à voix basse, puis M. Hubardon de la Hubardière prononça à haute voix un arrêt qui condamnait Hervé (Pierre), coupable de meurtre et de vol, à la peine des travaux forcés à perpétuité.

— Condamné, vous avez trois jours francs pour vous pourvoir en cassation contre l'arrêt qui vient d'être prononcé.

Et se tournant vers les jurés, il ajouta : — L'audience est levée, Messieurs, à demain matin, dix heures.

La salle offrait à ce moment un aspect lugubre. Il était huit heures du soir. Les becs de gaz allumés éclairaient faiblement, à la hauteur où ils sont placés, un auditoire serré. Des bougies fixées dans des flambeaux argentés projetaient leur clarté jaune et vacillante sur les membres de la cour, sur le procureur impérial, le greffier, les défenseurs, le chef du jury et le banc de la presse.

Le reste de la salle semblait une immense tache noire où s'agitait une foule anxieuse.

Comme bien on pense, les péripéties de ce drame n'avaient pu être accueillies avec indifférence par un public que dominaient tant de sentiments divers. L'acquittement de Charlot fut salué du fond de la salle par une salve d'applaudissements. Et pourquoi se serait-on gêné pour troubler un peu la majesté de la Justice? Les manifestations sont interdites : raison de plus pour en faire une, quand, grâce à l'ombre de la nuit, on est à peu près sûr de l'impunité. Et puis, quoi! est-il donc défendu d'approuver le verdict des jurés et de lui donner la consécration de la voix populaire?

Le président M. Hubardon de la Hubardière devint rouge de colère. Cet acquittement était chose assez désagréable pour lui sans que le public vint encore le souligner par des bravos qui étaient autant de coups de sifflet à son adresse.

— Si le public se permet encore la moindre marque d'approbation, cria-t-il, je fais évacuer toute la salle.

Cette menace, appuyée d'un vigoureux : Silence! de l'huissier audiencier et de l'apparition de quelques chapeaux de gendarmes qui se levèrent aux divers coins de la salle, suffit à rétablir le calme.

Quant au fut le tour d'Hervé, l'arrêt était à peine prononcé qu'un cri déchirant se fit entendre :

— Mon pauvre Pierre, et presqu'aussitôt la même voix ajouta :

— Aussi vrai que tu es innocent, tu seras vengé.

Ce serment solennel, prononcé d'un accent pathétique, couvrit un instant le voix du président qui condamnait en ce moment Hervé aux frais du procès criminel.

C'était Mignonne, le lecteur l'a déjà deviné, qui venait elle aussi, sur son honneur et sa conscience, devant Dieu et devant les hommes, de prendre cet engagement solennel de réparer l'injustice terrible que venait de commettre la faillibilité humaine.

L'audience était pour ainsi dire terminée. Le président ne jugea pas à propos de sévir contre cette interruption finale : les condamnés n'ont-ils pas vingt-quatre heures pour maudire leurs juges?

Mais l'effort de volonté fait au cours de cette longue et dramatique journée par Mignonne avait épuisé ses forces, elle n'en pouvait plus et après avoir jeté ce cri suprême d'innocence, elle tomba sans force et comme évanouie sur le banc des accusés.

— Remettez-vous, mam'zelle, lui dit une voix affectueuse, nous vous aiderons, Charlot et moi, soyez-en sûre.

C'était la domestique de la Champfleury, Françoise Le Corollér, qui prit le bras de la pauvre fille et descendit avec elle les marches du palais.

Déjà la foule s'éloignait de toutes parts : les uns boucaniers et compagnie, s'étaient précipités du côté de la prison où les attendait un double et intéressant spectacle : voir entrer Hervé et voir sortir Charlot à qui on ferait une ovation : les autres fatigués d'une audience aussi longue, rentraient à leur domicile ou gagnaient les cafés avoisinants.

Quelqu'un aurait pu suivre tout à la fois les divers groupes aurait surpris au passage quelques fragments de conversation qui donnaient assez exactement la moyenne de l'opinion du gros public.

— A perpet! C'est raide sans plus de preuves.

— Avec des preuves, c'était la veuve qu'il aurait embrassée.

— Il aurait mieux aimé embrasser sa galante.

Ailleurs c'étaient deux bons bourgeois :

— Il faut faire des exemples, cet acquittement est scandaleux et si j'étais le gouvernement...

Des jeunes gens prenaient la chose sur un ton plus badin.

Dis donc. Ferrera, voilà une jeune fille à consoler.

— Sans compter qu'elle n'a pas volé son surnom; elle est mignonne...

— A croquer : je l'aime tout plein.

— Eh bien! contente-toi de l'aimer à distance.

Rougeais, le juré récusé, était sorti au bras de Lamandin, le chef du jury, qu'il connaissait beaucoup

— Comment! lui disait-il, vous avez condamné?

— Il y a eu du tirage, mon cher : huit voix contre une qui voulaient acquitter; enfin nous l'avons emporté.

— Je ne vous en fais pas mon compliment.

— Fallait-il lui décerner le prix Monthyon?

— Non, mais de là à pareille condamnation...

— Tous ces boucaniers sont des malfaiteurs dangereux...

Daubusson avait tenu, en bon parent qu'il était, à reconduire Céline Delabrière presque chez elle; il avait offert son bras à sa tante qui, naturellement parlait du verdict du jury, qu'il approuvait sans réserve :

— Voilà ce pauvre Fauvel vengé, au moins à demi : puisque le jury a découvert des circonstances atténuantes pour un voleur et un assassin...

Céline gardait le silence, tandis que son cousin continuait à blâmer les jurés d'une inexplicable indulgence, en face des malfaiteurs qui avaient donné jusqu'au bout la preuve d'une incroyable audace, jusqu'à provoquer des incidents honteux où ils avaient affiché publiquement leurs indignes maîtresses.

Le président, qui avait quitté la robe rouge, descendit lentement avec ses deux assesseurs et le procureur impérial, les marches du Palais de Justice.

— Savez-vous, dit ce dernier, qu'à un instant donné, j'ai eu peur de voir notre accusation s'écrouler, à propos de ce méchant parapluie auquel nous n'avions pas songé?

— Petites causes, grands effets, répondit sentencieusement M. Hubardon de la Hubardière : enfin, mon cher procureur, tout s'est aussi bien passé que possible et vous avez été parfait.

Une pauvre jeune fille, assise sur la bordure du trottoir, pleurait : près d'elle se tenait une de ses compagnes s'efforçant vainement de la consoler, et qui regardait du côté de la prison comme si elle attendait que quelqu'un en sortit.

— La voilà, s'écria-t-elle à la fin : et Françoise, car c'était elle, s'élança à la rencontre de Charlot qui l'embrassa de bon cœur après une si longue séparation.

Puis tous deux se rapprochèrent de Mignonne tout en larmes.

— Voyons, consolez-vous, Mignonne, nous serons deux à chercher les vrais coupables et à les faire punir.

La jeune fille prit les mains de Charlot et les serra affectueusement dans les siennes, sans pouvoir prononcer une parole, tant l'émotion l'avait prise à la gorge.

Cependant, un homme qui avait sans doute reconnu de loin le petit groupe, s'en était doucement approché et avait surpris les quelques paroles de Charlot et le geste significatif de Mignonne.

— Si jamais vous avez besoin d'un conseil, dit-il en intervenant dans la conversation, adressez-vous à moi.

Charlot et Mignonne se retournèrent instinctivement.

C'était Me Frémaud qui, persuadé que la justice avait fausse route, s'était promis de consacrer dans la mesure du possible, son expérience à la réparation de ce qu'il considérait comme une erreur judiciaire.

DEUXIÈME PARTIE

Le serment de Mignonne

I

DÉCLARATION D'AMOUR, DÉCLARATION DE GUERRE

— Ainsi, tu me repousses, tu me dédaignes...

— Non, Olivier, ne prends pas tout au tragique, je veux bien te conserver toute mon amitié, mais ne m'en demande pas davantage.

— Et pourquoi non? Je m'étais habitué, dès notre plus tendre enfance; à te considérer comme celle à qui je donnerais mon nom. Nous jouions, déjà au petit mari et à la petite femme et j'oubliais bien volontiers la parenté qui nous unit, ce titre vulgaire de cousin et de cousine pour y substituer un nom plus affectueux, un lien plus tendre. Déjà, une première fois, tu m'as repoussé : je n'ai rien dit, je t'ai même promis de conserver mon amitié à mon heureux rival; ai-je tenu ma promesse?

— Le pauvre garçon est mort et tu ne l'as pas protégé assez efficacement pour l'empêcher de tomber sous le coup d'un meurtrier.

— Comment, Céline, encore ce reproche?

— J'ai tort, Olivier, mais que veux-tu? Six mois seulement se sont passés depuis le jour où j'ai assisté à la cour d'assises, à ce terrible jugement, et je ne puis oublier que, sans ta négligence, mon cher Albert serait encore là, près de moi.

— Ne l'ai-je pas regretté aussi sincèrement que possible? Mais ma pauvre Céline, ceux qui sont morts sont morts. Garde à Fauvel, comme je le fais moi-même, un cordial souvenir : est-ce une raison pour rester éternellement fille? et te marieras-tu jamais pour n'avoir pu t'épouser?

Le ton dégagé, sec, dur avec lequel Olivier se laissait aller à parler de cette grave et douloureuse question, irritait peu à peu Céline Delabrière qui, assise sur un banc, décrivait sur le sable du jardin un arc de cercle, toujours le même dont elle accentuait le dessin par le va-et-vient et bout de son ombrelle.

Les deux jeunes gens se trouvaient réunis dans une charmante propriété que M. Delabrière avait achetée quelques années auparavant à 6 kilomètres de Nantes environ, sur la route de Saint-Joseph-de-Portéricq, en face de la Jonnelière. Elle ne s'étendait pas jusqu'au bord même de l'Erdre et c'était dommage mais, telle qu'elle restait, avec ses deux étangs intarissables, ses jardins potagers, sa maison d'habitation peu luxueuse, mais des plus confortables, la magnifique pelouse qui s'étend devant le salon, toute parfumée de massifs de roses et d'héliotrope, une prairie ombragée de cormiers aux fruits acides, elle n'en était pas moins une propriété d'agrément des plus charmantes, que M. Delabrière qui n'aimait la campagne qu'à demi avait baptisée du nom peu engageant, s'il eût été vrai, de la *Bicoque*.

Peut-être, au cours de ce récit, aurons-nous besoin de faire plus ample connaissance avec les êtres de la maison, avec les aménagements intérieurs de la propriété : nous n'avons pour l'instant qu'à venir retrouver nos deux interlocuteurs sur le bastion où la conversation devenait de plus en plus sérieuse.

Le bastion empruntait à la forme même de sa construction ce nom qui fait plus volontiers partie de la langue militaire que du vocabulaire champêtre. Au bas de la pelouse qui s'étendait en pente douce de la maison jusqu'aux fossés mitoyens qui marquaient la limite de la propriété dans le sens de la largeur, la fantaisie des anciens maîtres avait édifié, sans doute pour utiliser l'agréable ombrage de chênes séculaires, un terre-plein en demi-lune, ouvert du côté de la propriété et de l'autre fermé par une muraille crénelée à hauteur d'appui. Quelques banquettes, quelques sièges de jardin y avaient été installés, et par les grandes chaleurs d'été où même d'automne, rien n'était plus charmant que la sieste, que la causerie sur le bastion, à l'abri des rayons du soleil et des oreilles du personnel domestique.

C'était là qu'Olivier avait repris avec plus d'âpreté que par le passé, cette question de mariage qui lui tenait tant à cœur et qu'il s'irritait de ne pouvoir mener à bonne fin, à présent qu'il n'avait plus à redouter de prétendant à la main de Céline.

— Je ne dis pas, fit la jeune fille, en répondant à la question directe de son cousin, que je ne me marierai jamais.

— Laisse-moi donc quelque espoir.

— Mieux vaut que tu n'en gardes pas et que tu portes ailleurs un choix qui m'honore beaucoup, sans doute, mais que je ne saurais accepter. Il ne manque pas, dans notre monde, d'autres jeunes filles riches autant que jolies, dignes de devenir ta femme et tu n'auras que l'embarras de dire à laquelle tu veux donner la préférence.

— Mais c'est toi que j'aime, Céline, dit d'une voix sombre, presque farouche, Olivier Daubusson, et c'est toi que je veux.

— Eh bien, répondit la jeune fille irritée de cette insistance menaçante, je ne t'aime pas et je ne veux pas de toi.

— Me diras-tu au moins pourquoi cette haine, cette répulsion pour moi ?

— Je pourrais me refuser à toute explication, Olivier, parce que je ne t'en dois pas. Mais j'aime à jouer cartes sur table et je ne suis pas menu de feindre pour les gens des sentiments que je n'éprouve pas. Je ne t'aimerai jamais, je ne serai jamais ta femme, parce qu'entre nous s'élèverait éternellement l'image sanglante de celui qui n'est plus.

— Mais tu m'accuserais de sa mort que tu ne parlerais pas autrement : est-ce ma faute à moi s'il a été tué jusqu'ici, puis frappé de deux coups de poignard ? S'il eût été moins joueur...

À ce mot, Céline se leva d'un seul bond du banc où elle était assise et, se tournant du côté d'Olivier qui n'avait pas bougé et qui semblait ainsi de toute sa hauteur, l'interrompit avec une vivacité à laquelle il ne s'attendait pas :

— Je te défends, lui dit-elle de continuer sur un pareil ton. Comment ! s'il eût été moins joueur ? Eh bien puisque tu pousses à ce point l'audace de tes mensonges, tu sauras ma pensée tout entière, que jusqu'ici j'avais toujours hésité à te dire.

Olivier écoutait à son tour, inquiet, paralysé par une crainte indéfinissable des aveux qu'il allait entendre, sans oser interrompre Céline.

La jeune fille continua :

— Albert n'était pas un joueur, il n'était jamais encore allé dans cette maison de jeu au sortir de laquelle il a trouvé la mort, et c'est toi qui l'avais engagé à y venir passer la nuit.

Olivier tressaillit à cette accusation directe que personne n'avait encore formulée avec autant de netteté contre lui.

— C'est faux, s'écria-t-il.

— C'est vrai, répondit-elle.

— Encore quelque histoire de ton ancienne ouvrière, de cette indigne Mignonne.

— Laisse donc en paix cette pauvre fille : ce n'est pas d'elle que je le sais, c'est d'Albert lui-même et contre sa parole loyale, aucune preuve même la tienne, ne prévaudra. Il ne songeait nullement à pareille visite dans un tripot, c'est toi qui la lui as mise en tête, tu ne voulais pas, lui disais-tu, l'aventurer seul dans un monde d'aussi bas étage et tu l'avais prié de t'y accompagner. Je l'ai grondé, le pauvre ami, et si j'avais insisté davantage, il ne serait pas allé à votre rendez-vous. Mais vous deviez rentrer ensemble, de bonne heure, tu devais le reconduire : pourquoi n'as-tu rien fait de tout cela ?

— Mais...

— Pourquoi n'es-tu pas allé au tripot, puisque c'est toi qui désirais faire la connaissance de ce mauvais lieu ?

— Mais...

— Pourquoi, en sortant du bal des Kerhortic, ne l'es-tu pas au moins dirigé à sa rencontre ?

— Mais...

— Pourquoi ne l'as-tu pas fait, après lui avoir écrit la lettre trouvée sur lui et dans laquelle tu lui rappelais cette excursion où tu devais le rejoindre ?

— Mais...

— Pourquoi l'as-tu laissé tuer, sans le défendre ? Et comment se fait-il que, parti de bonne heure du bal, tu ne sois rentré chez toi --- Sidonie me l'a affirmé --- que vers cinq heures du matin ?...

— Mais...

— Qu'as-tu fait de ta nuit ? Dans quel autre tripot es-tu allé la terminer ? où ? Réponds-moi donc, ou plutôt ne me réponds pas, je ne veux pas le savoir, mais je ne veux pas non plus te poursuivre davantage de ta demande en mariage. Comprends-tu pourquoi maintenant ?

La vivacité de cette attaque imprévue avait déconcerté l'audace habituelle d'Olivier Daubusson. Il sentait de la part de Céline une répulsion tellement raisonnée qu'il ne pourrait pas en venir à bout par des explications que la sagacité naturelle de la jeune fille parviendrait peut-être à tourner encore contre lui et il voulait, roseau devant l'orage, le laisser passer sans essayer une résistance impossible. Plus tard il relèverait la tête.

— Tu nourris contre moi, lui dit enfin, de bien injustes préventions, Céline : un jour que tu seras plus à l'aujourd'hui de sang-froid, je te demanderai la permission de me justifier à tes yeux. En attendant, je vois t'obéir, mais à moitié seulement : je ne te parlerai plus de mariage, quant à présent puisque tu me le défends, mais tu ne peux pas me défendre de t'aimer et je t'aimerai malgré toi-même. Tu me le rendras peut-être un jour.

— Jamais, répondit-elle avec fierté.

— Il ne faut dire ni *jamais*, ni *toujours*, dit-il d'une voix méchante et en se levant pour prendre congé de Céline ; qui sait si plus tard ce n'est pas toi qui me supplieras de t'épouser ?

— Des menaces, je crois ? Allons, Olivier, va-t'en.

Le jeune homme sortit du bastion, se dirigea vers le salon central pour prendre congé de son oncle et de sa tante avec autant de tranquillité d'esprit, au moins apparente, que si rien ne s'était passé, puis se dirigea vers l'écurie où l'attendait son cheval tout sellé. Quelques instants après, les quatre fers de sa monture retentissaient sur la route poudreuse qui le ramenait à Nantes.

Il était temps qu'il partît.

Céline n'en pouvait plus, elle était à bout de forces, et quelque énergique qu'elle fût, elle n'aurait pas supporté pendant longtemps encore la présence de son cousin, sans s'évanouir de colère et d'émotion en face d'une audace que rien ne parvenait à confondre.

C'est qu'en effet elle ne lui avait pas dit tout ce qu'elle avait sur le cœur et que, depuis le jour de la terrible condamnation, les révélations les plus graves lui avaient été faites de divers côtés.

Elle avait su qu'en accusant Albert d'aimer le jeu et de fréquenter les tripots clandestins, Olivier avait travesti la vérité d'autant plus odieusement qu'il calomniait un mort dans l'impossibilité de se défendre.

Elle avait appris, par contre, que son cousin, qui avait toujours prétendu qu'il n'était jamais allé chez la Champfleury, en avait été longtemps l'hôte assidu, et qu'il n'avait jamais cessé d'y passer au moins une ou deux fois par mois la soirée, quand ce n'était pas la nuit tout entière.

Si ce mensonge ne se fut adressé qu'à elle, elle n'y aurait pas attaché d'autre importance ; avec sa vive intelligence, elle l'aurait excusé sans peine. N'avait-elle pas cent fois entendu dire que les jeunes gens *s'amusaient*, puisque tel est le terme consacré, c'est-à-dire qu'ils gaspillaient leurs forces, leur santé, leur fortune, leur avenir même dans la fréquentation de femmes de mœurs légères, des tripots, des maisons interlopes ? Qu'ils n'en fissent pas l'aveu à leurs parents, à leurs familles, rien de plus naturel ; qu'Olivier ne se fût pas résolu à lui avouer, à elle sa cousine, qu'il recherchait en mariage, sa passion du jeu et ses relations avec certaines filles haut cotées à la bourse de la galanterie, elle le comprenait à merveille.

Mais ce qu'elle ne comprenait plus, c'est qu'il eût également essayé de le cacher à Albert, son ami et son confident. Les jeunes gens n'ont pas de l'un à l'autre ces dissimulations aussi ridicules qu'inutiles : inutiles, parce qu'il y a trop de témoins de leurs irrégularités de conduite pour espérer en faire un mystère, et que les langues vont vite pour lancer les nouvelles dans la circulation ; ridicules, parce que les jeunes gens qui veulent poser pour de petits saints prêtent à rire et inspirent que le mépris de leur mesquine hypocrisie.

Dès lors, pourquoi avait-il menti à Fauvel, en lui écrivant --- ce qui était manifestement faux : « C'est ce soir que nous devons faire » cette excursion pittoresque dans un monde » que nous ne connaissons ni l'un ni l'autre ? » Ce monde, Fauvel ne pouvait pas ignorer qu'Olivier le connaissait : qui donc espérait-il tromper par ce mensonge ? ne tentait-il pas de se créer au besoin, une sorte d'alibi moral, en donnant à penser à ceux qui liraient cette lettre, à la justice par exemple, qui, précisément l'avait lue sans l'approfondir, qu'il ne fréquentait pas le tripot de la Champfleury et qu'il fallait chercher autre part les sources d'investigation ?

Toutes ces réflexions tourmentant singulièrement l'esprit de la jeune fille que satisfaisait la condamnation de Pierre Hervé. Elle se fût sans doute montrée plus réservée que par le passé pour affirmer l'innocence du boucanier, mais elle ne considérait pas que la lumière fût faite sur le mobile du crime.

Là où la justice pourtant curieuse n'avait vu qu'un vol vulgaire, elle pressentait autre chose et voici pourquoi :

Elle avait rendu plus d'une visite pieuse, presque filiale à la mère de son malheureux fiancé, Mme Fauvel qui vivait, nous l'avons dit, assez retirée dans une propriété à la Basse-Indre. Les premières entrevues n'avaient été que quelque sorte consacrées qu'aux plus touchantes effusions de larmes, qu'aux épanchements de la justice affectueux entre la jeune fille et la pauvre mère qui pleuraient, avec un égal chagrin, l'une un fiancé, l'autre un fils adoré.

Plus tard, quand le deuil profond qui les atteignait toutes deux se fût calmé au moins dans ses manifestations extérieures, Mme Fauvel et Céline Delabrière, comme si elles eussent trouvé une satisfaction douloureuse à ne jamais parler d'autre chose que du crime horrible de la nuit du 13 décembre, en reprenaient les moindres détails, y revenaient sans cesse, trouvaient aux choses les plus simples les explications les plus étranges, aux points obscurs les solutions les plus invraisemblables. N'est-ce pas un peu le cas de tous ceux qu'assiège une idée fixe et qui y rapportent tout, comme s'ils étaient poursuivis par une invincible obsession ?

Cependant, plusieurs faits avaient frappé la jeune fille. C'était la disparition de divers objets sans grande valeur intrinsèque qu'il portait certainement sur lui au moment de sa mort. Il y avait entr'autres un porte-cigarettes en écaille blonde, historié d'arabesques de cuivre qui représentaient assez grossièrement des magots chinois et un portefeuille en cuir de Russie qui parfumait la poche de sa jaquette et qui contenait des papiers sans doute intéressants, le photographie de Céline, des cartes de visite, etc.

De deux choses l'une :

Ou ces objets avaient été volés, ou les malfaiteurs les avaient respectés, non dans une pensée de probité, mais pour ne pas garnir leurs poches de bibelots compromettants.

Dans le premier cas, on aurait dû les trouver soit sur Hervé, tombé comme mort à quelques pas de là, soit sur Charlot, et ni l'un ni l'autre n'en étaient porteurs au moment de leur arrestation, qui avait pourtant suivi de bien près celui du crime.

Dans le second cas, la police, en fouillant les vêtements d'Albert Fauvel, les aurait découverts comme le mouchoir et la lettre d'Olivier : or, ces objets ne s'y trouvaient plus.

Qui les avait dérobés ? qui avait intérêt à le faire ? qui donc pouvait avoir besoin de feuilleter le contenu du portefeuille du malheureux Fauvel, de lire, les lettres confidentielles qu'il avait pu recevoir, de pénétrer ainsi le secret de sa vie de jeune homme ? Qui donc, sinon un rival jaloux ou son bonheur ou un débiteur déterminé à reprendre sa signature ?

Mme Fauvel avait bouleversé, sans résultat, la chambre que son fils occupait chez elle, et la petite maison qu'il avait louée à Nantes, comme pied à terre, au bout de la rue Mondésir. Il avait certainement son portefeuille sur lui le soir du meurtre, et, quelque peu de profit qu'en dussent retirer les malfaiteurs, si le vol seul était leur mobile, ils l'avaient soustrait avec le reste.

Cette perquisition faite par Mme Fauvel au domicile de son fils, avec une discrétion toute maternelle, avait amené d'autres résultats. La pauvre mère avait déchiré et brûlé toute lettre qui, à en juger par l'en-tête ou par les premières lignes, n'était pas destinée à lui tomber sous les yeux. N'était-elle pas, de par la loi, son héritière exclusive ? et n'était-il pas bien naturel qu'elle cherchât à se rendre compte des dettes courantes que doit tout jeune homme, quelque rangé qu'il soit, lorsque la mort est venue brusquement le surprendre ?

Elle trouva en effet les dernières notes, non encore soldées, du tailleur, du chemisier, de la fleuriste, mais elle y trouva autre chose.

Le jeune garçon, libéral autant que ses moyens le lui permettaient, avait été plus d'une fois sollicité par des camarades de leur prêter quelque argent pour subsister jusqu'à la saison nouvelle, et il l'avait fait avec plaisir, sans hésiter, mais non pas sans en prendre note sur un calepin resté dans les tiroirs de son bureau. Le nom de Daubusson y figurait auprès de celui de trois ou quatre autres amis du défunt.

Mme Fauvel fit de la façon la plus réservée demander à ces jeunes gens par le notaire de la famille ce que signifiait la mention portée sur ce carnet — leur nom à côté d'un chiffre. Était-ce de l'argent que son fils leur avait emprunté ? étaient-ce eux au contraire qui étaient ses débiteurs ? Elle avait interdit d'ailleurs au notaire de se départir du rôle qu'elle lui avait tracé, il ne devait que poser ces points d'interrogation, sans rien réclamer même au cas où la dette aurait été reconnue. Dans l'ignorance où elle se trouvait des intentions de son fils, elle s'arrêtait à la solution la plus large, la plus généreuse et allait jusqu'à penser que c'était peut-être un don qu'il avait voulu faire à ses camarades. Il était difficile d'agir avec plus de délicatesse.

Les jeunes gens reconnurent tous que c'était de l'argent à eux prêté par Albert Fauvel, et tous remboursèrent d'eux-mêmes ces sommes d'ailleurs peu considérables. Seul, Daubusson prétendit qu'à la vérité son ami lui avait à plusieurs reprises avancé diverses sommes d'argent, jusqu'au chiffre total de 2,000 francs, mais ajoutait-il, il lui avait souscrit trois billets, deux de sept cents francs, l'autre de six cents et, comme Fauvel avait pu lui-même en battre monnaie, en les escomptant à quelque usurier, il désirait surseoir à toute espèce de règlement.

Si les billets avaient été trouvés dans les papiers de son ami, il les eût acquittés ; ils n'y étaient pas, il voulait attendre, afin de n'être pas exposé en à payer deux fois ou à réclamer, à Mme Fauvel la restitution du montant de la dette, si les effets lui étaient présentés plus tard par quelque porteur inconnu de lui.

Le notaire eut l'ordre de ne pas insister, il n'insista pas, mais il fit connaître à Mme Fauvel la réponse d'Olivier Daubusson et, au cours d'une conversation tout intime la pauvre mère conta un jour à Céline en confidence quelle avait été l'attitude de son cousin.

La tête de la jeune fille travailla encore une fois ; elle se demanda si Daubusson avait réellement signé des billets à Fauvel, si ce dernier eût accepté de celui qu'il considérait comme un ami, un pareil mode de règlement de compte. Puis, à supposer que le fait fût vrai, les billets n'étaient pas dans les tiroirs du bureau d'Albert, il n'était guère vraisemblable, étant donné son caractère, qu'il les eût fait escompter, lui qui n'était jamais à court d'argent. Alors c'est qu'ils étaient dans son portefeuille, c'est qu'ils avaient été volés par les meurtriers qui n'osaient naturellement les présenter au paiement : si bien que Daubusson avait toutes les chances, même celle de risquer de ne jamais payer une dette incontestable.

C'était trop de bonheur : voir disparaître un rival en même temps qu'un créancier tout à la fois et la pauvre Céline se demandait tout bas, bien bas, dans les profonds replis de son âme, si celui-là seul à qui le crime profitait, n'y avait pas, peut-être, joué un rôle quelconque, et s'il n'était pas au moins moralement responsable du sang versé.

Il était indispensable de connaître ces faits pour comprendre le refus d'abord poli que Céline avait opposé à la déclaration d'amour d'Olivier, puis le congé net, presque brutal qu'elle lui avait signifié en face de ses menaces violentes.

C'était entre les deux cousins une véritable déclaration de guerre.

Céline en fut tout à la fois attristée et contente. Si elle éprouvait la satisfaction d'avoir fait cesser entre elle et son cousin une situation équivoque, en repoussant définitivement ses hommages, elle était ennuyée à la fois de cette rupture avec un aussi proche parent et de la brutalité peut-être immeritée qu'elle avait mise à la lui intimer.

Elle rentra dans sa chambre de jeune fille qui se trouvait au rez-de-chaussée, dans une aile latérale de gauche qui avait été ajoutée après coup, sans étage au-dessus, au corps principal du logis. Un ameublement aussi simple que gracieux en bambou, une tapisserie claire à fleurettes roses et bleues ; une table à

ouvrage, une étagère, un coffret fermant à clef, garnissaient cette chambre bien plus modeste que celle de la rue de l'Héronnière.

Là elle se laissa tomber dans un fauteuil et s'abîma dans ses réflexions sur la scène qui venait d'avoir lieu. Combien de temps y resta-t-elle ainsi plongée ? Elle-même n'aurait pu le dire.

À un moment donné elle, se leva, se dirigea vers la commode où était déposé le coffret, l'ouvrit avec une petite clef qu'elle portait toujours sur elle et en tira une photographie qu'elle contempla longuement.

— Pauvre cher, ami ! dit-elle enfin, toi si bon, si dévoué, si affectueux. Comment pourrais-je jamais t'oublier !

Elle cacha de nouveau le portrait de Fauvel parmi ces petits bibelots de jeune fille, mais en les déplaçant, ses doigts avaient touché une pièce d'or qu'elle sortit également du coffret.

C'était un louis de vingt francs qui, sans être excessivement rare, n'était pas commun. Il était à l'effigie de Napoléon 1er et portait cette mention : *Napoléon empereur*. Sur l'autre face ces mots qui juraient avec les premiers : *République française* ; au milieu : *20 francs* ; en bas : *An 13*. La pièce était percée et eût pu au besoin servir de breloque.

Voici quelle en était la dramatique histoire :

Après le jugement de condamnation d'Hervé, le parquet avait restitué les pièces à conviction à leurs légitimes propriétaires. Mme Fauvel mère avait vu par retour la bague camée, le mouchoir de son fils, ainsi que la bourse en filigrane d'argent remplie de louis d'or et les trois pièces trouvées dans les poches de Charlot qui, malgré son acquittement, n'avait, comme de juste, pas osé les réclamer.

La pauvre mère avait couvert de ses baisers et de ses larmes ces pieux souvenirs, à l'exception toutefois de cet argent qui lui faisait, horreur, puisqu'il avait, en provoquant la cupidité du meurtrier, été la cause première de la mort de son enfant. Elle avait gardé la petite bourse dont il aimait à se servir, mais elle en avait donné le contenu aux pauvres. Quant aux trois pièces d'or trouvées sur Charlot :

— Ma chère Céline, avait-elle dit un jour à Mlle Delabrière, vous distribuerez cet argent aux malheureux que vous soulagez, et vous le ferez au nom du fils que j'ai perdu.

Céline avait obéi, mais elle avait remarqué l'étrangeté, la rareté de la pièce à l'effigie de Napoléon 1er, et elle l'avait conservée à titre de souvenir. Les pauvres n'y avaient rien, perdu.

Et c'était cette pièce qu'elle retrouvait sous ses doigts au moment même où le portrait d'Albert qu'elle venait de contempler lui remettait en mémoire la chose dont elle était, celle aussi, une des sympathiques victimes !

Elle regarda le profil sévère de Napoléon 1er, la teinte vert-pâle de l'or qui servait à cette époque à la fabrication de la monnaie, ses taches qui substituaient peu à peu à la circonférence première une ligne brisée défiant toute définition géométrique. Il y avait bientôt une heure que Céline était ainsi renfermée dans la chambre, quand une domestique vint lui annoncer qu'il y avait une visite au salon et que sa maîtresse la priait d'y paraître un instant.

— Qui est là ? demanda-t-elle avec indifférence, tant sa pensée était encore absorbée par un autre souvenir.

— Monsieur Rougenis, répondit la bonne.

— J'y vais.

À ce nom, Céline avait été prise d'une émotion irrésistible. Elle se sentait attirée, par une vive et chaste sympathie, envers ce jeune homme qui, dès la première heure — elle l'avait su — avait témoigné de la mémoire d'Albert Fauvel un respect vraiment fraternel. Elle l'aimait d'aimer avec autant de dévouement intelligent celui qui n'était plus et de présenter, comme elle, dans le crime puni par la justice des hommes, quelque obscurité terrible dont le châtiment était encore dû au coupable.

Jusque là elle n'avait pas accordé à Rougeais plus d'attention qu'aux nombreux jeunes gens qu'elle rencontrait dans le monde, elle n'avait pas trop de tous ses yeux, de tout son cœur pour son Albert. Depuis, sa légitime douleur avait donné en elle tout autre sentiment, mais si les uns, comme Olivier Daubusson, lui étaient devenus odieux à raison d'une attitude louche, équivoque, elle ne cachait pas la sympathie que d'autres, comme Rougeais, avaient éveillée en elle par la loyauté de leur conduite. Au fond, c'était toujours Albert qu'elle chérissait en leur faisant bon accueil, c'est parce qu'elle s'entretenait de lui avec elle qu'elle trouvait du charme à leur conversation et de tous ceux-là, c'était Rougeais qu'elle considérait comme le plus avant dans son amitié.

Elle entra au salon quelques instants après.

Rougeais se leva pour saluer.

C'était un beau et robuste garçon, plus âgé que n'était Albert Fauvel et qui avait dépassé la trentaine d'un an ou deux. Il était de haute taille et fort en proportion, admirablement musclé et comme il connaissait sa supériorité physique, il avait tenu à la développer par un entraînement constant. Aux armes, il eût rendu des points aux prévôts les plus renommés, sachant se servir de la main gauche avec autant d'habileté que de la droite et déconcertant ainsi, par l'attaque et par la riposte, ses plus adroits antagonistes. Peu de nageurs étaient capables de lutter avec lui. Bien souvent, il avait remonté l'Erdre depuis la vieille chaussée de Barbin jusqu'au bois de Barbe-Bleue. Il était d'une force remarquable à cheval et peu de cavaliers avaient son élégance et son audace pour dompter une bête vicieuse ou rétive aux plus habiles dresseurs.

Était-ce confiance dans sa supériorité physique incontestable, ou par suite d'un penchant irrésistible à la plaisanterie, il ne reculait pas devant l'expression franche de sa façon de penser ou d'une moquerie parfois déplacée, dût-elle entraîner un duel ou une rupture avec une vieille connaissance; mais si au lieu de se fâcher, l'interlocuteur prenait lui-même la chose sur le ton de la raillerie et lui rendait la monnaie de sa pièce, il était le premier à en rire et à applaudir à l'esprit d'à-propos de celui qu'il avait tout d'abord voulu railler.

C'est un beau soir au théâtre, il s'était trouvé derrière un spectateur d'une cinquantaine d'années, affligé pour son malheur, d'un énorme nez en forme de pomme de terre, tubercule rouge vif que nos gamins des rues ont qualifié de temps immémorial du sobriquet expressif de pif.

Au premier entr'acte, Rougeais se pencha sur son voisin de devant : puis tenant son chapeau à la main et avec une politesse flegmatique :

— Monsieur, je voudrais vous dire un mot.

— Dites, monsieur, qu'y a-t-il pour votre service?

— Voilà vingt-cinq minutes que je vous regarde, vous avez un nez qui me gêne et qui m'empêche de suivre la représentation. Je vous prierai de le retirer.

— Ah! Monsieur, répondit l'autre avec non moins de sang-froid et après l'avoir dévisagé à son tour, vous êtes bien heureux. Il n'y a que vingt-cinq minutes que mon nez vous gêne : eh bien moi, il y a vingt-cinq ans et pourtant je l'ai toujours gardé.

Rougeais tout déconcerté de cette riposte spirituelle et imprévue éclata de rire : puis fit à son interlocuteur les plus loyales excuses d'une impertinence que rien ne justifiait.

Vif jusqu'à la violence, ardent jusqu'à la colère, Rougeais avait des qualités de cœur, une franchise, une loyauté qui faisaient oublier ses défauts. Pas d'ami plus sincère, plus dévoué que lui : il se fût fait hacher menu comme chair à pâté pour épargner à un ami le moindre disgrâce, mais il ne faisait pas bon d'être de ses ennemis. Pour ceux-là, il était impitoyable en paroles et en action. Il disait volontiers, pour indiquer qu'il exigeait de ceux qu'il avait pris en sympathie une réciprocité de sentiments :

— J'aime, quand j'aime, qu'on m'aime comme j'aime.

Au demeurant, malgré ses défauts, un honnête et loyal garçon, aussi droit qu'Olivier Daubusson l'était peu et qui avait plu à Céline, loyale et franche comme il l'était lui-même. Les honnêtes gens ont de ces affinités secrètes qui les rapprochent dans les batailles de la vie pour lutter contre la phalange toujours compacte des méchants.

La conversation ne s'éternisa pas longtemps au salon et bientôt les deux jeunes gens, suivis à quelques pas seulement par M. et Mme Delabrière, se dirigeaient vers la prairie — ce qu'à Nantes on appelle, par un souvenir du vieux français du XVIe siècle, la prée — ombragée d'arbres touffus.

Céline avait trop souvent entretenu Rougeais des réflexions multiples qu'avait fait naître dans son cœur le crime du Pont-Sauvetout pour ne pas lui dire, aussi, en l'attenant toutefois, sa conversation de l'heure précédente avec son cousin.

Le jeune homme l'écouta en silence.

Quand elle eut terminé :

— Voulez-vous un bon conseil? Iui dit-il. Méfiez-vous de Daubusson. Il est méchant. Qui sait ce qu'il n'essaiera pas de faire pour vous compromettre et, s'il y réussit, pour vous forcer à l'épouser en votre dépit de vous-même?

— J'y veillerai, répondit Céline.

— Avec votre permission, mademoiselle, j'y veillerai aussi. Tout cousin qu'il vous est, je n'ai guère foi dans ses reliques et je ne le perdrai pas de vue.

Tandis que les deux jeunes gens échangeaient ces paroles, deux ouvriers passaient, en causant; dans le sentier qui longeait la propriété Delabrière. En haut de talus où ils se tenaient, Céline et Rougeais les virent s'approcher, puis passer juste au-dessous d'eux et s'éloigner enfin dans la direction d'un chemin de traverse qui rejoignait la route de Nantes.

Quand les deux ouvriers eurent disparu derrière un coude du chemin qui descendait en pente assez rapide, Rougeais dit à Céline :

— Avez-vous remarqué ces deux ouvriers?

— Non, fit-elle, je les ai regardés, mais sans les voir.

— C'est dommage : figurez-vous que le plus grand, celui de gauche, n'était autre que Charlot; quant à son compagnon en dépit de sa salopette et de son veston fermé, vous ne devineriez jamais qui j'ai cru reconnaître en lui?

— Qui donc? interrogea curieusement Céline.

— Mignonne elle-même, votre ancienne ouvrière.

— Ce n'est pas possible, s'écria la jeune fille; Mignonne déguisée en boucanier! vous vous trompez, assurément, monsieur Rougeais; que ferait-elle sous ce pareil travestissement?

— Savez-vous au moins ce qu'elle est devenue depuis la condamnation de Pierre Hervé?

— Pas du tout : j'ai envoyé plusieurs fois à son ancien domicile de la rue Paré. Une voisine a remis à la domestique le travail que je lui avais donné à faire, et dont je lui dois encore le salaire, mais elle avait disparu sans laisser sa nouvelle adresse, et depuis, je n'ai pu la savoir.

— Je le saurai, moi, fit le jeune homme. Elle a joué dans toute cette affaire un rôle que nous ne connaissons qu'imparfaitement, et dont elle seule peut nous donner la clé. C'est égal, je ne serais pas fâché, et vous non plus, je pense, de savoir les motifs de ce travestissement en dehors du carnaval.

La cloche de la maison sonnait en ce même instant pour le dîner du soir que M. et Mme Delabrière avaient prié Rougeais de partager avec eux avant de reprendre le chemin de Nantes.

II

HISTOIRE RÉTROSPECTIVE

— Pardon, bourgeois, quelle heure qu'il est à votre toquante?

Celui qui posait cette question, vers une heure du matin, à l'angle de la rue du Bocage et du boulevard Delorme, était un de ces rôdeurs de nuit dangereux comme Nantes en n'a connu il y a quelque vingt ans et qui étaient, non sans raison, la terreur des passants attardés.

Il y avait bien de la police et, précisément, à l'extrémité du boulevard Delorme, à main gauche en se dirigeant vers la tenue Camus se trouvait un poste aujourd'hui fermé. Mais, quand le froid piquait dur sur l'allée gercée par le bise ou que la pluie en détrempait le sable fin où le bruit des pas se perdait, couvert par le bruit que faisait en tombant l'eau du ciel, les agents aimaient bien mieux rester à se chauffer au coin du feu que d'organiser des patrouilles par une pareille saison, et c'était à cette bienheureuse époque que florissait le dicton fameux chez les malandrins et les escarpes: Jem'en f... comme de la police de Nantes.

Celui à qui était faite la demande insolite de l'heure à un pareil moment, était, un honnête habitant du quartier, qui rentrait chez lui, rue Bonne-Louise.

Il ne se méprit pas un instant sur les intentions malveillantes de son interlocuteur, mais; sans perdre son sang-froid, il lui répondit:

— Je vais vous dire ça, mon cher.

Et au même instant, par un mouvement si rapide que le rôdeur n'avait eu le temps ni de le prévoir ni de l'éviter, l'honnête bourgeois le saisit violemment au collet de la main gauche et, de la droite, lui mit sous le nez un pistolet dont l'acier brilla dans l'obscurité de la nuit.

— Pincé! râla le rôdeur tout serré qu'il était à la gorge, le rôdeur de nuit, grand et robuste gaillard qui faisait de vains efforts pour s'échapper de la poigne solide à laquelle il s'était improprement adressé.

— Allons au poste! fit le bourgeois, un jeune homme doué d'une irréprochable énergie et de muscles à l'avenant. Je te dirai l'heure en présence de messieurs les agents.

Et il entraîna dans la direction du poste le rôdeur de nuit dont il avait si justement deviné les mauvaises pensées à son égard.

— Grâce, monsieur, grâce! ne me livrez pas à la police... ; je ne vous ai rien fait... ; je vous demande pardon..., murmurait l'homme qui n'essayait même plus de s'échapper, tant le pressant l'étreignait fortement à la gorge.

Il faut croire que, pendant ce court trajet, il se fit, dans l'esprit de l'honnête bourgeois, un brusque revirement et qu'une idée nouvelle, toute différente de l'ancienne au moins dans ses effets immédiats, lui traversa le cerveau.

Il s'arrêta un instant sous la lueur tremblante d'un réverbère, dévisagea, de façon à le reconnaître entre mille, l'homme qu'il avait accosté, puis, se relâchant un peu de la sévérité première de son accent en défaisant légèrement le tau qu'il le serrait au cou :

— Pardon, tu me demandes pardon, et que ferais-tu, si au lieu de te livrer à la justice, je te l'accordais ce pardon?

Une lueur d'espoir illumina le facies grimaçant du rôdeur de nuit.

— Ah! bourgeois, si vous me sauvez la vie, elle sera à votre service.

— C'est bon, nous allons régler ce compte-là entre nous, sans l'intervention des agents, puisque tu n'y paraîs tenir que médiocrement. Viens.

Le jeune homme descendit la rue du Bocage jusqu'à l'angle de la première rue à gauche, dont l'encoignure est occupée par une tourelle d'aspect étrange, et que les passants intrigués ne regardent pas sans se demander quelle en fut l'origine, l'usage passé, la destination future. La rue Sévigné — tel est le nom de cette voie publique qui conserve le souvenir du grand écrivain du siècle de Louis XVI — court jusqu'à la rue Bertrand-Geslin entre deux longues murailles que tache de distance en distance la boiserie ocre jaune de quelque porte basse de jardin ou d'écurie. L'herbe pousse entre les pavés, comme en pleine campagne, et comment pourrait-il en être autrement dans cette venelle où le passant ne circule pas ?

Parfois la domesticité des grands hôtels du boulevard Delorme ou des petits hôtels de la rue Bonne-Louise, quand elle peut de jour, et surtout de nuit, sortir sans la permission des maîtres, se glisse subrepticement jusqu'au fond du jardin et gagne la petite porte qui lui assure, avec discrétion quelques heures de liberté.

Parfois aussi les amoureux s'y donnent rendez-vous : on s'y promène à l'abri des regards curieux et de la police municipale, et qui sait si la morale publique n'y reçut jamais de fâcheux accrocs ?

L'honnête bourgeois entra dans cette rue, tenant toujours son prisonnier d'une main et son arme de l'autre, et arriva ainsi jusqu'au milieu de la rue. Là, il s'arrêta devant une porte, fit jouer un ressort dissimulé dans le bois, et pénétra avec le rôdeur de nuit dans un jardin ombragé d'arbres touffus, et où il faisait, pour le quart d'heure, noir comme dans un four.

— Avance, fit le jeune homme au rôdeur, à qui il montrait le chemin.

Le sable de l'allée cria sous leurs pas, et bientôt la misère bourgeois y entra son brut se sur le papier émeri de la boîte, une légère lueur qui grandit bien vite, brilla dans l'obscurité et fin bougie presque aussitôt allumée permit enfin aux deux interlocuteurs de se regarder face à face.

— Comment vous appelez-vous? demanda d'un ton plus radouci le jeune homme qui avait quitté le tutoiement du premier moment et remis le pistolet dans sa poche.

— Louis Durassier : je suis manœuvre sur la cale.

— Eh bien ! vous faites de plus un joli métier, en attendant les passants au coin des rues pour les dévaliser.

— C'est la misère, monsieur, répondit l'autre d'un ton piteux : il faut nourrir son vieux père et des petits frangins et quand le travail ne donne pas, faut bien demander la charité dans la rue.

— A une heure du matin ! fit le jeune homme d'un ton ironique.

— Durassier, j'aurais pu vous livrer à la justice, peut-être l'aurais-je dû non pas pour le mal que vous m'avez fait, mais pour celui que vous préméditiez à mon égard et que vous essaieriez peut-être de faire demain à quelqu'un d'autre. Mais j'ai pitié de vous et je ne vous dénoncerai pas, à une condition toutefois...

Le rôdeur écoutait des deux oreilles.

— Vous savez écrire ?

— Moins bien qu'un greffier, mieux qu'un chat.

— Alors vous allez, sous ma dictée, reconnaître par écrit le crime dont vous vous êtes rendu coupable et si désormais vous vous conduisez, dans l'avenir, comme un honnête homme, venez me voir et au bout de l'année, je vous restituerai l'aveu de votre faute, vous n'aurez plus qu'à le déchirer : sinon, la justice est toujours là et elle pourrait vous poursuivre et vous punir dans un an aussi facilement qu'aujourd'hui.

Durassier eut bien un moment d'hésitation : signer lui-même sa condamnation, dans une affaire où il n'y a pas d'autre témoin que le plaignant lui-même et où il n'eut pas hésité, comme tant de ses congénères, à répondre à une dénonciation par quelque imputation honteuse à l'adresse du jeune homme qui l'accusait, c'était à la vérité bien dur, mais comme en fin de compte tout valait mieux pour lui, à raison de déplorables antécédents, qu'un tête-à-tête avec la police, il accepta. Qui a terme, ne doit rien, et il s'agissait surtout pour lui de sauvegarder le présent : il serait toujours temps pour l'avenir.

Le jeune homme ouvrit un secrétaire, en tira une feuille de papier qu'il poussa devant le rôdeur en lui tendant une plume et un encrier.

— Ecrivez, fit-il, et il dicta :

« Je soussigné Louis Durassier, manœuvre,
» demeurant à Nantes, 2, rue Saint-Similien,
» reconnais que cette nuit, à une heure, je me
» suis rendu coupable d'une attaque commise
» en vue du vol sur la personne de Monsieur...

Le rôdeur attendait avec impatience le nom de ce singulier interlocuteur, pour lequel il éprouvait un sentiment d'admiration et de défiance tout à la fois, d'admiration à raison de la présence d'esprit et de la vigueur musculaire dont il avait fait preuve, de défiance parce qu'il ne comprenait pas encore pourquoi il ne l'avait pas livré à la justice, séance tenante et sans autre forme de procès : tant de bienveillance l'étonnait.

Le jeune homme continuait à dicter :
« de Monsieur Olivier Daubusson qui veut bien
» me pardonner, si je consens à me repentir et
» si je promets de ne pas recommencer.
» J'en prends l'engagement et laisse cet
» aveu aux mains de Monsieur Daubusson qui
» pourrait s'en servir contre moi, si je man-
» quais à ma parole.
» Nantes, le 14 janvier.
»   LOUIS DURASSIER. »

L'orthographe était peut-être bien quelque peu fantaisiste, mais Daubusson n'avait pas lieu de s'en plaindre. C'était bien la preuve que cette pièce était l'œuvre du signataire qui y laissait ainsi un cachet indélébile.

Daubusson relut le document, le serra dans le secrétaire, puis rendit la liberté à son prisonnier, qu'il reconduisit prudemment jusqu'à la porte, non sans lui avoir donné une pièce de cent sous puisqu'il disait mourir de faim. Il lui devait bien cette compensation après la belle peur qu'il lui avait faite :

— Au revoir, dans un an, lui fit-il comme il partait.

Ils devaient se retrouver auparavant dans des circonstances bien autrement dramatiques et que le lecteur a sans doute déjà pressenties.

Quand Olivier Daubusson eut recueilli de la bouche même de Céline Fauvel, la confidence de son affection pour Albert Fauvel, il ressentit une violente colère, comprendre avec peine ; il l'avait promis que du bout des lèvres et en rechignant, qu'il continuerait à témoigner à son ami, devenu son rival, la même sympathie que précédemment, mais dès ce moment-là, la perte du malheureux jeune homme était arrêtée dans l'esprit de son haineux adversaire, et il ne s'agissait plus pour lui que de trouver dans l'accomplissement de sa vengeance un moyen qui fût sûr sans devenir compromettant. Il lui fallait frapper dans l'ombre et dans le mystère, en ne laissant derrière lui aucune trace qui fut de nature à éveiller les moindres soupçons de culpabilité.

Une fois déterminé à risquer le tout pour le tout, Daubusson songea à se procurer des auxiliaires dignes d'une pareille tâche et il se rappela fort à propos du rôdeur de nuit dont il s'était assuré l'éternelle reconnaissance en lui épargnant pour une première fois les honneurs de la cour d'assises.

Il avait Durassier en secret dans le jardin silencieux de la rue Sévigné et les deux acolytes, l'honnête bourgeois et le boucanier de la Fosse, dignes l'un et l'autre de s'entendre, eurent bientôt arrêté leur plan.

Ce qui importait par-dessus tout, c'est que la justice n'eût pas de motifs de penser que le mobile du crime fût la jalousie ou la vengeance : si ses soupçons ne portaient pas exclusivement sur une piste de voleurs ordinaires, Daubusson pouvait être compromis, car il était, le seul compétiteur sérieux à la main de Céline Delabrière.

Qu'est-ce qui tente les voleurs? Ce ne sont pas les bijoux, c'est l'argent monnayé qui n'a pas de maître et dont on ne peut pas suivre la trace dans la circulation quotidienne. Il fallait donc provoquer la présence d'Albert Fauvel dans un milieu de gens sans aveu, afin de faire naître chez l'un d'eux une pensée de cupidité suffisante pour expliquer ultérieurement le crime.

C'est ainsi que, sur les conseils du boucanier que nous ne présentons pas avec plus de détails au lecteur, Daubusson avait réussi à entraîner Fauvel dans la rue du Pas-Périlleux. La combinaison, servie par le hasard qui ne protège pas toujours les honnêtes gens, avait merveilleusement réussi et dépassé les espérances de Durassier et de son complice :

Le boucanier s'était adjoint un de ses compagnons de rapine et de débauche l'Andouillard, qui n'avait pas hésité, grâce à l'accord parfait de l'or, à risquer le coup. Daubusson avant le crime, remit deux mille francs en or à Durassier qui, tout en conservant la plus forte part du magot, s'était laissé aller à remettre à son camarade quelques centaines de francs à titre d'arrhes. On réglerait définitivement plus tard.

— Motus aux femmes, avait prudemment ajouté Durassier : elles ont la langue trop longue et je ne tiens pas le moins du monde à aller faire place Viarnes un tour de promenade d'où je ne reviendrais pas.

— Ni moi non plus, avait répondu l'Andouillard.

— Ainsi donc silence sur toute la ligne : ne montre pas non plus les piccillons à ces demoiselles ; faudrait p't'être bien répondre à leurs pourquoi et à leurs comment, et c'est pas la peine. Veille au grain.

Durassier n'était pas entré ce soir-là chez la Champfleury. Il se tenait caché non loin de là, sur la berge de l'Erdre, juste en face de la rue du Pas-Périlleux, si bien que nul ne pouvait y entrer ou en sortir, de ce côté-là du moins, sans qu'il fût à même de s'en apercevoir. Au cours de la soirée, l'Andouillard qui ne perdait pas de vue ce qui se passait dans la salle de jeu, était venu à deux reprises le tenir au courant des faits et gestes d'Albert Fauvel à qui la fortune était d'ailleurs plutôt favorable.

— Tant mieux, avait pensé in petto Durassier ; ce sera un motif de plus pour la police de croire à un vol.

A un moment donné, l'Andouillard sortit ; mais cette fois il n'était pas seul. Quelqu'un l'accompagnait ou pour être plus exact, il accompagnait quelqu'un qu'à la lueur du réverbère placé à l'angle de la petite rue et du quai Jean-Bart, Durassier reconnut à sa cachette.

— Tiens, c'est l'imbécile de Charlot, murmura le boucanier: pourquoi diable l'Andouillard l'emmène-t-il ? On dirait à sa dégaine qu'il s'est légèrement pistaché ce soir. Enfin, comme il pleut, ça mettra de l'eau sur son vin !

Ce départ de l'Andouillard était, en réalité, un signal. Il indiquait à Durassier que, selon toutes probabilités, Albert Fauvel ne tarderait pas à sortir et que l'Andouillard prenant les devants, Grand-Louis suivant par derrière, il se trouverait cerné entre deux agresseurs.

Quelle route suivait-il pour rentrer chez lui ? Evidemment la plus courte, par l'affreux temps qu'il faisait; la plus courte, c'était de longer le quai Jean-Bart, jusqu'au pont de l'Ecluse, de le traverser et de remonter la rue de la Boucherie jusqu'à la place Bretagne, une fois là, il coupérait la place obliquement, gagnerait la rue Mercœur et par la rue Harrouys, le boulevard Delorme et la rue Mondésir.

Il pouvait se faire qu'au haut de la rue de la Boucherie, il prit le pont de l'Arche-Sèche au lieu du pont Sauvetout, mais les deux boucaniers avaient prévu cette éventualité et par un brusque détour ils comptaient bien que leur victime ne leur échapperait pas.

Par une idée géniale, l'Andouillard avait songé, à tout hasard, à se faire, grâce à la présence de Charlot, un alibi qui, le cas échéant, pouvait lui être de la plus grande utilité. En route, la conversation roula sur Pierre Hervé.

Charlot s'en voulait d'être à ce point en retard : il aurait dû, depuis longtemps déjà, rentrer au logis qu'il occupait en commun avec son camarade, d'autant plus que ce soir-là, il avait été question de faire flamber un punch monstre pour fêter dignement certaine bouteille de rhum, don du père La Sécheresse, un cabaretier bien connu du quartier Saint-Similien.

A cette pensée, Charlot, qui avait bu plus que de raison, s'attendrissait à la manière de cette catégorie d'ivrognes qui ont le vin sentimental. Pauvre Pierre ! pauvre bouteille ! pauvre punch ! il n'avait plus qu'à s'en brosser le ventre. A l'heure qu'il était, bien sûr qu'il était flambé !

Les deux personnages, l'un portant un couteau au moins soutenant l'autre, arrivèrent ainsi jusque sur la place Bretagne, sans avoir rencontré âme qui vive sur leur parcours.

— Tiens, ma vieille branche, dit l'Andouillard d'un ton de compatissant mépris à Charlot, qui ne l'entendait plus que vaguement, jamais de la vie tes guilles ne reconduiront la route jusqu'au bercail, j'vas t'installer un dodo de ma façon.

Il entraîna sans peine au milieu de la place Bretagne et le poussa tant bien que mal sous des bâches qui recouvraient des caisses à claire-voie remplies de porcelaine commune et appartenant à des marchands forains.

Quelques poignées de paille, restant d'un déballage fait dans la journée, avaient été laissées entre les caisses : c'est là que Charlot alla tomber lourdement et s'endormit presque aussitôt, sans plus se soucier de la pluie qui crépitait sur les bâches et formait dans les creux et les plis de ces bâches autant de petites flaques d'eau.

L'Andouillard ne perdit pas de temps à contempler Charlot, qui ronflait du sommeil de l'innocence.

Il obliqua brusquement à droite et se dirigea du côté du Pont-Sauvetout, qu'il traversa, puis il se blottit soigneusement dans une encoignure, cherchant à percer les ténèbres de la nuit, les yeux tournés du côté du carrefour de la rue de la Boucherie et de la rue Cacault, puisque c'était par là que devait arriver Albert Fauvel, suivi de Grand-Louis.

Il n'attendit pas longtemps.

Un individu qu'il n'avait pas entendu, tant la tempête faisait rage, apparut tout d'un coup au haut de la rue de la Boucherie, portant un parapluie grand ouvert. Il hésita un instant pour savoir s'il obliquerait à gauche ou s'il continuerait à marcher droit devant lui; mais son incertitude ne fut pas de longue durée et il continua sa route.

L'Andouillard le voyait approcher, mais il ne distinguait pas ses traits et se demandait si c'était bien là Albert Fauvel — une erreur n'aurait pas fait le compte des meurtriers ! — quand presque au même moment, deux coups de sifflet doucement modulés, mais prolongés, retentirent dans la rue d'où la victime venait de déboucher.

Ce signal était pour l'Andouillard la preuve que Grand-Louis accourait sur les talons de ce passant, que ce passant n'était autre qu'Albert Fauvel et que l'instant d'agir était enfin arrivé.

L'Andouillard, feignant l'ivresse, se jeta brusquement du coin où il était caché au milieu du pont et barra le chemin à Fauvel, histoire de donner à Grand-Louis le temps d'arriver.

— De quoi ! de quoi ! vieux frère, fit l'Andouillard, on n'est donc pas un bon zig qu'on écrase le pauv' peup'...

Fauvel voulut repousser l'importun dont il ne soupçonnait pas l'infâme guet-à-pens, mais presque au même moment, Durassier accourait.

Quiconque, dissipant les ténèbres de la nuit, eût pu l'examiner à loisir, aurait été épouvanté de l'aspect sinistre du boucanier. Coiffé d'une casquette de soie, vêtu d'une blouse bleue de travail et d'une salopette également bleue, il s'était fait avec de la suie un masque noir qui lui couvrait la figure et le rendait méconnaissable.

Il tenait à la main un couteau commun, mais solidement emmanché à lame triangulaire.

Il n'y eut pas de paroles échangées entre Fauvel et Durassier.

En entendant les deux coups de sifflet, en devinant, au milieu de la tempête, les pas d'un homme qui arrivait à l'aide de son camarade, Fauvel avait été envahi par un sentiment de terreur indicible. En face du danger qui le menaçait par derrière, il s'adossa au parapet du pont et essaya une résistance qui devait être hélas ! inutile.

D'une main sûre, Durassier, lui porta à la gorge un premier coup de couteau. Fauvel poussa un cri déchirant : au secours! à l'assassin! avança instinctivement, comme une dernière et vaine protection, sa main gantée du côté de son meurtrier dont il toucha le visage, le saisit même violemment au cou où lui arrachant un bout de sa cravate d'ailleurs mûre, mais presque aussitôt, il recevait en pleine poitrine le second coup et s'affaissa dans le ruisseau grossi par la pluie d'orage.

Les deux complices le soulevèrent et le déposèrent sur le parapet du pont comme s'ils avaient eu l'intention de le précipiter par dessus.

— Voilà qui est fait, dit Durassier à l'Andouillard : tu connais la consigne. Il faut le dépouiller de tout, afin de dérouter le plus longtemps les recherches de la rousse.

Pendant que l'Andouillard s'acquittait consciencieusement de cette mission de confiance, enlevant le porte-cigares, le portefeuille, la bourse en filigrane du malheureux Fauvel, arrachant la chaîne et la montre sans prendre la peine de faire jouer le mousqueton et déchirant ainsi la boutonnière, Durassier lavait dans le ruisseau son couteau ensanglanté, s'essuyait les mains à deux prospectus qu'il avait dans sa poche — il les jeta à terre et prit ensuite son mouchoir afin de compléter cette besogne de propreté. Il l'avait déjà remis en place et se disposait à déguerpir quand un double incident se produisit :

En fouillant les poches de la victime, l'Andouillard en avait fait tomber un louis d'or qui glissa dans la boue du pavé et qu'il ne put retrouver.

— Imbécile ! lui dit Durassier, t'es pas seulement capable de faire une monnaie et un parapluie sans en perdre la moitié en route.

Au même moment, apparaissait au bout du pont, du côté de la place Bretagne, la silhouette d'un homme qui semblait chercher quelqu'un ou quelque chose et qui s'avançait, avec hésitation. Les deux acolytes s'effacèrent le long du parapet et se tapirent près d'une borne pour laisser passer ce danger inconnu.

Peut-être était-ce là un agent de la sûreté en bourgeois, peut-être un ouvrier attardé, capable de découvrir le crime et de donner aussitôt l'éveil à la justice. Il fallait, quel qu'il fût, le mettre dans l'impossibilité de les dénoncer. Durassier, en vrai chef de bande, ne prit pas conseil de son complice et résolut d'agir.

L'inconnu s'engagea sur le pont, dépassa, sans le voir, le cadavre de Fauvel et, comme il arrivait à la hauteur du point où se trouvait Grand-Louis, celui-ci bondit sur lui, comme un félin qui se jette sur sa proie et lui asséna à la tempe droite un coup de poing d'une telle violence que le passant tomba comme raide mort sur le pont.

Un bruit de bouteille cassée accompagna

cette chute, en même temps qu'une odeur de rhum se répandait sur le théâtre de ce nouveau forfait.

Dans la violence de l'attaque, la casquette de Grand-Louis était tombée à terre, mais ses efforts pour la retrouver furent vains. Cela ne faisait-il pas noir sur noir ?

Cependant, Durassier regardait l'individu étendu sur le pont et le reconnaissait :

— Veinards que nous sommes, s'écria-t-il, c'est Hervé ! En v'là d'une biture ! J'vas te lui repasser mon homme en deux temps et trois mouvements. Donne-moi la bourse..., bon;

Et les mains encore tachées de sang, malgré les efforts qu'il avait faits pour les laver, Durassier glissa dans la poche de Pierre Hervé la bourse de filigrane que nous connaissons déjà.

— N'a-t-il pas sur lui autre chose ? une bague ou quelque bibelot de prix ?

— Je sens une bague sous le gant.

— Eh bien ! dégante-le et passe-moi l'anneau.

L'Andouillard obéit. La bague suivit la bourse dans la poche de Pierre Hervé.

Puis Grand-Louis retira de sa poche le mouchoir ensanglanté, et, le glissant dans celle d'Hervé :

— Tiens, fit-il dans une pensée d'odieuse plaisanterie, mets ce mouchoir par dessus pour que rien ne s'envole.

— Et, maintenant, ajouta-t-il en se tournant vers son complice, l'affaire est bonne. Décampons et dare-dare. Hervé ne m'a pas reconnu grâce à mon masque de suie ; toi, il ne t'a pas même vu. Qu'il se débarbouille avec la police comme il le pourra.

Les deux boucaniers n'allèrent pas bien loin pour se remettre de l'émotion dont en dépit de leurs antécédents ils n'avaient pu se défendre en commettant ce double crime. Il leur fallait, séance tenante, se concerter avant même de regagner leur domicile, de crainte de quelque fâcheuse rencontre d'agents organisés en patrouille de nuit, qui auraient pu, avec l'indiscrétion naturelle à leurs fonctions, leur demander ce qu'ils faisaient à pareille heure et par un temps pareil, sur le pavé de la bonne ville de Nantes.

Ils descendirent par la rue Cacault et arrivèrent jusqu'auprès de l'église Saint-Nicolas.

La ruelle Duvoisin qui la longe à droite et la sépare des hautes maisons de la rue de l'Archevêché, leur offrait un abri tout indiqué. La police n'y circule pas la nuit et pour cause : la ruelle est fermée de deux barrières à ses deux extrémités comme au moyen-âge.

Les escalader ne fut qu'un jeu pour Grand-Louis et l'Andouillard qui se mirent du mieux qu'ils purent à l'abri de la pluie, dans les renfoncements de l'église, qui donnait ainsi au crime un asile involontaire.

— Voyons, où en sommes-nous ? L'homme est mort et voilà notre argent bien et dûment gagné. Reste à ne pas nous faire prendre.

— L'important est de ne pas conserver les objets pris par nous pour donner l'idée d'un vol.

— D'accord, reprit Grand-Louis : qu'as-tu pris ?

— Le porte-cigarette.

— Garde-le, mais ne te payant pas avec dès demain ; dans six mois, un an, soit. Tu diras que c'est un cadeau d'une femme. A la condition qu'il ne porte pas de marques au nom de l'individu.

— Le portefeuille avec divers papiers ?

— Passe-le moi, que je l'examine : s'il en vaut la peine, j'en garderai quelques-uns de ces papiers ; sinon, je brûle tout.

— La montre et la chaîne ? Je les ai pris aussi.

— Cache-les soigneusement : nous en parlerons plus tranquillement demain et à coup sûr

nous ne les garderons pas. C'est trop dangereux. As-tu encore quelque autre chose ?

— Non ; c'est tout : la bague et le *boursicot*
tu les as *instinés* dans les *profondes* d'Hervé.

— Moi, fit Grand-Louis, j'ai emporté le *robinson* ; par le temps de ce soir, ça paraîtra tout
naturel et cachera mon *physico*. J'ai l'air d'un
moricaud avec ma frimousse toute noire. Le
robinson écartera la *rousse*, nous avons si peu
l'habitude de ces bibelots-là. D'autant que j'ai
perdu ma *cassiette* et que je n'irai pas à recevoir les réservoirs d'en haut sur ma tête nue.
J'crains les rhumes de cerveau.

— Et maintenant séparons-nous.

— Bon, mais j'ai une dernière idée qui pourrait nous servir au besoin.

— Laquelle ?

— Tu sais qu'Hervé et Charlot sont à tu et à
toi et ne se quittent guère.

— Oui.

— Eh bien, Charlot saoûl comme une grive
roupille sous une bâche de la place Bretagne, à
deux pas du Pont-Sauvetout. Si je remontais
jusque-là, je n'aurais qu'à lui glisser deux ou
trois louis d'or dans la poche, il ne s'apercevrait
de rien et pour peu que la police l'apprenne —
et au besoin, je me chargerais de le lui dire —
elle sera persuadée qu'ils ont fait le coup ensemble.

— Mais si tu rencontres des agents en te rendant place Bretagne ?

— Je prendrai mes précautions et n'irai pas
me jeter entre leurs jambes. En cas de danger,
je m'abstiendrais.

— Comme tu voudras. Risque le *paquet*. As-tu
des *monacos* sur toi ?

— Oui, l'argent de ton bourgeois. Si j'en dépense, faudra qu'il m'le rembourse.

— Entendu ! Allons, séparons-nous et à demain.

C'était presque au même moment que les
agents en tournée rentraient au poste de la
mairie et qu'ils s'apercevaient que le caban de
l'un d'eux était tout inondé de sang.

La nouvelle tentative de l'Andouillard réussit
à merveille. Il ne rencontra personne jusqu'à la
place Bretagne donc il fit le tour en rasant le long
des maisons, jusqu'à ce qu'il fût arrivé, aussi près
que possible, des bâches des marchands forains.
Là, il se baissa, se mit presque à quatre pattes,
et se glissa comme il eût fait un chien sous la
couverture claire qui protégeait le sommeil du
boucanier endormi.

Les trois pièces d'or passèrent, sans qu'il eût
pris le temps de les choisir, de sa poche dans
celle de Charlot.

L'Andouillard se retira radieux et regagna
son domicile pour y réparer le désordre de sa
toilette. Cette promenade nocturne sous la pluie
l'avait littéralement transpercé jusqu'aux os, et
il avait hâte de redevenir sous un costume
moins compromettant un personnage comme un
autre.

Il prit le plus long, mais le plus sûr, la rue
Mercœur, la place du Palais de Justice, la rue
Marceau, la rue Newton, la place Delorme et
la rue Franklin.

A la hauteur de la rue de Gigant, il obliqua
à droite jusqu'à la rue Mérivaux qu'il descendit pour gagner, par la rue Voltaire, celle des
Cadeniers, et enfin sa chambre garnie de la rue
de l'Héronnière.

Il dissimula dans un trou de cheminée où, de
temps immémorial, il n'avait été allumé de feu,
le porte-cigarettes d'Albert Fauvel, changea de
salopette, de blouse, de casquette et, comme il
avait été quelque peu saisi par le froid, il descendit à la buvette mal famée de l'Œil-de-Chat
pour y prendre un verre de vin chaud fortement
épicé.

C'est là, le lecteur s'en souvient sans doute,
qu'une ronde d'agents de police le surprit atta-
blé devant sa consommation, mais sans parvenir à relever contre lui la moindre preuve de
participation au crime de la nuit.

Louis Durassier avait pris une tout autre
route, non sans avoir lancé adroitement par
dessus les toits inexplorés des masures de la
ruelle Duvoisin le couteau qui avait servi au
meurtre. Ce n'était vraisemblablement pas là
que la police songerait jamais à l'aller chercher.

Il lui restait à rendre compte à Olivier Daubusson de l'issue du guet-apens odieux qu'ils
avaient exécuté de concert avec un abominable
sangfroid.

Il avait fallu à Olivier une surprenante présence d'esprit pour faire le gracieux cavalier à
la soirée dansante des Kerhorlic, pour valser
avec le même abandon que d'habitude, à l'heure
même où tombait sous le poignard d'un assassin soudoyé par lui, son ami, son camarade,
presque son frère. Il savait tout cela et, si son
cœur battait plus fort dans sa poitrine — n'est-
ce pas tout naturel par le seul mouvement, la
seule animation de la soirée dansante? — il ne
s'était pourtant pas trahi.

Vers trois heures, toutefois, il ne tenait plus
en place.

Il fit une dernière apparition dans la salle du
bal, causa un instant à quelques personnes de
différents groupes, se montra autour des tables
de jeu, passa cinq minutes au fumoir, prit un
sandwich et un verre de bordeaux au buffet, et
quand il eut ainsi fait constater qu'il était partout, ce qui lui donnait par là même le droit de
n'être nulle part, il disparut brusquement.

Il rentra chez lui, non par la porte de la rue
Bonne-Louise, mais par l'entrée secrète de la
rue Sévigné et là, dans l'ombre, sous l'averse
persistante dont le garantissait mal son parapluie,
l'oreille collée au mur pour y surprendre les
moindres bruits du dehors, il attendit.

Les minutes lui semblaient longues comme
des siècles, le cri lugubre d'un oiseau de nuit
lui fit passer dans le dos un frisson glacé, comme s'il eût entendu le dernier appel de sa victime à la pitié de l'assassin, une sueur froide lui
mouillait les tempes et, tandis que le temps
s'écoulait lent et interminable, il se demandait
avec épouvante si le crime avait réussi. Que
deviendrait-il si Fauvel avait pu échapper à cette
trame si merveilleusement ourdie, et les acolytes
s'étaient laissé prendre et surtout s'ils allaient
le compromettre par leurs révélations. N'étaient-
ils pas capables de tout ? Certes, les preuves
manquaient contre lui, néanmoins il était à leur
discrétion et bien que leur intérêt répondit de
leur zèle...

Olivier Daubusson se faisait ces réflexions,
quand des pas d'homme retentirent sur le pavé
de la ruelle. Ils s'approchèrent, s'arrêtèrent devant la porte basse et une main vigoureuse
frappa quatre coups également espacés sur le
panneau supérieur.

La porte s'ouvrit et Durassier pénétra pour la
seconde fois dans ce jardin dont il avait fait la
connaissance dans des circonstances bien diffé-
rentes.

Il n'y entrait plus maintenant l'oreille basse,
tremblant à la pensée d'être dénoncé par Daubusson ; il y pénétrait en maître, tenant à sa
merci cet honnête bourgeois, qui assez infâme
pour compléter l'assassinat de son ami, n'avait
pas même le courage d'être lui-même l'exécu-
teur de ses hautes et basses œuvres et soudoyait
des inconnus pour une pareille besogne. Il lui
eût volontiers servi, s'il l'avait connu, le mot
d'un député de l'opposition au ministère : —
Vous pourrez avoir notre appui, vous n'aurez
jamais notre estime. Durassier n'estimait pas
Daubusson, il s'était mis à sa solde parce qu'il
craignait une dénonciation étayée sur l'aveu de
son autre crime, avec signé de lui, puis à raison des bénéfices qu'il comptait bien tirer de
cette affaire.

Une complicité aussi accablante pour Olivier
Daubusson, n'était-ce pas une véritable inscription de rentes sur le grand-livre du meurtrier,

au profit de ses collaborateurs, qui s'étaient bien
promis de le faire chanter à toute occasion ?

— Eh bien ! demanda anxieusement Daubusson, déjà presque rassuré par la seule présence
du boucanier.

— C'est fait, reprit ce dernier, mais non sans
peine. Le gaillard avait l'âme chevillée dans le
corps.

Et il raconta sommairement ce que nous venons de faire connaître.

— Maintenant, dit-il en guise de conclusion,
réglons nos comptes. Vous m'avez versé deux
mille francs d'avance, vous allez m'en donner
autant séance tenante, et le reste après le jugement, si l'on juge quelqu'un pour ce fait, ou si
l'on ne juge personne, dès que l'affaire sera clas-
sée sans suite.

— C'est entendu, répondit Olivier d'une voix
aussi sourde que celle du boucanier était claire
et tranchante, comme le couperet de la guillotine.

Au même instant, il tira de sa poche deux petits rouleaux de pièces de vingt francs et les remit au boucanier :

— Pardon, excuse, fit celui-ci, les bons
comptes font les bons amis, et aussitôt il tira
de sa poche un bout de rat-de-cave qu'en s'a-
britant sous le parapluie d'Olivier, il réussit à
allumer.

— Tenez donc ça, ajouta-t-il.

Et tandis qu'Olivier n'osait pas refuser à Dur-
rassier de lui rendre le service de l'éclairer pour
cet acte de méfiance, le boucanier faisait le
compte des cent louis qui venaient de lui être
versés.

— C'est très bien, fit-il ensuite, il me manque
trois, les trois que l'Andouillard a glissés dans
la poche de Charlot.

Daubusson s'exécuta sans mot dire.

— C'est très bien, encore Durassier, seulement il faudrait nous tenir compte des pièces
serrées dans la petite bourse d'argent, que nous
avons dû abandonner dans les poches d'Hervé ;
la bourse vaut bien deux louis, il y en avait
bien dedans quatre ou cinq. Nous disons : deux
et cinq, huit. Donnez-moi huit louis.

Daubusson ne fit aucune observation à cette
façon fantaisiste d'additionner les chiffres, et les
huit louis allèrent rejoindre dans la poche de
Grand-Louis, les cent trois qui y fraternisaient
déjà.

— C'est très bien, continua le meurtrier, mais
la montre, mais la chaîne que je n'ai pas. L'intention de garder valent aussi quelque chose ;
je vous les apporterai contre argent.

Daubusson dut encore passer par ces nouvelles exigences du boucanier devenant ainsi,
grâce à l'inévitable mouvement de l'engrenage,
voleur après s'être fait meurtrier.

— Nous en parlerons une autre fois, mais
avez-vous le portefeuille ?

— Non, répondit effrontément Grand-Louis, il
n'en avait pas sur lui.

— Vous avez bien fouillé ?

— Sur toutes les coutures.

— Et vous n'avez pas trouvé de papiers ?

— Pas un, sans quoi nous ne les aurions pas
laissés traîner. Et maintenant je ne serais pas
fâché d'entrer dans votre *cabernot* pour y faire
un *brin* de toilette.

Grand-Louis se débarbouilla à grande eau
pour enlever la suie dont il s'était fait un masque, changea de blouse, en abandonnant la
sienne contre une autre dont, à sa demande,
Daubusson s'était muni, lui... emprunta un chapeau rond, un *melon* comme on dit, en échange
de sa casquette... perdue et prit bientôt congé
d'Olivier.

— A la *revoyure*, lui dit-on le quittant le
boucanier qui serrait précieusement dans ses
poches les louis d'or et le portefeuille.

— Au revoir, fit Daubusson.

Durassier reprit son parapluie et s'éloigna
en fredonnant une chanson de circonstance

qui était fort à la mode à cette époque dans le programme des cafés-concerts :

Il était une fois quatre hommes,
Conduits par un caporal,
Qu'éprouvaient tous les symptômes
D'un embêtement général.
Car un fichu temps comm'ça,
C'est bon pour une grenouille.
— Caporal, qu'est-c'qui paiera
La goutte à la pa, à la pa pa,
Caporal, qu'est-c'qui paiera
La goutte à la patrouille ?

Après avoir mis un peu d'ordre dans le kiosque et caché provisoirement la blouse du boucanier dans un meuble fermé à la clef, Daubusson sortit à son tour et rentrait officiellement chez lui par la grande porte, tandis que Sidonie, sa vieille domestique, songeait à se lever pour ne pas manquer la première messe.

On sait les événements qui suivirent cette nuit sanglante, la déplorable erreur judiciaire qui fit condamner Pierre Hervé au serment touchant de Mignonne à la Cour d'assises.

II

CE QU'ÉTAIT DEVENUE MIGNONNE

Comment Mignonne allait-elle tenir la promesse solennelle qu'elle avait faite en pleine audience, dans le premier élan de son cœur, de découvrir les vrais coupables et de délivrer Pierre Hervé ?

Elle-même n'en savait rien ; d'amis, elle n'en comptait pas. Charlot ? redevenu libre, il lui témoignerait bien quelque sympathie, mais ne tarderait pas à abandonner la partie si tant est qu'il voulût risquer de se trouver de nouveau en contact avec les gens de justice. Me Frémaud ? Il avait d'autres préoccupations en tête que la révision toujours éventuelle d'une erreur judiciaire. Mlle Delabrière ? Pouvait-elle se présenter encore devant elle, après la condamnation d'Hervé ?

Et pourtant, elle comprenait que toute son énergie lui était plus indispensable que jamais pour réussir, et qu'elle ne devait compter que sur elle-même. Mais, comme l'avait dit à l'avocat d'Hervé, dans la visite qu'elle lui avait rendue, une femme ne peut pas pénétrer partout, et s'arrête nécessairement devant certaines portes.

Ce fut alors qu'elle songea à se travestir au besoin en garçon, avec l'espérance de réussir ainsi plus facilement à organiser et à faire fonctionner la contre-police dont elle allait prendre la direction.

Elle s'en ouvrit au greffier, Me Frémaud.

— Comment vivrez-vous pendant ce temps-là ? Qui vous remplacera vos journées perdues ? Où trouverez-vous le logis prêt et la table servie ?

— Je le prévois encore, fit-elle.

— J'ai une proposition à vous faire. Une vieille tante à moi vient de congédier sa servante et ne songeait même pas à la remplacer tant chez elle la besogne est peu de chose : c'est une voisine qui devait, le matin, venir lui donner un coup de main. Voulez-vous remplir cet office ? J'y mettrai comme condition que vous jouirez de votre liberté l'après-midi, et, avec ma recommandation, ma tante, j'en suis sûr, y consentira. Toutefois, ne comptez pas sur des gages bien importants. Vous serez couchée et nourrie, et c'est déjà quelque chose pour le but que vous poursuivez de n'avoir pas à vous préoccuper de la vie matérielle qui vous est ainsi assurée.

Il n'est pas besoin de dire que Mignonne accepta avec enthousiasme l'offre obligeante de Me Frémaud qui fut bientôt ratifiée par la vieille tante, Mme Delacour. Et comment n'en eut-il pas été ainsi ? avec sa figure devenue grave, mais restée avenante, avec le charme qui se

dégageait de toute sa personne, Mignonne devait plaire et plut en effet à celle dont elle allait devenir l'hôte plus encore que la servante.

Elle s'installa bien facilement chez Mme Delacour qui habitait depuis un temps immémorial quai d'Orléans, à l'angle de la place du Cirque, laquelle n'offrait pas à l'époque où se passe ce récit l'aspect que nous lui voyons aujourd'hui. Un marchand de fers en gros occupait presque dans son entier l'ancienne salle où Franconi avait jadis fait applaudir sa troupe équestre et où les lourds feuillards remplaçaient dans les loges défoncées des artistes, les maillots tout pailletés d'or et les tutus de gaze transparente. Les magasins, les bureaux que remplissaient de nombreux commis, absorbaient toute la place disponible : cependant, au premier étage, avec entrée dans la partie concave de la place du Cirque, quelques chambres disponibles formaient deux modestes appartements d'une location peu facile à raison du bruit que produisait d'un bout à l'autre de la journée le maniement des tôles et de la ferraille chargées et déchargées lourdement.

Mme Delacour ne s'était pas inquiétée de cet inconvénient, et elle demeurait là depuis de longues années déjà, occupant du côté qui aspectait le quai d'Orléans trois chambres qui ouvraient toutes sur un couloir demi-circulaire. Ce couloir, qu'éclairait une petite cour intérieure, se prolongeait avec un angle grand ouvert du côté de la place du Cirque où il y avait un second appartement, plus petit que celui de Mme Delacour, de deux chambres seulement, où une tireuse de cartes exerçait sa bizarre profession. Sur la porte d'entrée, se lisait cette inscription :

MADAME GUIGNOISON,

CARTOMANCIENNE,

Prédit le présent, le passé et l'avenir

N'eût-ce été le mauvais vernis qui s'attache toujours quelque peu à cette profession qui frise de si près l'escroquerie et qui n'est qu'un impôt indirect de plus prélevé sur la bêtise humaine, Mme Guignoison n'était pas une méchante femme.

Elle avait connu autrefois des jours plus prospères, elle avait épousé, toute jeune, presque une enfant, un officier de santé qui était mort d'un grave accident de voiture, la laissant veuve à vingt-cinq ans avec une petite fille de cinq ans sur les bras et sans la moindre ressource pour se tirer d'affaire. Elle vécut, comme elle put, pendant une période de dix à douze ans, quand sa fille, alors âgée de seize à dix-sept ans, s'avisa de suivre à la ville un séducteur qui l'avait enjôlée par ses belles paroles.

Ce fut pour elle un coup terrible qui désorganisait son existence paisible de campagnarde, et la jetait, toute dévoyée, sur le pavé d'une grande ville où elle ne savait que faire pour gagner sa vie. Elle avait de l'entregent, du *bagout*, comme on dit, elle se fit tireuse de cartes, sans conviction, mais sous l'impérieuse nécessité de la faim, peut-être aussi avec l'idée qu'elle finirait par retrouver, dans le monde des femmes déclassées qui forment la clientèle ordinaire des déluses de bonne aventure, l'enfant qu'elle avait perdue.

Bientôt, Mignonne fut ses grandes et petites entrées chez Mme Guignoison qui n'hésitait pas en sa présence, à se départir de son attitude grave, et plaisantait gaiement avec elle de l'inanité de ses prédictions le plus vigoureusement soutenues *coram populo*.

Elle lui apprit même à tirer les cartes, histoire de tuer le temps ; le cœur signifie l'amour, le trèfle de l'argent à donner ou à recevoir, le carreau une lettre, le pique un présage de mort. Elle lui conta qu'aux jeunes gens et aux jeunes filles il faut toujours annoncer la réussite ou l'échec de leurs projets amoureux favorisés ou contrariés par quelque missive ou quelque deuil ; aux vieilles femmes un héritage ; aux maris des infortunes conjugales, à leurs femmes, le secret de leurs amours adultères, et qu'ainsi il y avait presque toujours autant de chances de prédire la vérité que le contraire. De temps en temps, caché dans la chambre voisine, dont la séparait seulement une simple cloison, Mignonne avait assisté aux séances de la cartomancienne et grâce à son intelligence naturelle, elle n'avait pas eu de peine à s'assimiler le jargon habituel à cette science de haute fantaisie.

— Vous devriez me laisser vous tirer un jour les cartes à vous-même, avait dit Mignonne à Mme Guignoison.

Celle-ci y avait consenti et, coiffée d'une perruque blonde toute bouclée, revêtue d'une robe noire quelque peu passée qui rappelait assez la robe de l'enchanteur Merlin et d'un rabat blanc, des lunettes bleues sur les yeux, Mignonne avait, d'une voix chevrotante, qui imitait une voix de vieille bonne femme, pronostiqué à Mme Guignoison du ton le plus sérieux le plus fantastique avenir.

— Savez-vous bien, ma petite que, si j'étais absente au monde, vous me remplaceriez à merveille ? Vous parlez mieux que le dominicain qui prêchait le Carême l'an passé à Saint-Nicolas et vous êtes avec cela sérieuse comme un chat qui aurait avalé des macros.

Tout en liant connaissance avec cette aimable voisine, Mignonne ne lui avait pas livré le secret de sa vie, elle ne lui avait rien raconté de l'épouvantable passé auquel elle s'était trouvée involontairement mêlée, non plus que l'œuvre admirable de réparation judiciaire à laquelle elle s'était dévouée corps et âme.

Par contre, elle avait revu Charlot et, contrairement à ce qu'elle avait pensé, elle l'avait trouvé dans les meilleures dispositions à son égard.

Bien qu'il eût été acquitté, le jeune boucanier n'avait pas pardonné à l'Andouillard et à Durassier leurs dépositions haineuses dont le poids avait failli l'accabler et comme la vengeance qui est le plaisir des dieux, est-on aussi le plaisir des faibles mortels, il n'avait nullement renoncé à l'espoir de prendre contre ces deux copains une revanche éclatante. C'est dire qu'il se mit de tout cœur, dans la mesure du possible, à la disposition de Mignonne pour lui venir en aide dans la campagne qu'elle dirigeait contre ceux qu'elle soupçonnait du crime du Pont-Sauvetout.

Mais si la pauvre fille avait à juste titre, des motifs graves de faire planer sur Daubusson, Durassier et l'Andouillard les soupçons nés de la clairvoyance de son amour, elle n'avait pas encore de preuves absolument palpables et elle ne savait en réalité pas elle-même comment elle arriverait à une certitude personnelle, plus encore à un aveu ou volontaire ou forcé, en tous cas incontestable de la part des meurtriers.

Il est à peine besoin de dire qu'elle avait eu recours aux conseils de Me Frémaud, la sagacité, mais la prudence même, alors surtout qu'il savait que la justice, qui est censée ne pas se tromper, a horreur de tout ce qui ressemble à la révision d'un procès jugé définitivement par elle. Tout condamné est en effet réputé condamné à juste titre et par là même coupable, ils ne tiennent nullement à en découvrir un second, surtout si par là même, le premier devait cesser de l'être, et voilà pourquoi les procès en révision d'une sentence judiciaire sont si difficiles à mener heureusement à bonne fin.

Nourri dans le sérail, maître Frémaud en connaissait les détours, et quelle que fût sa conviction personnelle, il tenait à faire montre, tout en secondant les louables projets de Mignonne, de la plus grande discrétion.

— Admettons, dit-il un jour, que vous ayez raison, que Daubusson ait apposté, pour tuer son rival M. Fauvel, deux assassins qui l'ont volé par-dessus le marché pour ne pas perdre les bonnes traditions : il faut, sans négliger la piste de Daubusson, plus malaisée à suivre pour vous dans le monde auquel il appartient et où vous n'avez pas vos petites entrées, vous attacher plutôt aux deux boucaniers que vous soupçonnez. Ceux-là se livreront peut-être plus facilement, dans un moment d'ivresse, ou dans une scène de colère : suivez-les quelquefois ou faites-les suivre, vous connaîtrez leurs fréquentations. Si vous pouviez pénétrer un jour chez eux, sous un prétexte honnête et plausible et visiter un peu leurs frusques, qui sait si vous n'y trouveriez pas quelque indice ? La justice a fait autrefois des perquisitions chez vous, ma pauvre fille et chez Charlot : si elle en avait ordonné chez l'Andouillard, elle eût peut-être été mieux avisée.

— J'essaierai, dit-elle : où demeurent-ils ?

— L'Andouillard reste toujours rue de l'Héronnière, non loin des basses rues : Durassier loge rue Saint-Similien, n° 2, à moins qu'il n'ait déménagé depuis peu. Boulotte qui passe sa vie à se brouiller et à se rapatrier avec lui, a, je crois, cessé de partager son taudis. Elle se lance dans un monde un peu plus relevé que celui des boucaniers et a pris depuis peu une chambre garnie, 16, rue Franklin, au 2ᵐᵉ étage. C'est là qu'il va lui rendre visite à l'heure où il sait qu'elle est seule.

Mignonne notait dans sa mémoire ces renseignements qui pouvaient être précieux à un moment donné.

Mᵉ Frémaud continua :

— Le greffe va bientôt vendre les pièces à conviction accumulées dans ses archives depuis un an. Vous devriez vous mêler aux acheteurs et vous rendre acquéreur de différents objets qui ont figuré au procès. Peut-être vous suggéreront-ils quelque idée qui n'est venue jusqu'ici à personne.

Elle mit bientôt à profit les conseils du commis-greffier, qui lui dit un jour :

— La vente dont je vous ai parlé a lieu après-demain.

Des affiches officielles sur papier blanc, placardées à la porte du palais, annonçaient, en effet, la vente, par les soins de M. le receveur des domaines, de fusils confisqués et d'objets divers provenant de pièces à conviction qui, déposées au greffe, n'avaient pas été réclamées par leurs légitimes propriétaires.

C'est toujours chose fort divertissante que cette vente de vieux fusils provenant, à peu d'exceptions près, de cette confiscation spéciale qui, aux termes de la loi, accompagne l'amende infligée aux chasseurs sans permis, et si sont nombreux dans un pays où le braconnage est élevé en campagne à la hauteur d'une institution.

Les jugements rendus en pareille matière se terminent par ces mots :

« Ordonne la confiscation du fusil, et, faute par le prévenu de le représenter, en fixe la valeur à cinquante francs. »

Le chasseur ainsi pris n'hésite pas un seul instant. Comme le jugement lui décrit peu le fusil, qu'il doit déposer au greffe et qu'il tient à son arme, il s'en vient un samedi matin place Bretagne et rachète chez un marchand de bric-à-brac un fusil hors d'usage, c'est à dire un bois muni du chien, de la gâchette et du canon. Coût : cinq francs. C'est du reste un prix fait comme celui des petits pains d'un sou. Puis il s'en va remettre au greffe cet engin qui éclaterait si l'on y faisait partir une capsule et, lors de la vente publique annuelle, ce fusil retourne pour quarante sous au même marchand, qui le

revendra cinq francs l'année suivante à un autre chasseur malheureux, sinon au même.

Ce va-et-vient de vieux fusils du greffe à la place Bretagne et de la place Bretagne au greffe est bien connu, et les greffiers ne sont pas les derniers à en rire avec les revendeurs.

Les objets de valeur sont rares dans ces ventes : parfois un bijou de prix, une montre de luxe saisis sur un malfaiteur sont vivement poussés par le personnel ordinaire de marchandes qui suivent ces enchères. Par contre, on ne saurait s'imaginer la quantité de vieux raffûts dont on trouve des échantillons dans les pièces à conviction : foulard qui a servi à quelque strangulation célèbre, revolver qui, à un moment donné, a fait du bruit dans le monde, souvenirs de la victime ou du malfaiteur, tout se retrouve sous le marteau du receveur des domaines, qui, au nom de l'État, pousse aux enchères. Elles monteraient assurément, s'il pouvait garantir leur authenticité et si, au lieu de vendre un pistolet, il annonçait : « Un pistolet ayant appartenu à Misélgris, le fameux meurtrier de la rue Moquechien. »

Quoi qu'il en soit, le jour de la vente, Mignonne s'était mêlée à la foule des marchandes, suivant des yeux avec attention les objets qui passaient les uns après les autres sur la table de l'adjudication.

Mᵉ Frémaud, debout avec d'autres de ses collègues et les concierges du palais derrière le receveur, fit tout à coup un signe imperceptible à la jeune protégée pour lui indiquer que le tour des pièces à conviction de l'affaire Hervé approchait.

On débita bientôt les nœuds d'un mouchoir sale duquel émergèrent une casquette, un petit couteau, un gant noirci, un bout de cravate. Mais tout cela était de si mince valeur qu'on y joignit d'autres objets, notamment une de ces vieilles montres dites roue de rencontre dont le boîtier d'argent fin pèse autour de soixante à soixante-dix grammes.

Mignonne n'était pas assez riche pour acheter le lot, qui monta à dix-huit francs, mais elle surveilla la marchande qui l'avait acquis et la suivit à la fin de la vente jusque chez elle, rue du Pont-Sauvetout, à quelques pas du lieu du crime.

— Que voulez-vous, ma fille ? lui demanda la revendeuse.

— Vous racheter certains objets que vous avez acquis tout à l'heure.

— Et lesquels ?

— Peu de chose : cette vieille casquette, ce mouchoir dépareillé, ce gant, cette cravate, dit Mignonne en les désignant dans le paquet qui n'avait pas encore été défait. Quel prix me les ferez-vous ? Je ne suis pas bien riche, et ces bibelots sans valeur pour vous sont pour moi des souvenirs.

La marchande examina le paquet et répondit :

— C'est bien cher pour une pauvre fille comme moi : vingt sous, ça ne serait pas assez ?

— Allons, je suis une brave femme et je ne veux pas vous écorcher : puisque ça vous plaît, prenez le tout pour vos vingt sous.

Le visage de Mignonne s'épanouit : elle tira une pièce blanche de sa poche et la remit à la revendeuse, en échange du précieux paquet.

Comme elle s'en allait, elle poussa un léger cri :

— Ah ! fit-elle.

— Qu'avez-vous encore ?

— Ce parapluie ? fit-elle, en montrant parmi les autres acquisitions un parapluie brisé qui s'offrait aux yeux et que de trace d'usure et qu'elle n'avait pas remarqué à la vente.

Elle le reconnaissait bien maintenant. C'était celui d'Albert Fauvel, qui avait joué un rôle à la police correctionnelle, puis à la cour d'assises et qui lui avait donné un moment beaucoup d'espoir bien vite disparu.

Elle le regardait d'un œil d'envie et se risqua à la marchande. La revendeuse en vanta la qualité de la soie et les sculptures du manche.

Avec une réparation de quarante sous, elle aurait là un parapluie superbe et, à cause d'elle, elle pourrait le l'offrir pour cent sous.

Mignonne ne les avait pas.

— Pouvez-vous me promettre de ne pas les vendre d'ici quinze jours ? J'espère alors avoir un peu d'argent et je tiens trop à ce parapluie pour ne pas revenir vous le prendre.

Cette insistance intrigua la marchande qui, curieuse comme toutes ses pareilles, voulut savoir les motifs de la jeune ouvrière.

— Ce parapluie vous rappelle donc de bien tendres souvenirs ? interrogea-t-elle d'un air entendu.

— De bien tristes plutôt : il appartenait à un pauvre jeune homme qui a été tué il y a bientôt un an sur votre pont.

— C'est-y Dieu possible ? fit la bonne femme. C'était à ce pauv'garçon, mais savez-vous, ma p'tite, que j'ai tout vu ou presque tout.

— Comment cela ? demanda Mignonne, vous n'étiez pas témoin ?

— En effet, mais n'empêche que j'aurais été aux premières loges pour tout voir, s'il n'avait pas fait ce soir-là un temps aussi abominable.

Le lecteur doté d'une bonne mémoire se rappelle sans doute que la patrouille d'agents arrivée sur le lieu du crime au premier chapitre de cette histoire, avait trouvé la rue du Pont-Sauvetout plongée dans une obscurité complète, à l'exception d'une fenêtre sans rideaux du quatrième étage de la maison portant le numéro 2, qui était faiblement éclairée.

C'était là que demeurait précisément cette vieille marchande. À dire vrai, la confidence qu'elle fit à Mignonne n'avait qu'une importance médiocre au point de vue du meurtre même. Non-seulement elle n'avait rien vu, mais bien que sa fenêtre fût entr'ouverte, elle n'avait entendu, ni le bruit faible il est vrai de la lutte, ni les cris : Au secours ! à l'assassin ! Ce qui seulement avait appelé son attention, c'était le bris de quelque chose qui pouvait être une bouteille lancée alors ou s'était-elle à ce moment approchée de sa fenêtre ? elle avait entendu ce bruit et s'était mise à la croisée.

— Au premier moment, je n'ai rien distingué, quand, à la fin des fins, j'ai vu des corps qui remontaient sur le pont et deux hommes qui redescendaient du côté de Saint-Nicolas d'un air précipité.

Une seule question monta aussitôt aux lèvres de Mignonne, qu'elle hésitait à la poser, dans l'ignorance de la réponse qu'elle allait recevoir, et qui, selon qu'elle serait affirmative ou négative, pouvait être grosse d'éclaircissements pour elle ou la décourager complètement ; enfin, elle se risqua :

— Un de ces hommes avait-il un parapluie grand ouvert ?

— Dame oui, répondit sans hésiter la marchande ?

— Vous en êtes bien sûre ?

— J'en suis certaine.

— Pourquoi ne l'avez-vous pas dit lors du procès ?

— Dame! on ne m'a rien demandé, je n'ai rien répon ; mais il avait un parapluie ouvert, j'en le verais la main.

Cette réponse mit un éclair de joie dans les yeux de Mignonne qui, depuis longtemps, ne savait plus ce que c'était que le sourire.

Voilà pourtant qui était clair. Comme l'avait affirmé Françoise Lecoroller, Fauvel était bien parti le soir du crime avec son parapluie ; c'étaient ses meurtriers qui l'en avaient dépouillé, et, comme plus tard Durassier était forcé de reconnaître qu'il l'avait pris chez la Champfleury, n'en fallait-il pas conclure qu'il mentait et que c'était sur le Pont-Sauvetout qu'il l'avait volé ? n'arrivait-on pas à cette solution logique que c'était lui le meurtrier, puisque c'était lui le voleur ?

La marchande promit à la jeune fille de lui garder le parapluie.

— Vous y tenez tant que ce serait péché de ne pas vous faire ce plaisir.

Est-il besoin de dire que les quelques pièces à conviction furent examinées avec un soin que la justice ne croyant sûre dès la première heure de tenir un coupable, n'y avait pas apporté ?

M° Frémaud, que la pauvre fille avait naturellement mis dans le secret de ses confidences et qui, depuis longtemps, n'avait pas été aussi assidu chez sa vieille tante, se chargea de faire analyser par un chimiste la nature de cette substance noirâtre qui salissait le gant de M. Fauvel. Ce n'était pas de la boue : était-ce de la suie, du noir de fumée ? et si oui, comment retrouvait-on de la suie sur un des gants qui devaient être d'une irréprochable propreté, d'un jeune homme du monde, alors que l'autre gant était en parfait état et qu'il n'eût jamais consenti à mettre un objet de toilette qui eût laissé à désirer au point de vue de la correction ?

Le mouchoir dont l'accusation avait fait la propriété de Mignonne, n'était certes pas à elle. L'étoffe était la même, mais le point de couture de l'ourlet ne ressemblait nullement à ceux des mouchoirs qui lui restaient. L'initiale A, vue de près, n'avait certainement pas été marquée en fabrique ; il était visible qu'elle avait été brodée après l'emplette. Que signifiait-elle ? N° Amour, ni Amitié, ni Affection, peut-être l'Andouillard ? Mais sur ce point, M° Frémaud et Mignonne hésitaient tous les deux. Ce n'était la marque ni de Boulotte, ni de Grand-Louis. Il y avait là une dernière obscurité ; la devineraient-ils jamais ?

Restait la fameuse casquette qui n'allait à la tête ni de Charlot, ni d'Hervé, ni de l'Andouillard. C'était à Grand-Louis qu'il conviendrait de l'essayer. S'il la mettait, la preuve n'en était-elle pas accentuée d'autant contre lui ?

Mignonne la mit précieusement de côté, sans savoir où et quand elle s'en servirait, mais décidée à ne rien négliger pour arriver au résultat voulu.

Elle n'avait pas tenu à faire connaître même à Charlot sa résidence nouvelle : il était convenu que, s'il avait quelque rendez-vous à lui assigner ou si elle-même désirait le voir, ils n'auraient qu'à écrire, avec un morceau de brique rouge les trois lettres t, p, h, au bas de l'escalier qui conduit de la place Bretagne à la rue de l'Arche-Sèche. L'un et l'autre passeraient par là dans la journée et comprendraient ainsi qu'ils se verraient le soir. T, p, h, cela signifiait tout pour Hervé.

Les rendez-vous se donnaient à l'extrémité de l'île Gloriette, à l'endroit le populaire appelle vulgairement le bout du monde et où aborde aujourd'hui le bac à vapeur qui fait le service du quai de la Fosse à la Prairie-au-Duc, en touchant à l'île. Depuis quelques années, un terre-plein, orné d'une manière de jardin, a été installé à cet endroit et lui donne une physionomie assez agréable et des plus proprettes.

Mais à la date du récit, il y a une vingtaine d'années, rien de ce que nous voyons aujourd'hui n'existait et, le soir venu, aucun quartier n'était plus désert, plus abandonné que ce coin de la ville fort animé d'ailleurs dans la journée par le va-et-vient des chargeurs de charbons.

Mignonne et Charlot s'y rejoignaient, laissaient le tour par le quai Moncousu et se séparaient en rentrant en ville par la chaussée de la Madeleine, à l'extrémité de laquelle ils prenaient congé l'un de l'autre. Elle y venait parfois travestie en jeune garçon, afin de ne pas éveiller l'attention des passants qui auraient pu dévisager avec plus de curiosité malveillante une fille au bras d'un ouvrier que deux ouvriers marchant du même pas l'un auprès de l'autre.

En même temps, elle s'étudiait à n'avoir pas l'air trop gauche, trop empruntée sous ce costume étranger à son sexe, convaincue par un pressentiment secret qu'un jour peut-être elle aurait à s'en servir dans l'accomplissement de l'œuvre à laquelle elle s'était consacrée.

Elle avait bonne tournure dans la salopette

un peu large qui recouvrait ses jambes fines, dans la blouse sans ajustement à la taille et qui, par là même, ne dessinait pas les formes indiscrètes de la poitrine, sous la casquette qui recouvrait à grand'peine sa luxuriante chevelure. Ce qui l'eût trahie sans les précautions qu'elle prenait en ne sortant ainsi vêtue qu'à la nuit close, c'était sa chaussure, telle que les ouvriers n'en sauraient porter d'aussi fine et qu'elle n'aurait pu remplacer par de lourds souliers cloués, sans s'interdire ainsi la facilité de la marche.

À plus d'une reprise, elle avait suivi, grâce à ce travestissement, Olivier Daubusson qui sortait du café Molière. Elle l'avait vu entrer rue Franklin, 16, dans une maison habitée à tous les étages par des filles entretenues, sans avoir pu savoir à quelle porte il frappait — Boulotte avait pendu la crémaillère dans cet immeuble hospitalier aux prêtresses de la galanterie — mais elle ignorait s'il recevait, chez la maîtresse de Grand-Louis, un accueil bien et dûment tarifé ; parfois il regagnait son domicile, rue Bonne-Louise, et chaque fois qu'il s'engageait dans la rue Sévigné, Mignonne, qui ne pouvait le suivre que de loin, nous peine de se faire remarquer, avait noté qu'à peine avait-il fait quelques pas dans cette ruelle, trois coups de sifflet retentissaient dans le silence de la nuit.

Si c'était lui qui les donnait, qui donc avertissait-il ? Si c'était quelqu'un d'autre, qui donc l'avertissait ?

Intriguée, elle visita de jour cette rue peu fréquentée et examina surtout la porte basse du jardin Daubusson et devina par dessus la muraille, la présence d'un petit kiosque dont la girouette en fer-blanc s'apercevait au-dessus des tessons de bouteille qui garnissaient le pignon contre une escalade possible.

Pour rentrer ainsi au milieu de la nuit par la porte de derrière fort éloignée du corps principal de logis, Daubusson avait évidemment quelque chose qui devait l'appeler au fond du jardin, une visite à faire au kiosque, un objet à y prendre, un homme, peut-être celui qui sifflait dans la nuit, à y retrouver, pour causer... affaires.

Mais, en dépit de son courage, Mignonne n'avait pas osé pénétrer après Daubusson dans la rue Sévigné, le suivre jusqu'à la porte du jardin... et attendre les événements. Elle avait eu peur de recevoir un mauvais coup et alors c'en était fait de l'œuvre méritoire qu'elle s'était donnée comme tâche d'accomplir.

Elle aurait pu aussi faire part de ses espérances à Céline Delabrière dont elle connaissait l'extrême bonté naturelle, mais elle ignorait quelles étaient ses dispositions de l'heure présente et ne voulait pas s'exposer en frappant prématurément à sa porte, à une humiliation qu'elle ne croyait pas mériter.

C'était dommage, le salut n'était-il pas dans une action commune conduite avec intelligence et énergie contre les véritables auteurs du crime du pout Sauvetout ?

Telle était la situation au mois de décembre qui avait suivi la condamnation de Pierre Hervé, quand un nouvel indice vint confirmer dans l'esprit de Mignonne ses soupçons sur la culpabilité du boucanier Grand-Louis.

III

UNE SOIRÉE A RIQUIQUI

Ceux qui vont assister à une représentation du théâtre des Variétés, tout reluisant de dorures et de fraîches décorations, avec son lustre à la mode, ses avant-scènes, ses fauteuils d'orchestre recouverts de velours rouge, ses premières galeries, ses travées supérieures, aménagées sur le modèle des grandes scènes, ne se douteraient jamais des débuts plus que modestes, de ce qu'on appelait et de ce qu'on appelle encore Riquiqui.

La salle invraisemblable eût été digne de figurer à Londres, dans une des ruelles sombres qui descendent de la Cité aux docks Sainte-Catherine.

Il n'y avait, à vrai dire, que le parterre séparé en deux catégories par une simple balustrade pleine, souvent franchie sans supplément de prix par les spectateurs mécontents de leur place. Les fauteuils de balcon n'y étaient représentés que par une galerie étroite qui courait au fond de la salle et sur les côtés et par dessus la rampe de laquelle pendaient menaçants, les souliers des boucaniers de la Fosse et des gars du Murchix, à cheval sur la balustrade. Comme pittoresque, cela ne laissait rien à désirer et le spectacle était bien plus souvent dans la salle que sur la scène.

Pouvait-il en être différemment en face d'une troupe comme celle de la mère Leroux dont les sujets, acteurs et actrices, avaient été, à l'école et dans les jeux de la rue, les compagnons du public ? Ne savait-on pas que les enfants Leroux avaient tous pris le goût des planches, à force de les brûler dès leur plus jeune âge et que, grâce à cet entraînement général, ou avait substitué tout naturellement aux marionnettes d'autrefois les interprètes en chair, et en os, sans avoir besoin de les chercher en dehors de la famille ? Ne savait-on pas que les fillettes comme les garçons s'étaient mariés et que les nouveaux venus, gendres ou belles-filles, s'étaient tous enregistrés dans le personnel de la troupe, l'un comme peintre-décorateur, l'autre comme machiniste, un troisième comme souffleur, celui-ci comme coiffeur, celle-là comme costumière, tous comme acteurs ?

Le public les connaissait par leurs noms et prénoms ; aussi les interpellations s'échangeaient-elles souvent par delà la rampe, voire même avec un tutoiement familier, et l'auteur de ce récit a vu, au moment le plus pathétique, quand le traître précipitait le jeune enfant par dessus la margelle du puits, l'attention détournée par une détonation insolite.

C'était un spectateur altéré qui, en coupant la ficelle du bouchon d'une bouteille de limonade gazeuse, venait de rendre à l'acide carbonique comprimé une liberté par trop bruyante. Ailleurs on aurait mis l'intrus à la porte : là c'était chose toute naturelle, comme aussi de faire pleuvoir du balcon sur le parterre, non pas seulement de molles pelures d'oranges, mais aussi des coquilles de noix, des pelures de mandres pointues et autres projectiles non moins désagréables. Et malheur à qui se fût avisé de se plaindre !

Il est superflu de dire que le public ordinaire de Riquiqui ne se recrutait ni dans la noblesse, ni dans la haute bourgeoisie, ni même dans le monde des petits commerçants qui tapissent le fond du parterre au Théâtre-Graslin. C'était presque exclusivement, du moins à l'époque dont nous parlons, la classe ouvrière qui le fréquentait, quand les meilleures places coûtaient quinze sous, le parterre dix et les galeries quatre seulement. Il aurait fallu n'avoir pas quatre ronds à sa disposition pour se refuser le spectacle à si bas prix, et quel spectacle ? Riquiqui ne reculait devant aucun obstacle et eût donné, à l'occasion, les Huguenots eux-mêmes, sans musique, bien entendu, la musique nuisant toujours, comme chacun sait, à l'effet des paroles.

Parfois aussi quelque honnête bourgeois y venait en famille ou quelques jeunes gens de la haute accompagnés de leurs connaissances faisaient irruption dans la salle, ajoutant au programme déjà corsé d'un drame en cinq actes et huit tableaux et d'un vaudeville en trois actes, le spectacle d'une toilette ébouriffante qui provoquait les cocorico du poulailler toujours prêt à la rigolade.

On jouait ce soir-là le Carnaval d'un merle blanc et la Dame de Saint-Tropez. Il y avait foule comme toujours. Au premier rang du parterre, une dame d'un certain âge avait pris place auprès d'une jeune fille qui paraissait sa servante; à côté d'elle, un homme à figure fine et énergique, tout à la fois tenait le dé de la conversation, regardant de droite et de gauche comme quelqu'un qui n'avait pas l'habitude de venir à Riquiqui, c'était Mᵐᵉ Delacour; son neveu Mᵉ Frémaud, le greffier criminel et sa domestique Mignonne.

Le pauvre fille n'avait pas tardé à remarquer, juste au-dessus de l'endroit où ils étaient assis, un groupe bruyant de trois individus qui menaient grand tapage avant le lever du rideau.

— Dis donc, Grand-Louis, t'as donc pas amené Boulotte ?

— Non, ma vieille, all' est allée porter du beurre à sa tante qu'est malade dans un petit pot.

— Dis donc, Grand-Louis, est-ce que cette tante, ça ne serait pas par z'hasard un oncle ?

— Pourquoi pas un cousin ? Veux-tu que je t'administre mon pied quéque part, Planche-à-Pain.

L'Andouillard intervint : — Silence, cria-t-il, en faisant plus de bruit que les autres, vous vous mangerez le nez à l'entr'acte.

Naturellement, personne ne fit silence et le tapage continua comme de plus belle, sans provoquer la moindre protestation du public qui ne se privait pas d'en faire autant de son côté.

Au son de ces voix trop connues, hélas ! Mignonne avait tressailli.

— Voyez-vous qui est là ? dit-elle tout bas au greffier en lui désignant surtout Grand-Louis qui s'était assis sans façon sur la balustrade, dominant du haut de sa casquette de soie la salle tout entière.

En le voyant ainsi, la jeune fille avait eu une idée originale, hardie et qui pouvait, si elle réussissait, lui ouvrir des horizons nouveaux.

Avant que les trois coups sacramentels eussent été frappés, elle sortit :

— Je reviendrai dans une petite heure, dit-elle à Mᵉ Frémaud; gardez-moi ma place.

Elle courut jusqu'à la place du Cirque, monta à sa chambre, y prit dans le tiroir d'une commode un objet peu volumineux qu'elle plia et mit aisément au fond de sa poche, puis s'en vint faire un tour à la place Bretagne où la foire annuelle d'hiver battait alors son plein.

Ce n'était pas le tir timousin qui l'attirait, avec ses œufs vides qui dansaient, au-dessus d'un mince jet d'eau, une polka à laquelle mettait fin le coup de fusil d'un habile tireur; ce n'était pas non plus la grande loterie de Tourtebatte ni son boniment coloré, grâce auquel il pinçait, comme des petits pains, ces fiches garnies de numéros, tous gagnants. Ce n'était pas la parade installée, à grands renforts de grosse caisse, à la porte d'une ménagerie de fauves; ce n'était pas la case où se fabriquaient des bibelots fragiles en verre filé. Mignonne ne regardait que le public, cherchant quelqu'un sans parvenir à le trouver.

— Enfin, devant un tir de macarons, elle eut un cri de joie. Une jeune femme venait, en lâchant le ressort, de faire partir la bille qui, après un circuit, se promenait dans les concavités rouges et noires du jeu, sautillant de l'une à l'autre pour s'arrêter finalement sur la rouge.

— Perdu, dit le marchand : encore un coup. C'est le bon : troisième coup fait tou.

C'était Françoise Lecorollur qui jouait. Charlot était à côté d'elle.

— Enfin , je te rencontre, lui dit Mignonne, j'ai besoin de toi : Françoise m'excusera d'interrompre ainsi votre promenade. Qu'elle vienne avec toi à Riquiqui.

Mignonne donna quelques explications à voix basse à Charlot, puis tous se dirigèrent rue Mercœur, et, à l'entr'acte suivant, ils entrèrent au théâtre. La petite ouvrière reprit sa place près de Mᵉ Frémaud et de Mᵐᵉ Delacour, qui lui exprimait ses regrets : le pièce avait manqué le plus beau de la pièce. Charlot et Françoise montèrent au poulailler et s'installèrent non loin du groupe formé par Grand-Louis, l'Andouillard et Planche-à-Pain.

Les jeunes gens n'avaient pas tardé à se reconnaître et à se regarder en chiens de faïence. Tant que dura le troisième acte de la Dame de Saint-Tropez, ils gardèrent le silence, attentifs au dénouement si pathétique de ce mélo, médiocrement écrit, mais vigoureusement chargé. Mais dès que le rideau fut tombé, les apostrophes commencèrent.

— Tiens, dit à voix haute Grand-Louis à l'Andouillard, vois-tu c't'échappé de prison avec sa d'moiselle de compagnie.

— Si j'y ai échappé, riposta Charlot, tu n'y couperas pas toujours, failli gars.

— De quoi, de quoi ! monsieur s'fâche, répondit Grand-Louis, qui se sentait en force, veux-tu faire la connaissance de Bibi ?

Les deux hommes s'étaient approchés : leurs voisins avaient jugé prudent de s'écarter, leur faisant place. Le public de Riquiqui aimait ces incidents qui s'ajoutaient fréquemment au programme, et servaient à en relever la fadeur par le piment de l'imprévu. Au parterre, au parquet, tout le monde s'était levé, comme un seul homme, tournant le dos à la scène pour jouir du coup d'œil fréquent, mais toujours amusant, d'une dispute au théâtre.

Grand-Louis accentua ses dernières paroles d'un violent coup de poing, qu'adroit comme un singe, Charlot sut s'esquiver. Pendant que Durassier reprenait son équilibre rompu par ce coup porté dans le vide, Charlot lui éraflait la figure en lui enlevant sa casquette qui alla tomber sur les genoux mêmes de Mignonne.

C'est à peine si l'on prit garde à cet incident de minime importance, en comparaison de la violence de la lutte engagée.

Mignonne profita de l'inattention générale pour substituer à la casquette de Grand-Louis celle qu'elle avait rachetée à la vente des pièces à conviction — celle qui avait été ramassée sur le lieu du crime et qu'elle était allée chercher chez elle avant le lever du rideau.

Son plan avait, on le voit, admirablement réussi. En voyant Grand-Louis coiffé d'une casquette semblable à celle qu'elle soupçonnait lui appartenir, elle avait eu l'idée d'en opérer la substitution et, comme on le voit, Charlot s'était prêté tout naturellement de bonne grâce au succès, à l'épreuve qu'elle tentait.

Au bruit de cette querelle, augmenté par les lazzi de la foule, un agent de police intervint, qui essaya de mettre fin à ce scandale, en dressant contre les deux boucaniers un procès-verbal pour contravention à l'arrêté municipal relatif à la police dans les théâtres. Entre pareilles gens les coups échangés ne comptaient pas : il en avaient donné et reçu. Ils étaient quittes. Restait seule l'atteinte portée à l'ordre public dont viendrait aisément à bout une comparution en simple police.

Les deux batailleurs se séparèrent. Charlot alla s'asseoir : Grand-Louis conserva la place qu'il occupait depuis le commencement du spectacle.

Puis quand il fut remis de son émotion, il chercha des yeux au parterre la casquette qui y était tombée.

Mignonne se dissimulait de son mieux, regardant ailleurs, comme si elle était complètement étrangère à cette aventure. Ce fut maître Frémaud qui se leva et qui, plaçant au bout de sa canne la casquette encore anonyme, la lui lissa avec un naturel si parfait qu'il eût été impossible de se douter de la substitution.

— Voilà votre casquette, lui dit-il.

— Tiens, répondit en riant d'un gros rire, Grand-Louis qui venait de reconnaître le greffier de l'instruction, c'est vous, vous êtes trop aimable, merci ma vieille.

Et il se serra les mains à lui-même, faute de pouvoir, vu la distance qui les séparait, les serrer à ce complaisant spectateur.

— Il n'y a pas d'quoi, riposta Mᵉ Frémaud ;

je vous fais retrouver votre casquette, ne me remerciez pas pour si peu.

Mᵉ Frémaud ne continuait la conversation avec le boucanier que pour voir s'il s'apercevait de la substitution. Grand Louis avait remis la casquette sans hésitation; elle s'adaptait parfaitement à sa tête, n'était ni trop petite, ni trop grande et il la garda jusqu'à la fin du spectacle — on ne se découvrait pas toujours à Riquiqui — sans témoigner, de l'avis du greffier, de Mignonne et de Charlot qui regardaient, souvent de son côté, de la moindre surprise. Evidemment cette nouvelle casquette lui allait si bien, qu'il ne s'était pas rendu compte de la métamorphose dénonciatrice qui venait de s'accomplir.

Si le gros du public n'avait suivi la rixe entre Charlot et Durassier qu'au moment même où elle s'était produite, il y avait pourtant aux plus belles places un spectateur qui n'en avait pas perdu un détail.

— Comment ! se disait-il, mais je ne me trompe pas, c'est Mignonne que je retrouve ici. Je ne vais pas la lâcher cette fois-ci.

Ce spectateur n'était autre que Rougeais qui, au sortir du cercle, était entré en flânant pour passer une petite heure à Riquiqui ; il n'est pas besoin de dire qu'il y resta jusqu'à la fin, avalant tout le Carnaval d'un merle blanc sans se négliger une seule scène, afin de retrouver Mignonne à la sortie.

Bien qu'elle fût en compagnie de Mᵉ Frémaud et de Mᵐᵉ Delacour, il n'hésita pas à l'aborder. Il préférait même qu'elle ne fût pas seule. Il aurait craint qu'une pareille conversation ne fût mal interprétée et il n'était pas fâché qu'il y eût des témoins aussi respectables de leur entretien qu'une vieille femme et un homme qui paraissait fort sérieux.

— Pardon, mademoiselle, lui dit-il en l'accostant le chapeau à la main, je désirerais vous parler.

Le groupe qui se dirigeait déjà du côté de la place Bretagne s'arrêta.

— A moi, monsieur : et qu'avez-vous à me dire ?

— Je suis, dit Rougeais immédiatement, un ami de la famille Delabrière et l'autre jour encore j'entendais Mᵉˡˡᵉ Céline se désoler de votre disparition. Par le plus grand des hasards, je viens de vous apercevoir au théâtre en suivant la querelle de ce Grand-Louis et de Charlot et l'idée m'est venue de vous attendre pour savoir où vous demeurez. Elle pourrait ainsi vous prier de venir la voir ; je crois qu'elle voudrait vous parler.

— Monsieur, répondit Mignonne, je ne vous connais pas et je n'ai pas à vous donner mon adresse. Mais, puisque, me dites-vous, mademoiselle Céline a exprimé le désir de me voir, elle me verra.

— A quel moment ? insista Rougeais.

— J'ignore encore le jour et le lieu, mais elle me verra, assurez-le lui. Et sur ce, bonsoir, monsieur.

Le groupe, sur cet adieu, se remit en marche. Mignonne était libre enfin de manifester sa joie.

— Eh bien, monsieur Frémaud, lui dit-elle rayonnante de bonheur, cette fois-ci la preuve est-elle assez complète ?

— Elle se fortifie petit à petit, mais tout cela n'est pas encore suffisant. Il y a plus de deux hommes qui, sur l'article chapeaux ou casquettes ont la même pointure : c'est peut-être par hasard que la casquette trouvée au Pont-Sauvetout a été à Durassier, mais où est la certitude ?

— Soit, dit-elle, je continuerai mes recherches, et foi de Mignonne, à en juger par ce que je sais déjà, je suis sûre, mon cœur me le dit, que je tiendrai mon serment.

Ce soir-là la petite ouvrière dormit d'un sommeil plus calme, plus heureux que d'ordinaire. Elle rêvait sans doute à la mise en liberté de son pauvre Pierre.

IV

LE BILLET DE RENDEZ-VOUS

— Tu es sûr qu'il est sorti ?

— Sûr et qu'il ne rentrera pas de sitôt : je viens de le voir monter en *roulante* découverte avec Boulotte et un autre couple à la porte du 46, rue Franklin et j'ai entendu crier au cocher : « A la côte Saint-Sébastien ! » Tu penses bien qu'il ne quittera pas sa compagnie pour venir ici si j'y suis. Il est huit heures du soir : il ne rentrera pas avant minuit.

— Alors, montons.

Et les deux ouvriers, qui échangeaient ces quelques mots à l'angle de la rue du Marchix et de la rue Saint-Similien, s'engagèrent dans l'allée de la maison portant le numéro 2 de cette dernière rue.

Singulière maison où habitaient, en chambres garnies, les ménages interlopes de la dernière catégorie, où se pratiquait l'union libre dans ce qu'elle a de plus dégradant, où les filles qui battent le trottoir, entraînaient les naïfs qui s'étaient laissé prendre à leur mine provocatrice, sans se douter qu'au moment psychologique l'amant de cœur ferait toc toc à la porte et jetterait à demi-nu dans la rue le godelureau préalablement dévalisé.

Certain clerc de notaire, en rupture de dossier, y avait été surpris dans le simple appareil d'une beauté qu'on vient d'arracher au sommeil d'une nuit qu'il avait cueillie comme une fleur pure et sans tache, sans les pavés de la rue Crébillon. Le pauvre clerc avait été jeté sur le palier en caleçon, un pied dans un de ses souliers, l'autre dans une des bottines de son type facile conquête et c'est dans cet accoutrement héroï-comique qu'il alla demander aide et protection à la police contre ceux qui l'avaient ainsi allégé de sa petite fortune.

C'est là qu'habitait Louis Durassier, seul, depuis que Boulotte avait escaladé quelques marches de plus dans l'échelle du vice qui a ses degrés, tout comme la vertu et qu'elle dissimulait sous une couche plus épaisse de poudre de riz plus parfumée les hontes de son indigne existence.

Il n'y moisissait pas souvent et n'aimait guère la solitude, mais ne fallait-il pas se mettre en garde contre l'accusation de vagabondage qui lui eût fait renouer connaissance avec l'hôtel Lafayette ? aussi payait-il recta et retirait-il de son hôtesse un reçu en règle qu'il pouvait exhiber à l'occasion ? Parfois il prêtait, toujours moyennant finances, son modeste logis à quelque camarade qui avait besoin d'y mener clandestinement une femme. L'ameublement était des plus simples : un lit, une table ronde, un canapé, deux chaises, un secrétaire, un lavabo, le tout dans un état de délabrement et de malpropreté qui ne laissait rien à désirer.

Les deux visiteurs passèrent à la faveur de l'obscurité sans s'arrêter devant le palier du premier étage où demeurait la maîtresse de la maison et atteignirent ainsi le troisième où ils s'arrêtèrent devant une porte où s'étalait, en noir sur ocre jaune, le chiffre 21. C'était là.

Celui des deux visiteurs qui était l'aîné, sortit de sa poche une lanterne sourde qu'il alluma, puis un passe-partout, et l'introduisit dans la serrure dont le mécanisme peu compliqué céda aussitôt. Ils entrèrent.

— Nous voici dans la place, Charlot, grâce à toi. Faisons vite, nous causerons plus tard, dit le plus jeune ouvrier sous la délicate tournure duquel le lecteur a sans doute déjà deviné Mignonne, infatigable à la recherche des preuves de l'innocence d'Hervé.

— Allons, fouillons partout et rapidement.

La visite ne fut pas de longue durée. Sur la table ronde, une plume rouillée plongeait dans une boue noire improprement qualifiée d'encre de la *Petite Vertu* sur l'étiquette restée fixée à la bouteille, comme si la vertu elle-même ne pouvait être que petite dans un pareil milieu.

Le secrétaire ne fermait pas à clef. Mignonne l'ouvrit. Quelques jeux de cartes graisseux et hors d'usage y traînaient, ainsi que des cartes transparentes aux sujets graveleux ; quelques billets signés de Boulotte, la plupart insignifiants ; des photographies de femmes que la jeune fille parcourut en toute hâte.

— Ciel, s'écria-t-elle tout à coup, le portrait de Mlle Céline !

Elle le regarda et le retourna. Au dos se trouvait ces mots : « *A mon bien aimé* » et au-dessous la signature de Mlle Delabrière.

— Emportons-le, fit Charlot.

— Au contraire laissons-le, il ne faut pas, autant que possible, que Grand-Louis se doute de notre visite. Je vais le remettre à sa place, nous saurons au besoin où le retrouver. Regardons tout, mais ne touchons à rien.

Ce secrétaire était un meuble style Empire, garni de six petits tiroirs intérieurs que séparait un espace vide. Mignonne en y passant la main, remarqua sur le bois une entaille qui semblait indiquer une cachette. Le jeu n'en était pas difficile : elle souleva une première planchette, en fit glisser une seconde dans sa rainure et mit ainsi à découvert une cavité qui occupait au milieu du secrétaire une place assez considérable.

Il ne s'y trouvait qu'une boîte en bois ordinaire sans clef et qui rendit, lorsque la jeune fille y porta la main, un son métallique. C'était là que Grand-Louis cachait son trésor. Mignonne ne prit pas la peine de compter cet argent dont le seul contact lui brûlait les doigts, elle le remit bien vite dans sa cachette qu'elle referma avec soin, afin que Grand-Louis ne s'aperçut pas de la visite dont son domicile avait été l'objet.

Assurément ces louis d'or — il y en avait bien, à vue de nez, pour mille ou douze cents francs — ne portaient pas la trace de leur origine ; mais comment Durassier, tout finaud qu'il était, se serait-il tiré d'affaire, s'il lui avait fallu expliquer quel travail personnel ou quel héritage inattendu l'avait mis en possession d'une fortune relativement considérable pour un boucanier « Il ne suffit pas de venir dire à la justice : — « C'est à moi, parce que c'est à moi. » Elle est plus curieuse de son naturel, elle aime à connaître les tenants et les aboutissants et on ne lui échappe pas par de faux-fuyants.

Ce portrait de Céline entre de pareilles mains, cet or qui, sous la clarté de la lanterne sourde, avait comme des reflets sanguinolents, tout cela n'éclairait-il pas d'une lueur nouvelle le salaire du meurtre ? Grand-Louis avait été payé pour tuer Albert Fauvrel, et c'est même parce qu'il n'avait rien à craindre pour le chiffre du salaire qu'il avait abandonné dans les poches d'Hervé, frappé par lui, quelques louis d'or qui devaient compromettre et qui, en fait, avaient compromis l'amant de la petite ouvrière ?

Restait à prouver qui était l'auteur véritable de cet abominable forfait, quelle en était la tête, puisque Grand-Louis, violent et brutal, n'avait été que le bras qui exécutait le crime conçu par un autre ?

A ce moment, il sembla à Mignonne et à Charlot que quelqu'un introduisait une clef dans la porte de la chambre. Un bruit de fer froissé contre les parois d'une serrure s'était fait entendre.

Leur sang se glaça dans leurs veines. Ce ne pouvait être que Grand-Louis qui rentrait chez lui, et qu'allait-il se passer, lorsqu'en pénétrant dans sa chambre, il la verrait occupée par des visiteurs aussi inattendus ?

A tout hasard, l'instinct de la conservation l'emportant, ils se mirent provisoirement à l'abri. Mignonne ferma le secrétaire et courut s'allonger sous le lit de Grand-Louis, où qu'elle put faire d'autant plus commodément qu'elle était travestie en garçon.

Un placard était ouvert, à peu près vide, dans un coin de la chambre, ne contenant que des guenilles. Après avoir fermé sa lanterne sourde pour en dissimuler les feux, Charlot se blottit dans ce placard dont il tira et retint la porte fermée sur lui.

Tout ceci se passait en moins de secondes qu'il n'en faut au lecteur pour en lire le récit.

Il était temps, d'ailleurs, car presqu'au même instant la porte s'ouvrait et quelqu'un entrait dans la chambre.

Charlot, caché comme il l'était, ne pouvait guère se rendre compte de l'identité du nouveau venu. Mignonne, au contraire, devina aussitôt, au pas relativement léger du personnage, que ce n'était pas Grand-Louis et put à grand'peine retenir un soupir de satisfaction. Grand-Louis eût marché d'un pas vigoureux, plus bruyant, comme un homme qui se sent chez lui et sans cette hésitation qui se trahissait dans l'attitude du nouvel arrivant, moins au fait des êtres de la maison que le maître de céans.

Un léger bruit suivit de près : c'était le frottement d'une allumette contre le papier verré de la boîte. La chambre s'éclaira faiblement. L'homme fit quelques pas en avant, s'arrêta à la table ronde, tira un papier de sa poche et l'y déposa. Puis il se retira doucement comme il était venu, sans faire plus de bruit et l'on entendit, la porte une fois refermée, son pas se perdre dans l'escalier.

Quel pouvait être ce visiteur étrange muni de papier de nuit et dont l'attitude mystérieuse et cachée semblait pourtant révéler la crainte d'une surprise ? Qu'était-il venu faire, se demandaient avec une égale curiosité Charlot et Mignonne sortis l'un et l'autre de leur cachette et qui ne l'avaient pas vu remettre de papier sur la table ?

La réponse à la question qu'ils se posaient tout bas, ne se fit pas attendre.

En rouvrant les portes de sa lanterne Charlot aperçut immédiatement sur la table ronde un papier qui n'y trouvait pas auparavant. Le lire fut l'affaire d'un instant. Voici ce qu'il contenait :

> *A Grand-Louis*
>
> *Rendez-vous demain soir à l'endroit ordinaire.*
>
> *Affaire urgente.*
>
> O.-D.

Ces initiales étaient trop parlantes pour échapper à la sagacité de Mignonne.

— Comment s'écria-t-elle, c'est Olivier Daubusson qui est venu tout à l'heure, qui est entré avec une seconde clé que lui a confiée sans doute Grand-Louis et qui a déposé ce papier pour son acolyte !

— Que projetiez-il de nouveau ?

— Rien de bon sans doute. J'aurais dû deviner, à la légèreté du pas, que ce n'était pas Grand-Louis qui s'était introduit ici. Il n'a envoyé son mot par personne : la poste même ne lui a pas paru assez sûre à cause de la logeuse qui aurait reçu la lettre et qui se serait peut-être demandé quelle était cette correspondance. Il est venu lui-même, en personne, chez le meurtrier et le voleur, et pourquoi ? pour lui proposer sans doute quelque autre méfait.

— Dis donc Mignonne, fit Charlot sur un ton d'affectueux reproche, tu feras tes réflexions plus tard et dans un autre endroit. Pour le quart d'heure, filons.

— Et ce billet de rendez-vous ?

— Si nous l'emportons, comment Grand-Louis le connaîtra-t-il ? S'il apprend plus tard que l'autre est venu, comment s'expliquera-t-il que le billet ait disparu ?

— Faisons mieux, dit Mignonne : je vois le recopier et lui laisser mon texte, pendant que nous emporterons l'original. S'il connaît l'écriture de son boucanier, il en sera quitte pour supposer qu'il a dicté ce billet.

Mignonne prit le papier, en déchira la partie inférieure restée blanche et tant bien que mal,

vec la plume rouillée et l'encre boueuse, elle
ajouta les trois lignes du billet, les deux
initiales O.-D., puis elle ajouta de son cru ce
post-scriptum : *Brûlez ce papier une fois lu.*
Que risquait-elle ? si Grand-Louis obéissait
à cette injonction, Daubusson ne saurait jamais
quelle substitution avait été opérée.
Il ne restait qu'à mettre un peu d'ordre dans
la chambre.

En sortant du placard, Charlot, avec la ma-
ladresse habituelle aux garçons, avait trouvé
moyen d'entraîner au dehors les guenilles qui
en tapissaient le fond et qui y moisissaient depuis des semaines et des mois.
Mignonne s'en aperçut heureusement à temps.

— Tu faisais là un beau coup lui dit-elle.
Éclaire-moi un peu, que je remette tout ce fouil-
lis en place.

Charlot obéit et Mignonne se baissa à terre
pour renfoncer dans le coin inférieur du placard
ces chiffons sans valeur, quand soudain elle
poussa un cri :

— La cravate ? fit-elle.

— Quelle cravate ? demanda Charlot, qui ne
songeait à rien moins qu'aux guenilles de Durassier.

—...Celle-là, je l'emporte, continua Mignonne
sans répondre à l'interrogation de Charlot, et
je ne crois pas commettre un bien gros crime
en m'en emparant.

— Mais encore ?

— Tu sauras tout cela plus tard : partons.

L'expédition avait été de plus heureuses et la
culpabilité de Durassier et de Daubusson n'é-
tait pas douteuse pour Mignonne. Évidemment
cela ne suffisait pas à prouver judiciairement,
avec témoins à l'appui, l'innocence de Pierre
Hervé et la petite ouvrière était la première à
le sentir. La cravate ? Grand-Louis nierait mor-
dicus qu'elle fût à lui : comment établir le contraire. La photographie de Céline ? Du jour au
lendemain, il pouvait la détruire : dans le cas
contraire, il l'aurait soi-disant trouvée dans la
rue ou achetée chez un fripier de la place Bretagne. L'or ? au besoin, il eût nié qu'il connût
cette cachette : cet or n'avait-il pas pu être
abandonné dans ce meuble secret par un pré-
cédent locataire ? et n'a-t-on jamais vu d'exemple de trésors ainsi enfouis et retrouvés par l'effet du hasard ? Au besoin, il aurait affirmé que
ces picaillons étaient bien à lui, puisqu'il le devait à la générosité de Boulotte, dont il exploi-
tait l'inconduite.

Il fallait donc, pour atteindre le résultat dé-
siré, arriver à un aveu formel des coupables
ou à des preuves tellement concluantes qu'ils
fussent dans l'impossibilité de nier.

Peut-être ce rendez-vous pour affaire urgente
donné par Daubusson à Durassier fournirait-il
l'occasion tant désirée. Qu'est-ce que le cousin
de Céline Delabrière pouvait bien vouloir encore au meurtrier Grand-Louis ? Allait-il le mettre dans la confidence de quelque nouveau crime ? ou l'affaire urgente dont il voulait l'entretenir n'était-elle pas la suite toute naturelle
de son premier forfait ? Faire disparaître son
rival, c'était déjà quelque chose, mais il fallait
aussi pouvoir le remplacer de gré ou de
force. De force ! ces deux mots venus, par cette
association d'idées à l'esprit de Mignonne lui
donnèrent à penser que la prochaine campagne
d'Olivier serait dirigée contre Céline.

À tout hasard, elle confia à Charlot le soin de
filer Grand-Louis le lendemain soir, de connaître l'endroit ordinaire de leurs réunions dont
elle se doutait bien un peu, puisqu'elle-même
avait déjà suivi Daubusson et, une fois ce endroit découvert, de la prévenir ou, si les circonstances lui paraissaient plus favorables, de
surprendre tout ou partie de leur secret.

— Sans en être certaine, j'ai lieu de croire
qu'ils se verront rue Sévigné dans le kiosque
du jardin Daubusson.

— Ah ! si j'en étais sûr !

— Eh bien, que ferais-tu ?

— Je m'introduirais, à la faveur de la nuit,

dans le jardin, je m'y blottirais dans un coin de
façon à tout r'luquer sans être vu et si j'n'entre
pas dans la maisonnette, j'tâcherai d'en voir et
d'en savoir autant que si j'étais d'dans.

— Allons, lui dit Mignonne, au petit bonheur
la chance ! J'ai tellement idée que le rendez-
vous est là, que j'accepte ton offre. Tâchons de
réussir.

Mignonne et Charlot s'étaient alors séparés.

La pauvre fille était ravie de son expédition :
elle cacha précieusement dans une petite boîte
le billet d'Olivier et alla reprendre le bout de la
cravate ramassée sur le lieu du crime pour le
comparer à celui qu'elle avait découvert dans
les guenilles de Grand-Louis. Ils s'adaptaient
parfaitement ; il n'y avait pas eu de coupure
faite à l'aide d'un instrument tranchant, couteau
ou ciseaux, on voyait que les deux morceaux
avaient été séparés violemment, les fils étaient
rompus d'une façon inégale, sans pourtant que
l'effort eût été considérable, eu égard à la ma-
turité de la cravate.

— Ah ! monsieur Frémaud, si nous pouvions
les tenir ! s'écria-t-elle quand le soir elle revit
le greffier, à qui elle fit part naturellement des
moindres détails de cette expédition nocturne.

— Ma chère enfant, vous approchez du but,
mais tant que vous ne les aurez pas surpris en
présence de témoins qui vous apporteront l'appui de leur parole, vos déclarations à vous et
à Charlot, ne signifieront pas grand'chose parce
que vous êtes trop directement intéressés à in-
nocenter Pierre Hervé.

— Que faire alors ?

— Prévenir Mlle Céline Delabrière et M. Rougeais, leur révéler tout ce que vous savez et
marcher d'accord avec eux.

V

LE PAVILLON DE LA RUE SÉVIGNÉ

Nuit sombre.

Une porte s'ouvre sous la pression d'un individu qui s'était enfoncé et bientôt perdu dans
une ruelle où l'on n'eût pas distingué à deux
pas un chien d'un loup, tant l'obscurité était
grande.

C'est dans un jardin qu'il se trouve. Il faisait
déjà noir dans la rue, il fait plus noir encore
au milieu de ces grands arbres qui intercep-
taient jusqu'à cette obscure clarté qui tombe
des étoiles, s'il y avait des étoiles au ciel cette
nuit-là.

L'individu est prudent, il ferme le verrou intérieur qui grince lugubrement. Il a plu toute
la journée, car nous sommes dans la saison
d'hiver, et s'il ne *mouille* plus, comme on dit à
Nantes, il souffle une petite bise glaciale.

— C'est pas tout ça, se dit à demi voix le
personnage, qui n'était autre que Grand-Louis,
comme s'il eût craint de ne pas s'entendre s'il
ne s'était adressé la parole à lui-même, annon-
çons-nous.

Et portant ses doigts à sa bouche, il fit retentir
le triste cri de la chouette à travers le silence
sinistre de la nuit.

Il le répéta trois fois à intervalles égaux. Le
dernier cri s'était éteint depuis quelques instants, quand le coin de droite du jardin s'éclaira
faiblement. Une porte entrebaillée laissa passer
un filet de lumière qui permit au visiteur nocturne de s'orienter plus aisément. Il s'avança
du côté où la clarté s'était montrée, monta deux
ou trois marches et entra en poussant la porte
toute grande.

Cette fois le jardin tout entier s'illumina, mais
d'une lueur passagère qui disparut presque aussitôt. La porte se referma et tout rentra dans
l'obscurité.

— À chacun son tour, murmura bientôt la voix
d'un homme qui semblait à cheval sur le mur de
clôture, et, presque au même instant, une
forme humaine se laissant glisser avec autant
de précaution que d'agilité, vint tomber à l'in-

térieur du jardin. Un chat n'eût pas montré plus
d'élasticité et de souplesse dans cette chute de
huit pieds environ.

C'était Charlot qui, fidèle à la promesse qu'il
avait faite la veille à Mignonne, venait de suivre
Grand-Louis au rendez-vous mystérieux dont
ils avaient surpris le secret.

L'affaire était grave puisqu'il s'agissait de
s'introduire la nuit avec escalade, dans une
maison habitée et qu'avec les antécédents judiciaires de Charlot, une pareille tentative pouvait, le cas échéant, être mal interprétée. S'il
était pris, ne serait-il pas traité comme un vulgaire malfaiteur, alors qu'il voulait au contraire s'ériger en justicier ? et ne l'accuserait-
on pas d'avoir essayé de dévaliser la maison
d'Olivier Daubusson, comme il l'avait fait l'année précédente du cadavre encore tiède d'Albert
Fauvel ?

Aussi Mignonne et Charlot, ce dernier, sur
les conseils de la petite ouvrière, résolurent-
ils de s'en ouvrir à M. Rougeais, n'osant aller
directement frapper à la porte de Mlle Delabrière.

Il était six heures du soir quand ils se présen-
tèrent, Mignonne en costume de garçon, au
petit hôtel qu'il occupait rue de la Rosière.

— Qui annoncerai-je à monsieur ? demanda
cérémonieusement le valet de chambre à ces
deux visiteurs, dont la toilette, sinon la mise,
lui semblait suspecte.

— Annoncez Mignonne, répondit la jeune
fille.

Le valet tressaillit au son féminin de cette
voix qui contrastait avec le costume de son interlocuteur et s'en alla faire part à son maître
de la crainte que lui inspirait cette singulière
visite.

Rougeais devina de quoi il retournait et fit
entrer Mignonne et Charlot dans la salle à manger où il était précisément en train d'achever
son repas.

— Vous permettez que je finisse de dîner devant vous, leur dit-il.

Et comme ils faisaient tous deux un geste
affirmatif :

— Asseyez-vous là et contez-moi ce qu'il y a
de nouveau.

C'était en réalité la première fois que, depuis
le jour du jugement fatal, la jeune fille se trouvait en présence d'une personne restée sympathique à Pierre Hervé, malgré sa condamnation.
Elle le savait, du peu de mots échangés avec
lui à la sortie de Riquiqui, en relations d'amitié
avec Mlle Delabrière et considérait par là que ce
qu'elle lui dirait, ce serait à Céline elle-même
qu'elle le ferait savoir. Ne devait-il pas lui répéter tout ce qu'il apprendrait au sujet de la
mort de Fauvel ?

Mignonne fit donc à Rougeais un récit résumé,
mais fidèle des efforts tentés par elle pour dé-
montrer l'innocence d'Hervé et du succès relatif
qu'elle avait obtenu.

Tandis qu'elle parlait, la physionomie de Rougeais reflétait les sentiments qui s'agitaient au
fond de son âme. Tant qu'il ne s'était agi que
des faits et gestes des boucaniers, de la cus-
quette de Grand-Louis, de l'acquisition des pièces
à conviction, il avait prêté à la narration de la
jeune fille une certaine attention, sans toutefois
laisser apercevoir l'agitation qui s'emparait de
lui. Mais quand elle en arriva à la visite de Daubusson dans la chambre de Grand-Louis, Rougeais ne put retenir son indignation :

— Oh ! la canaille , s'écria-t-il, le misérable !
Quel nouveau crime médite-t-il encore !

Puis , comme s'il eût , au dernier moment ,
voulu reculer devant une pareille supposition :

— Êtes-vous sûre que c'était lui ? vous ne
l'avez pas vu ?

— Non , mais il a écrit et signé son billet de
rendez-vous et le voici... connaissez-vous son
écriture ?

Ce n'était que trop clair.

— Eh bien , mes amis, dit Rougeais rappro-
chant par cette appellation familière la distance

sociale qui le séparait de ses visiteurs, que comptez-vous faire à présent ?

— Nous venions un peu vous le demander, dit Mignonne et prendre conseil auprès de vous.

— Je pensais suivre ce soir Grand-Louis, dit Charlot, ce qui me sera d'autant plus facile que le rendez-vous est sans doute toujours le même, rue Sévigné.

— Chez Daubusson ? s'exclama Rougeais.

— Chez lui-même. Une fois là, j'entrerai.

— Comment ?

— Par la porte ou par la fenêtre, mais j'entrerai. Faut bien que la gymnastique serve à quelque chose. On a de petits talents de société.

— Mais quand vous serez entré ?

— Au p'tit bonheur la chance. Je m'laisserai aller à mon inspiration et du diable si je ne découvre pas quelque chose.

Rougeais ne pouvait s'empêcher d'admirer cette énergie insouciante du danger, cette gaîté de caractère inaltérable au moment de s'engager dans une expédition périlleuse et surtout ce dévouement que rien ne décourageait à l'égard de l'ami malheureux.

Quant à lui, les démêlés des boucaniers entre eux ne l'intéressaient guère ; mais ce qui, par contre, le préoccupait au point suprême, c'était le rôle de Daubusson, et il considérait comme un devoir, en présence de la confiance que lui témoignait Céline, de le tirer au clair. Il le soupçonnait déjà de n'être pas étranger à un crime qui lui avait servi plus qu'à personne et voilà que Mignonne lui mettait pour ainsi dire sous les yeux la preuve de la complicité d'Olivier, de ses relations avec des gens sans aveu comme Grand-Louis qu'il allait poursuivre jusque dans son repaire, voilà que Charlot se disposait à surprendre le secret de cet entretien mystérieux.

Comment, avec sa nature ardente et généreuse, aurait-il pu rester indifférent à l'expédition nocturne que préparait l'ami d'Hervé ?

— Je serai des vôtres, leur dit-il enfin.

— Vous, monsieur, répliquèrent ensemble Mignonne et Charlot qui saluaient ainsi moins la collaboration effective de Rougeais que l'appui moral qu'il donnait ainsi à leur entreprise. Que vous êtes bon !

— Ne l'êtes-vous pas aussi ?

Puis, sans leur donner à l'un ou à l'autre le temps de lui répondre, il continua :

— Je ferai le guet après votre entrée dans le jardin et pour peu que quelque danger vous menace ou que mon aide vous paraisse nécessaire, vous m'appellerez en imitant le sifflement du merle et j'accourrai.

Charlot ne put s'empêcher de demander :

— Mais comment entrerez-vous ?

— Comme vous-même : ne me croyez-vous pas assez agile pour escalader un mur de trois mètres ? Vous me verrez à la besogne. Et vous, ma chère Mignonne, vous attendrez chez moi, si vous le voulez bien, le résultat de notre expédition et vous n'attendrez pas longtemps, puisque la rue Sévigné est à deux pas d'ici.

— Soit, fit-elle.

Quelques heures plus tard, conformément au programme, Charlot faisait dans le jardin d'Olivier Daubusson, l'entrée dont nous avons parlé.

Il ne connaissait pas la situation des lieux, bien que Rougeais qui avait une fois ou deux jadis rendu visite au cousin de Céline, lui en eût fait la description approximative. Il savait toutefois qu'au fond du jardin se trouvait un kiosque élevé de quelques marches au-dessus du sol et qui servait de pavillon d'été à Daubusson.

C'était beaucoup d'être dans la place : encore fallait-il s'approcher sans bruit du kiosque, y découvrir quelque jour, quelque interstice qui permît d'y coller l'oreille ou d'y appliquer un œil afin de découvrir, soit par les gestes, soit par les paroles de ceux qui s'y étaient enfermés, le sujet de leur conversation.

Charlot s'orienta de son mieux. Il n'était pas possible de faire le tour du pavillon, adossé sur deux de ses faces aux murs de clôture de la propriété : le troisième côté présentait bien une fenêtre, mais elle était doublée intérieurement d'un volet clos avec soin et qui ne devait pas s'ouvrir bien souvent, en tous cas qui ne laissait passer ni un filet de lumière ni un filet de voix.

Il ne restait donc au jeune boucanier que la ressource d'aller écouter à la porte d'entrée du kiosque, au risque d'y être surpris si elle venait à être ouverte brusquement.

Il s'y résolut pourtant, avançant avec précaution et il s'assit sans bruit, retenant presque sa respiration, avec un mépris absolu du mauvais temps qu'il faisait et qui s'expliquait à merveille puisqu'on était arrivé vers la fin de février. Une fois assis sur l'une des marches du pavillon, il essaya de découvrir dans le panneau de la porte une fente à travers laquelle il aurait pu apercevoir quelque chose, mais il ne vit d'abord rien ; il essaya d'entendre des bribes de la conversation assurément fort intéressante qui se tenait à l'intérieur, mais aucun bruit n'arrivait à son oreille sauf un pétillement comme celui qu'aurait produit un feu de sarment allumé dans la cheminée.

Il se désespérait déjà de revenir bredouille d'une expédition si bien commencée, il songeait presque à se retirer, quand tout à coup...

Mais profitons du privilège du romancier qui a quelque peu le don d'ubiquité et voyons ce qui se passait à l'intérieur du pavillon, au moment où Grand-Louis y faisait son apparition.

Un jeune homme, à la figure pâle et fatiguée, l'air éveillé comme il arrive aux gens obsédés par une idée fixe, était assis dans un fauteuil de bureau, les pieds dans une chancelière fourrée, devant un secrétaire dont la porte en manière de pont-levis était rabattue et formait pupitre. Quelques papiers étaient épars devant lui, qu'il parcourait machinalement sans les lire. Quand avaient retenti dans le silence de la nuit les trois coups de sifflet, Daubusson — car c'était lui — tressaillit.

— Enfin, dit-il, le voici : je finissais par croire qu'il n'arriverait pas.

Grand-Louis entrait au même instant.

— Sommes-nous bien seuls ? demanda le boucanier après avoir échangé quelques mots de politesse banale avec son interlocuteur.

— Assurément, mais que pouvons-nous craindre ici, chez moi ?

— Tout et rien : je me méfie, sans savoir pourquoi, de tout ce qui nous entoure, et les murs ont des oreilles.

— Les miens sont sourds : toutefois je vais les assourdir encore.

Daubusson se leva, s'en fut chercher dans un coin un paravent qu'il déplia, et dont il entoura la cheminée devant laquelle le boucanier et lui s'étaient assis.

— Êtes-vous rassuré, maintenant, poltron ? dit Daubusson. Nous voici deux fois chez nous et nous causerons en toute liberté de l'affaire pour laquelle je vous ai appelé.

— C'est donc une affaire nouvelle ?

— Oui, et des plus urgentes.

— S'il s'agit encore d'estourbir quelqu'un, je n'en suis plus : j'en ai assez comme cela, et je ne tiens pas autrement que ça à aller embrasser le pavé de la place Viarmes.

— C'est moins grave : un enlèvement, un tout petit enlèvement. Une jeune fille que j'aime et qui ne m'épousera qu'à la condition que je contraigne ses parents à ne plus pouvoir me la refuser.

— Nous allons tout d'abord faire nos conditions, mais, avant tout, il faudrait me rendre certain papier signé de moi et par lequel je me sens trop à votre discrétion. Si vous passiez de vie à trépas et que ce billet doux se retrouvât dans votre bureau, il pourrait m'en cuire. D'ailleurs, j'aime pas à laisser traîner mes autographes.

— Je fais toutes vos volontés, répondit Daubusson, et il chercha dans un des tiroirs du secrétaire l'aveu de l'agression nocturne qu'autrefois Grand-Louis avait tenté d'accomplir contre lui.

— Tenez, voici votre papier.

Le boucanier, toujours défiant, le prit, s'assura que c'était bien cela, et le déchira en morceaux qu'il jeta à terre.

— Et maintenant, je suis tout oreilles.

Daubusson se mit à lui expliquer le plan auquel il avait songé pour contraindre Céline Delabrière à un mariage dont elle ne pouvait plus supporter l'idée.

Était-il possible que tant d'efforts, tant de sang versé, tant d'argent dépensé n'eussent pas amené un meilleur résultat ? Olivier avait espéré, une fois Albert Fauvel mort et oublié — les morts vont vite — qu'il ne tarderait pas à reprendre dans le cœur de sa riche cousine la place que le défunt y avait occupée, mais il s'était heurté d'abord à une résistance polie, enguirlandée de protestations d'amitié dont il devinait le peu de sincérité, puis à l'explosion de colère qui s'était manifestée sur le bastion de la maison de campagne, et qu'il n'avait pas effacée de sa mémoire.

Céline se doutait-elle de quelque chose ? Assurément non. Il était inadmissible qu'avec la situation sociale qu'elle occupait dans le monde, elle eût pu soupçonner ses relations avec des escarpes et des voleurs, et, en tous cas, sur quelle preuve aurait-elle pu appuyer un pareil pressentiment ?

Son affection pour elle ne devait pas la surprendre, puisque dès leur plus tendre enfance, il la lui avait manifestée. N'était-il pas tout naturel, au contraire, qu'il eût cherché à conquérir son amitié et à lui demander la permission d'espérer que son deuil de fiancée ne serait pas éternel.

Et pourtant, son refus avait été net jusqu'à la brutalité, et ce qui avait fini par exaspérer Daubusson, c'est qu'il avait cru soupçonner que cette haine du mariage, elle ne l'éprouvait que pour lui et pas Rougeais, par exemple, était beaucoup mieux vu par Céline et beaucoup mieux reçu que lui par M. et Mme Delabrière. Se verrait-il encore une fois supplanté par un nouveau rival ?

Malgré le congé que lui avait en quelque sorte signifié Céline, il n'avait pas cessé ses visites à la famille Delabrière.

Comment aurait-il pu expliquer raisonnablement cette brusque abstention, cette rupture absolue avec son oncle et sa tante qui avaient toujours été très bienveillants pour lui, avec sa cousine même sous être en même temps forcé de faire connaître l'humiliation qui lui avait été infligée par Céline ?

Il était donc revenu d'abord à la Bicoque, puis rue de l'Héronnière quand au début de l'hiver, M. et Mme Delabrière étaient rentrés en ville et, chose étonnante, il avait été plutôt bien accueilli par Céline, comme si la jeune fille, toujours bienveillante, avait tenu à lui faire oublier les paroles dures qu'elle lui avait adressées. Encouragé par cet accueil auquel il ne s'attendait pas, il avait repris quelque espoir, mais dès que, revenant à la charge, il s'était hasardé à amener la conversation sur le chapitre mariage, il avait été repoussé avec perte.

Cousin et cousine, oui, tant qu'il voudrait. Mari et femme, jamais.

En face de cet ultimatum, il avait compris qu'il lui faudrait recourir pour venir à bout d'un entêtement aussi raisonné, à d'autres moyens qui enlèveraient à Céline la possibilité de se marier, à moins que ce ne fût avec lui. À force de mûrir en lui-même la même pensée, il finit par s'y rattacher violemment, comme le malheureux sur le point de se noyer, se rattache à l'importe quelle branche. Ce qu'il fallait, c'était compromettre Céline, c'était sans toucher à un seul cheveu de la tête de sa chère cousine, faire avec elle et provoquer pour cette faite un esclandre tel qu'il ne fût possible d'y trouver d'autre remède que le mariage.

Sans doute, un pareil procédé n'était pas à l'abri de la critique ; d'aucuns le blâmeraient comme une atteinte portée à la dignité de l'hymenée, d'autres y verraient peut-être un moyen violent de capter une dot considérable, mais est-on jamais à l'abri des mauvaises langues du monde ? et ne pourrait-il pas à son tour répondre à ces accusations par l'excuse d'une irrésistible passion ? Elle lui résistait, il l'avait enlevée. Et la plupart des gens, plus disposés à croire le mal que le bien, auraient pardonné à ce pauvre garçon victime d'un amour qui touchait à la folie pour sa jeune cousine. Qui sait même si, au fond, ils n'étaient pas d'accord, et si Céline ne s'était pas prêtée à cet enlèvement, pour venir à bout du mauvais vouloir de ses parents qui ne trouvaient pas leur neveu assez riche pour aller de pair avec leur fille ? Après tout, quand l'amour préside à une pareille entrée en ménage, il n'y a que demi-mal à se passer provisoirement du maire et du curé pourvu que la réparation suive de près le dommage ? et Daubusson était prêt à réparer aussi vite que la famille Delabrière aurait pu le désirer.

Le jeune homme comptait sur ce mouvement de l'opinion pour trouver une excuse au crime nouveau qu'il méditait et faut-il le dire ? il n'avait pas absolument tort.

Quant à Céline elle-même, il ne s'en inquiétait guère. Elle serait indignée sans doute, elle lui garderait une haine mortelle de cette violence devant laquelle il n'aurait pas reculé ! mais qu'importait, pourvu qu'elle finit par consentir au mariage, seul but de ses efforts ? Et ils se chargeraient de la compromettre assez gravement pour qu'en dépit de ses rancunes et de son obstination. Jamais elle ne serait assez folle pour rester éternellement fille, alors qu'un mari était là, tout prêt à faire oublier la faute commise dans une heure d'égarement passionné.

Est-il besoin de dire que Daubusson se dispensa de faire part à Grand-Louis de ces réflexions qui l'avaient amené à prendre une résolution suprême ? Avec le boucanier, il fallait en venir directement au fait et Daubusson dut se montrer d'autant plus précis dans ses explications que Grand-Louis était plus net dans les questions qu'il lui posait.

Le prix une fois débattu, un à-compte une fois versé, les deux acolytes abordèrent les détails mêmes de l'enlèvement.

— Il s'agit de qui ? demanda le boucanier.
— De ma cousine, Mlle Delabrière.
— Je m'en doutais : et quel âge a-t-elle ?
— Dix-neuf ans.
— Diable, diable, elle est mineure, fit Grand-Louis qui avait si souvent côtoyé les frontières du Code pénal qu'il en connaissait toutes les sinuosités : c'est plus grave, enlèvement de mineure, cinq à dix ans de réclusion. Enfin, les mineures de dix-neuf ans sont si près de leur majorité qu'au besoin les jurés n'y feraient pas de différence.

Puis, changeant brusquement d'idée :
— Et vous l'enlevez quand ? demanda-t-il.
— Le plus tôt sera le mieux.
— Que dirlez-vous des fêtes du carnaval ? Rien ne serait plus propice que la journée ou la soirée de mardi-gras où toutes les folies sont permises ou du moins excusables.

Et il ajouta, en guise de plaisanterie et comme se parlant à lui-même :
— Cela fera une mariée du mardi-gras des plus divertissantes.

Cet à-parte que Daubusson avait entendu, n'avait pas laissé que de l'énerver encore. Non pas qu'il professât pour Céline un bien grand respect et un amour bien sincère, mais au fond il était gêné de voir qu'un misérable boucanier, abusant des droits que lui assurait un complicité éphémère, se permit à son tour des libertés de langage aussi déplacées.

Une vive rougeur lui monta au front.
— Ce paravent est insupportable, la pièce est

si petite et le feu est si fort que je vais l'enlever.

Il ne se doutait pas qu'en retirant le paravent il faisait disparaître en même temps le seul obstacle qui empêchait Charlot, toujours assis au dehors sur les marches du pavillon, de surprendre le secret de cette intéressante conversation.

Charlot examina, par l'interstice de la porte qui fermait mal, l'intérieur du logis, sans perdre un mot de l'entretien qui continuait ainsi :
— Va pour le mardi-gras ! fit Daubusson.
— Il nous faudra une voiture dont le cocher sera l'un des nôtres, moi sans doute ; au besoin l'Andouillard se déguiserait en agent de police. Planche-à-Pain et quelques autres camarades, moyennant un costume, des bottes vernies, des gants blancs et une ou deux roues de derrière, ne demanderont pas mieux que de nous donner un coup de main et Boulotte, au besoin, serait des nôtres. Enfin, n'arrêtons rien de définitif pour l'instant. Je vais réfléchir à ce qui me semblera le plus pratique.
— C'est cela, fit Daubusson : pensez-y et pesez bien le pour et le contre.
— Autre point, demanda le boucanier : où mènerons-nous votre *infante* ?
— D'abord au plus près, ensuite dans une petite maison de campagne que je vais louer tout exprès à son intention.
— Au plus près ? pourquoi ne serait-ce pas précisément chez Boulotte qui demeure rue Franklin, comme vous savez ; c'est-à-dire au centre même de la ville et du mardi-gras. Une fois là, un bon narcotique suffirait à vous permettre de la transporter sans danger où bon vous semblera. Le chloroforme n'a pas été inventé pour les chiens. Reste à savoir comment nous parviendrons à faire sortir le soir du carnaval votre cousine à une heure assez tardive pour mener à bonne fin notre expédition ?
— Ceci, c'est mon affaire, répondit Daubusson. J'y réussirai sans trop de peine, j'espère : le reste vous regarde et je le m'apparaîtrai qu'une fois l'enlèvement terminé.

A ce moment un bruit étrange se fit entendre dans le jardin, à la porte même du pavillon : quelqu'un venait d'éternuer. C'était Charlot qui, saisi par le froid de la nuit, n'avait pu retenir cette manifestation involontaire de sa présence.

Leste comme un chat, Grand-Louis s'était élancé vers la porte qu'il avait ouverte et de là dans le jardin. Charlot qui s'était aperçu de l'imprudence commise par lui, s'était déjà levé mais ne s'était pas encore mis en posture défensive, tant avait été vive la brusque sortie de Grand-Louis. Aussi ne put-il pas éviter le coup violent que ce dernier lui porta à la tête avec un casse-tête dont il était toujours muni.

Charlot poussa un cri terrible et tomba sans connaissance sur le sol humide du jardin.
— Apportez la lumière, dit Grand-Louis à Daubusson, que nous voyons un peu quel est le particulier que j'ai détérioré.
— Vous auriez peut-être mieux fait de le voir avant de le maltraiter.

Sans s'arrêter à cette observation, Grand-Louis prit des mains de son acolyte la lumière que celui-ci venait d'apporter et dévisagea l'individu qui gisait à terre.
— Tiens, c'est Charlot, dit-il d'un air de satisfaction, l'affaire est bonne.
— Comment ! bonne, répondit Olivier d'une voix altérée par l'émotion, mais il a surpris notre secret.
— Il n'a rien surpris du tout, nous avons toujours parlé bas et nous avions le paravent, *grâce à moi*, fit Grand-Louis, en insistant volontairement sur ces trois derniers mots, mais il y a mieux ! Vous allez me faire le plaisir de dénoncer à la police ce rôdeur de nuit qui, pour se venger d'un des témoins à charge de l'affaire du Pont-Sauvetout, témoin riche et considéré, s'introduit nuitamment chez lui, sans doute pour le voler.
— Mais s'il vous a vu, s'il vous a reconnu ?

— Impossible, puisque je ne l'ai reconnu, moi, qu'après *coup*.

Et il se mit à sourire du méchant jeu de mots qui lui était venu sur les lèvres.
— Mais s'il est grièvement blessé ?
— Tant mieux pour nous, nous serons encore plus sûrs qu'il ne dira rien : en tous cas, tant pis pour lui : il s'est introduit chez vous, la nuit, par escalade, vous êtes en cas de légitime défense.
— Mais s'il nous accuse ?
— Qui le croira ? un *malva* comme lui, qui a échappé par miracle aux galères l'an passé. Tout ce qu'il dira et rien, je vous en donne mon billet, ce sera *kif-kif*.
— Qu'allons-nous faire maintenant ?
— Moi, je vais me tirer des *flûtes*, et vous, vous ferez bien de prévenir les agents.
— A pareille heure ?
— Pourquoi non ? Vous dormiez, vous avez été réveillé en sursaut pendant la nuit par le bruit que faisait un malfaiteur, vous êtes descendu armé d'un casse-tête et vous avez frappé pour défendre votre propriété. C'est simple comme bonjour.

Pendant l'échange de ces paroles, Charlot était étendu immobile, perdant le sang par une blessure grave au front.

Olivier reprit la lumière et fut effrayé de la pâleur livide, presque cadavérique, de Charlot.
— Soignons-le d'abord, dit-il, que je me donne du moins vis-à-vis de la justice l'attitude d'un homme qui, après s'être défendu, n'a pas cependant abandonné son agresseur mourant, sans lui venir en aide.
— Soit, fit Grand-Louis, puisque vous le voulez. La perte ne serait pourtant pas bien grande, s'il n'en revenait pas.

Les deux hommes se dirigèrent vers la maison d'habitation et y entrèrent : quand, cinq minutes plus tard, ils en revinrent, portant une cuvette d'eau, une éponge, quelques linges, un flacon d'arnica et des sels anglais, ô surprise ! ô terreur ! le corps de Charlot avait disparu.
— *Saperlipopette !* s'écria Grand-Louis, le diable s'en mêle contre nous !

Olivier était resté muet de stupéfaction.

Les deux complices n'en revenaient pas. Le coup avait été si violemment porté, le sang avait coulé avec tant d'abondance qu'il semblait impossible que, pendant leur courte absence, Charlot eût pu reprendre connaissance, ouvrir la porte et s'enfuir.

Mais si les choses ne s'étaient pas passées ainsi, s'il n'avait pu s'éloigner seul, il fallait croire qu'il avait avec lui des camarades qui, témoins de la scène, avaient eu assez de sang-froid pour ne pas intervenir au moment suprême et assez de force de caractère pour enlever en deux temps et trois mouvements le corps de Charlot évanoui ou mort, ce qui n'est jamais chose bien facile.

A quelque alternative que dussent s'arrêter Olivier et Grand-Louis, ils n'en étaient pas moins inquiets de cette mystérieuse disparition. Si Charlot, moins grièvement atteint qu'ils ne l'avaient supposé, avait fui seul, n'était-il pas maître de leur secret ? N'allait-il pas le mettre à profit contre eux ? Si, au contraire, il était accompagné de quelques camarades, ceux-là savaient tout aussi et ils devenaient pour Grand-Louis et Daubusson d'autant plus dangereux qu'ils restaient inconnus. En tous cas, le champ était grand ouvert aux hypothèses.
— Voilà où nous a conduits votre sensiblerie, fit en grognant le boucanier : Monsieur veut soigner ses pires ennemis ; pourvu qu'ils n'essaient pas de nous le rendre et qu'à leur tour ils ne se mettent pas en tête de vouloir nous *soigner*.
— Que faire à présent ? demanda Olivier, sans répondre aux récriminations de son interlocuteur, dont il approuvait trop tard la justesse.
— Faire le mort. Comme de juste, *motus* à la police, qu'il est inutile à présent de mettre dans la confidence de nos petites affaires. Je tiens

avant tout à savoir ce qu'est devenu Charlot, et d'après ce que j'apprendrai, nous aviserons. A demain soir, ici.

— A demain.

Et comme Grand-Louis quittait le jardin par la porte de la rue Sévigné :

— Tout ceci, fit-il, est diantrement embrouillé. Je n'aurai de cœur tranquille qu'après avoir consulté la somnambule de Boulotte, sur l'issue de cette nouvelle entreprise. Les *fafiots*, c'est très agréable à palper, mais à la condition de ne pas rendre visite en même temps à l'abbaye de Monte-à-Regret.

La scène qui s'était passée, le lecteur l'a aisément reconstituée.

De faction dans la rue Sévigné, Rougeais que Mignonne déguisée en garçon n'avait pas voulu abandonner, avait entendu le cri terrible poussé par le malheureux Charlot et devina qu'il se passait quelque nouveau drame derrière ce mur au travers duquel il aurait voulu pouvoir tout examiner.

Il n'hésita pas, lança sur la crête du mur une corde à nœuds terminée par un crochet dont il s'était muni et qui s'y adapta et se mit en devoir d'escalader à son tour la clôture du jardin. Nous avons dit combien il était rompu à tous les exercices du corps : il ne lui fallut qu'un moment pour arriver sans bruit au faîte de la muraille où il était caché par les feuilles d'arbres toujours verts. De là, il surprit une partie de la conversation d'Olivier de Grand-Louis et aperçut le corps de Charlot étendu sur la terre, au moment où la lumière dirigée sur lui, l'éclairait pour la seconde fois.

Que faire ? se montrer immédiatement et mettre au besoin en fuite les deux malfaiteurs ? C'était risquer de tout perdre, sans même parvenir à délivrer Charlot. Redescendre et revenir avec la police ? C'était mêler à une œuvre délicate la justice qui d'avance serait certainement mal disposée pour le boucanier Charlot, dont la place était, suivant elle, au bagne, en compagnie de son ami Hervé.

Il fallait une autre solution plus pratique, plus avantageuse au pauvre garçon qui s'était ainsi dévoué au salut de son camarade moins heureux que lui. Comme Rougeais se mettait l'esprit à la torture pour trouver un joint qui l'aidât à sortir d'embarras, ce fut Daubusson qui le lui fournit au moment où il s'éloignait pour chercher les remèdes nécessaires au pansement de la blessure de Charlot.

A peine étaient-ils rentrés dans la maison d'habitation que Rougeais se laissait tomber dans le jardin, chargeait sur ses épaules robustes le corps du jeune boucanier et, après avoir fait glisser le verrou de la porte, s'enfuyait, suivi de Mignonne, en emportant jusque chez lui son fardeau humain.

De la ruelle Sévigné à la rue Rosière, il n'y a, comme on sait, qu'un très court trajet.

Rougeais ne fut pas long à le franchir, et au bonne réussite voulut qu'il réussît à le faire sans rencontrer âme qui vive sur son chemin.

Une fois en sûreté dans son domicile, le jeune homme respira. Mignonne et lui déshabillèrent le pauvre blessé qui semblait souffrir atrocement, ils lavèrent la plaie saignante de la tête, y firent un pansement sommaire et veillèrent le malade jusqu'à l'heure où Rougeais en personne put aller chercher un de ses amis, médecin sur la discrétion absolue de qui il pouvait compter.

C'était un spectacle étrange que celui de cette chambre à coucher coquette, toute parfumée, où faisaient contraste les vêtements sordides et ensanglantés du boucanier jetés à terre ; moins étrange pourtant que cet enchaînement de circonstances qui rapprochaient au point d'en faire presque des amis, Charlot, le rôdeur de nuit, Rougeais, la fine fleur de la haute bourgeoisie nantaise et Mignonne, la petite ouvrière dont l'amant traînait le boulet dans un des pénitenciers exotiques du gouvernement français.

CHAPITRE VI

CHEZ LA TIREUSE DE CARTES

On se figure difficilement l'influence encore considérable qu'exercent les sorciers, les somnambules et les tireuses de cartes sur la population pourtant dégourdie et intelligente de la bonne ville de Nantes.

Avec quelque profusion que l'instruction soit répandue aujourd'hui, bien que notre siècle incrédule n'ajoute généralement plus foi aux miracles, il faut faire une exception pour tout ce qui touche à la cartomancie. Des gens fort estimables ont une confiance robuste dans les conseils ridicules, quand ils ne sont pas dangereux, de jugeurs d'eau, de rebouteux et de *guéritoux* qu'ils vont interroger à l'insu de leurs médecins ; d'autres n'oseraient ni entreprendre un long voyage, ni contracter un mariage, ni se lancer dans une association sans aller demander au marc de café le pour et le contre de la résolution qu'ils vont prendre ; ceux-ci vont interroger la diseuse de bonne aventure sur la fidélité de leurs femmes ou plus souvent de leurs maîtresses, celles-là sur la constance de leurs maris ou plus souvent de leurs amants.

On s'en vient de partout chez les tireuses de cartes en renom, dont quelques-unes ont même su attacher à leur établissement un officier de santé sans clientèle, comme les maisons de bains s'assurent le concours d'un pédicure spécial. Non seulement les grisettes de Saint-Similien y donnent rendez-vous aux gars du Marchix, non seulement les boutiquières sur le retour y viennent interroger les cartes sur la sincérité des déclarations de leurs jeunes commis, mais des maris inquiets y coudoient dans l'antichambre sombre des femmes jalouses et il n'est pas jusqu'au grand monde des dames de l'aristocratie qui, en toilette sombre, le triple voile soigneusement baissé, ne craignent pas au besoin sous un faux nom, les unes de consulter à propos de quelque mal imaginaire, les autres de se renseigner sur tel événement qui ferait le bonheur ou le désespoir de leur vie.

Ce serait là pour le moraliste, plus encore que pour le romancier, une curieuse étude de mœurs à faire que ce mélange presque constant de la finesse native allant jusqu'à la méfiance et de la crédulité sans bornes, de la malice frondeuse et de la grossière superstition, de la dévotion qui implique la croyance en Dieu et de ce culte du sorcelier, qui implique pour au moins égale du diable. Explique qui pourra ce singulier phénomène. Pour nous, nous n'avons qu'à le constater comme un fait qui s'impose.

Grand-Louis, sans doute sous l'influence de sa maîtresse, croyait à la cartomancie. Il s'imaginait que les cartes battues, coupées et recoupées de certaine manière, donnaient lieu à des combinaisons de figures et de couleurs dans lesquelles une sorcière habile parvenait à démêler les principaux événements de la vie, à rappeler le passé, à prédire l'avenir, et il avait grande confiance dans les réponses de l'as de cœur, du roi de pique, de la dame de trèfle et du valet de carreau.

Aussi venait-il y chercher, grâce à ses consultations, une sorte d'assurance contre la police et n'entreprenait-il d'expédition nocturne, d'attentat contre les personnes ou contre les propriétés que sous l'égide protectrice de Pallas, la déesse de la sagesse et la dame de pique.

C'était une faiblesse de la part d'un personnage aussi scrupuleux que Louis Durassier, et dans son for intérieur il était le premier à le reconnaître, mais sans avoir le courage de l'avouer. Il feignait de traiter de balivernes tout ce que lui disait la tireuse de cartes, il la raillait de plaisanteries, surtout quand c'était Boulotte qui se faisait servir le grand jeu, mais il y croyait quand même et demandait ensuite qu'on le lui tirât à son tour.

— C'est pour la *rigolade*, disait-il.

Mais en dépit de cette précaution oratoire qui ne trompait personne, pas même lui, il ne perdait pas un mot de ce qu'elle disait et l'acceptait comme parole d'Evangile.

Les cartes ont toujours raison.

Ce refrain qu'il ignorait sans doute d'une chanson de Béranger était en réalité sa loi et il n'eût vraisemblablement pas accepté de rôle dans l'assassinat du Pont-Sauveton, s'il n'avait été préalablement rassuré par les prophéties d'une tireuse de cartes qui lui avait répondu au hasard n'importe quoi, mais en lui prédisant le succès de son entreprise, sans lui soupçonner naturellement l'épouvantable réalité.

Il n'en avait pas fallu davantage pour donner à Grand-Louis une confiance absolue, téméraire même, dans la réussite de son méfait ; ce fut même sous l'empire de ce sentiment qu'il avait écrit à Mlle Delabrière ce billet anonyme dont elle ne se rappelait pas sans un serrement de cœur le sinistre contenu. Il y avouait, avec une franchise qui tenait du cynisme, qu'il avait consulté la tireuse de cartes et, faisant sans doute allusion à lui-même, il parlait « d'un bon diable de valet pique » qui se trouvait toujours sur le chemin de la jeune fille pour contrecarrer ses projets de mariage.

Comme il aurait aimé à connaître l'effet produit sur Céline par cette lettre ! Comme il eût surtout pris plaisir à saisir lui, une fois le meurtre accompli, elle avait rapproché ce billet anonyme du fait brutal qui devait, à si courte échéance, en réaliser les prédictions, et deviné quelque affinité entre eux ! Au fond, il était ravi de la réussite de son méfait avait décuplé sa crédulité dans la cartomancie.

De là ce cri bien naturel au sortir du jardin de la rue Sévigné, après la disparition mystérieuse et troublante de Charlot grièvement blessé.

— Je veux aller consulter la tireuse de cartes.

Ce qui n'était au premier moment que l'expression d'un souhait fait à la légère, se transforma peu à peu en un désir irrésistible et sur cause.

Le lendemain, en effet, Grand-Louis se mit en quête de ce qu'était devenu Charlot. Il fouilla tous les hôtels borgnes, tous les garnis où on loge en *hôtesse*, tous les cabarets dont les arrière-boutiques se transforment, le cas échéant, en chambres à coucher, il interrogea tous les gars de son acabit, boucaniers et autres, qu'il rencontra sur son chemin, il alla boire la goutte dans les auberges les plus voisines de la rue Sévigné où le blessé aurait pu recevoir l'hospitalité, mais partout il se heurta au silence le plus mystérieux et le plus inquiétant à la fois.

Charlot qui s'était évadé, aux trois quarts mort, du jardin d'Olivier Daubusson, semblait s'être évadé aussi du reste de la société, puisqu'il était devenu invisible pour tous. Blessé, mort même, Charlot l'eût moins inquiété que Charlot disparu.

Aussi, vers la tombée du jour, résolut-il d'aller frapper à la porte de Mme Guignoison : pour se donner un maintien, il s'y fit accompagner de Boulotte qui aimait, elle aussi, consulter les cartes, mais au sujet de ses amours seulement, car six heures du soir — il faisait déjà noir, puisque l'on était dans les premiers jours de mars — il se glissait dans l'allée, sombre aussi, de la petite maison de la place du Cirque.

Malgré les soins les plus empressés, Charlot n'allait guère mieux.

Le médecin répondait de sa vie, il n'osait pas répondre de son intelligence, tant avait été violente la commotion cérébrale produite par le corps sur avec lequel il avait été frappé. Heureusement il y avait eu effusion de sang, sans quoi le cas eût été plus grave encore.

Le pauvre garçon délirait et deux mots seulement qui n'avaient aucun rapport à sa situation, sortaient de ses lèvres : *Enlèvement... carnaval... enlèvement... carnaval...* Il ne reconnaissait personne, ni Rougeais, ce qui s'expliquait à la rigueur, ne l'ayant pas souvent trouvé sur son chemin, ni la chère Mignonne qui ne l'avait pas quitté un seul instant et le soignait avec un réel dévouement.

N'est-ce pas pour elle, pour Hervé qu'il avait fait, sans hésiter, le sacrifice de sa vie ? Et alors qu'il avait peut-être surpris le secret d'une nouvelle conspiration qui pouvait donner la clef de l'ancienne, alors qu'un mot de lui allait tout dévoiler, n'était-ce pas une situation terrible que cette alternative de le perdre ou de le sauver, mais au détriment de sa raison ? En admettant même qu'il dût la recouvrer un jour, ne serait-il pas trop tard ? et le crime nouveau que préméditait Daubusson, ne serait-il pas accompli, sans que la pauvre fille eût pu le déjouer à temps ?

Le médecin revint jusqu'à trois fois dans le courant de la journée. Bien que le délire n'eût pas disparu, le malade était plus calme. Il parlait toujours d'*enlèvement* et de *carnaval*, si bien qu'il devenait naturel d'en conclure que ces deux mots avaient dû, au moment même où il était frappé, impressionner vivement son esprit attentif.

De quel enlèvement pouvait-il être question dans une conversation où Daubusson exposait un plan de campagne ?

Pour Rougeais qui se rappelait les menaces faites à Céline par Olivier, pour Mignonne, dès à présent convaincu, qu'en faisant disparaître Albert Fauvel, Daubusson s'était surtout débarrassé d'un rival, la réponse ne pouvait être douteuse. C'était de Céline que Daubusson, recourant encore une fois à l'aide de Grand-Louis et de sa bande, préparait le rapt.

La date ? le pauvre Charlot l'avait également répétée dans son délire : elle était fixée au carnaval prochain, dimanche ou mardi, Rougeais l'ignorait encore, mais les malfaiteurs avaient résolu fort adroitement de mettre à profit les libertés exceptionnelles de ces journées de folie pour mener, au milieu du brouhaha des travestissements et des disputes sous le masque, leurs sinistres projets à bonne fin.

Quelques jours seulement séparaient du carnaval l'heure fatale où Charlot avait été frappé. Rougeais résolut de s'ouvrir franchement à Céline de tout ce qu'il venait d'apprendre et de lui demander de faire semblant de se prêter aux projets de son cousin pour le confondre plus sûrement et le prendre ainsi en flagrant délit. Sinon, cette tentative avortée, ils en essaieraient une autre et, en évitant ce premier piège, Céline n'eût fait que reculer pour plus mal sauter.

De son côté, Mignonne désirait consulter Me Frémaud et lui avait donné rendez-vous le soir même chez sa tante, Mme Delacour, où il n'avait cru mieux faire que de s'inviter sans façon à dîner pour six heures précises. La pauvre fille venait de quitter le chevet du malade et rentrait par la rue de l'Abreuvoir sur la place du Cirque, quand elle crut reconnaître, marchant devant elle, un groupe dont la nuit qui tombait l'empêchait de quitter les traits, mais dont la démarche n'avait plus de secrets pour elle : c'était Grand-Louis et Boulotte.

Pourquoi non ? La rue n'était-elle pas à tout le monde ? Mais où commença sa surprise, c'est quand elle les vit se diriger vers la maison qu'elle habitait, puis y entrer, enfin monter, à l'aide d'une allumette, l'escalier qui lui était familier. Plus de doute désormais. Comme cette visite ne pouvait être ni pour Mme Delacour, ni pour elle, moins encore pour maître Frémaud dont elle ignorait la présence, elle était évidemment destinée à la seule autre locataire de l'appartement, à Mme Guignoison, la tireuse de cartes.

Ce fut pour Mignonne comme un trait de lumière.

Elle savait que, de tradition et pour la bonne règle, Mme Guignoison avait l'habitude de faire poser cinq ou dix minutes ses clients, histoire de surprendre par un jour dissimulé dans la cloison, les bribes de leur conversation s'ils étaient deux, en tous cas les traits de leur visage et de se préparer ainsi, suivant l'âge, le sexe et la situation sociale, au moins apparente des gens, une série de réponses conformes à cette situation, à ce sexe, à cet âge.

Mignonne mit à profit ce moment d'attente. Elle entra par la petite porte de service chez Mme Guignoison, l'avisa qu'elle connaissait les nouveaux venus et lui demanda, comme une faveur, de la laisser les recevoir à sa place. La tireuse de cartes, justement souffrante ce soir-là, fut ravie de cette offre : elle eût voulu savoir quelque chose de la vie de ses clients pour donner plus de poids à ses prophéties même imaginaires, par le récit d'un fait qui leur fût réellement arrivé et voilà que Mignonne, au courant de l'existence accidentée de Boulotte et de Grand Louis, allait accroître sa réputation de devineresse. C'était parfait.

Tandis que Mme Guignoison préparait à la jeune fille un costume qui la rendit méconnaissable, perruque blonde, lunettes bleues, grande robe noire en manière de soutane, Mignonne entrait chez Mme Delacour.

Me Frémaud, qui l'attendait, fut frappé de son extrême agitation.

— Qu'avez-vous ? ne put-il s'empêcher de lui dire.

— Venez avec moi et vous le saurez : je n'ai pas le temps, quant à présent, de vous en dire davantage.

Il la suivit chez Mme Guignoison, qui la connaissait de vieille date, assista, tout stupéfait, à la métamorphose de Mignonne, et, sur l'ordre de celle-ci, se cacha, immobile et muet, dans une encoignure de la chambre d'où, sans être vu, il pouvait, au contraire, tout voir et tout entendre.

Dès qu'il fut à son poste, Mignonne, toute surexcitée, toute nerveuse, entra dans la salle où se donnaient les consultations. Elle allait essayer de démasquer, mais, cette fois, en présence d'un témoin d'une incontestable valeur, le greffier criminel en personne, les auteurs du crime du Pont-Sauvetout, et ceux qui préparaient un nouveau crime, plus odieux peut-être, sinon plus grave, que le premier.

Boulotte et Grand-Louis attendaient dans une manière d'antichambre — le mot était bien ambitieux pour la chose — garnie uniquement de modestes chaises de paille, plus ou moins boiteuses. La cartomancienne improvisée, dissimulant sa voix jeune et bien timbrée sous un chevrotement de vieille, si bien imité, que Me Frémaud lui-même n'en revenait pas de surprise, les fit passer dans la seconde pièce.

— Entrez, M'sieur, Madame, leur dit-elle.

Le mobilier du sanctuaire où la Guignoison rendait ses oracles, se devine sans peine : des hiboux empaillés, des bocaux où nageaient dans une eau croupissante quelques misérables crapauds, du marc de café, un chat noir aux prunelles de feu qui reluisaient dans la nuit comme des charbons ardents ; sur la table du milieu, derrière laquelle la jeune fille se tenait, un tapis vert et quelques jeux de cartes.

Une lampe juive décrochée chez le père Lelièvre, le vieux brocanteur, et suspendue au plafond jetait dans la chambre une lumière douteuse qui garantissait à Mignonne le secret de son incognito et ajoutait au caractère fantastique du tabernacle.

— Approchez, fit-elle et asseyez-vous.

Les deux visiteurs obéirent.

— Est-ce pour monsieur ? est-ce pour madame ?

— C'est pour bibi, répondit Grand-Louis en touchant de l'index sa robuste poitrine. Je ne voulais pas venir, parce que les cartes, je n'y crois guère, mais ma *particulière* l'a voulu et me voici.

Comme on le voit, Grand-Louis ne se décidait pas à faire l'aveu de ses faiblesses de carac-

tère. Il posait pour le fanfaron, au fond les cartes lui faisaient peur.

La cartomancienne fit semblant de n'avoir pas entendu ces restrictions hostiles à la toute-puissance de ses prophéties.

— C'est le grand-jeu que vous voulez, demanda Mignonne.

— J'te crois, continua Durassier sur le même ton goguenard : le petit jeu, c'est bon pour les petites gens.

Mignonne prit un jeu de trente-deux cartes, le battit avec dextérité, puis fit couper les cartes à Grand-Louis. Elle les divisa en deux tas égaux de seize cartes chacun.

— Quel paquet choisissez-vous ?

— Celui de gauche, côté du cœur, dit-il en regardant galamment Boulotte.

La tireuse de cartes prit le paquet qui lui avait été indiqué, en ôta la première carte qu'elle mit de côté comme une carte de réserve, puis retourna sur la table le reste du paquet que Durassier avait choisi et dont elle se mit à lui donner l'explication, en les prenant par série de trois cartes dans l'ordre même où le hasard les avait rangées.

As de trèfle, as de carreau, as de pique.

Il s'agit d'abord d'une entreprise hasardeuse où vous allez vous engager : le cœur n'y est pour rien, puisque l'as de cœur n'est pas sorti. C'est une affaire d'argent — trèfle — qui se terminera à la campagne — carreau — et qui pourrait bien finir par la mort de quelqu'un — pique.

Neuf de cœur, neuf de pique, dame de cœur.

Neuf de cœur, bon présage s'il n'était pas immédiatement suivi du neuf de pique, présage détestable. L'entreprise ne réussira pas par la faute d'une femme aussi résolue, aussi énergique que Judith, la dame de cœur.

La chère Mignonne faisait courageusement allusion à elle-même !

Durassier commençait à témoigner quelque impatience en exécutant avec ses doigts sur le bois de la table un roulement de tambour.

La tireuse de cartes continua :

Roi de trèfle, valet de carreau, roi de pique.

Roi de trèfle, une personne juste et équitable vient en aide contre vous à la dame de cœur : le valet de carreau est renversé, c'est un homme d'une moindre situation sociale, qui vous est hostile, comme l'indique le renversement de la carte.

Tous les trois s'entendent pour vous livrer au roi de pique qui signifie l'homme de loi.

Huit de pique, sept de pique, dix de pique.

Vous irez en prison pour être ensuite jugé.

Valet de trèfle, dix de trèfle, valet de pique.

Que signifie ? Vous ne tenterez donc pas seul votre entreprise : votre camarade, le valet de trèfle ira comme vous en prison et subira le même procès. Un autre homme, votre complice aussi, que représente le valet de pique, ne sera pas jugé parce qu'il sera mort, comme vous-même vous mourrez.

Le grand jeu était terminé.

Boulotte, qui avait la superstition des cartes profondément ancrée au fond du cœur, paraissait consternée des lugubres prédictions qui venaient d'être faites à son amant en vue de cette entreprise qu'elle ne connaissait pas, mais qui menaçait de devenir mortelle pour son *petit homme chéri*.

Quant à Grand-Louis ; il était furieux.

— Bon sang de bon Dieu ! s'écria-t-il en frappant violemment du poing sur la table. Quelles balivernes me contez-vous là avec votre prison et votre mort en perspective ? Madame, la diseuse de bonne aventure, si vous vous *imaginez* que je crois un mot de vos chansons, vous vous mettez le doigt dans l'œil jusqu'au coude...

— Voyons, Grand-Louis, calme-toi. Madame a dit ce qu'elle a vu dans les cartes ; elle s'est peut-être trompée dans ses prédictions d'avenir.

— Je ne me trompe jamais, riposta vivement Mignonne, et s'il vous en faut une preuve, je vous la donnerai bien facilement en vous faisant connaître par les mêmes cartes, non plus votre avenir, mais votre passé, qui n'a rien de caché pour ma science occulte.

Durassier hésita à répondre : l'épreuve le tentait, mais, en dépit de ses fanfaronnades, il croyait à la cartomancie et était plus curieux qu'il ne voulait le paraître de savoir si la sorcière aurait sur son rôle vrai dans l'affaire du Pont-Sauvetout des données plus exactes que celles que la justice avait pu en recueillir.

Il accepta, en jetant brutalement sur la table de la tireuse de cartes une pièce de cinq francs en argent qui alla rouler, rendant un son cristallin de plus en plus faible, jusqu'auprès du jeu dont il avait si peu à se louer.

Mignonne reprit le même paquet de quinze cartes, le battit avec soin pour éviter les mêmes combinaisons de figures et de couleurs, fit couper et commença :

Valet de trèfle, valet de cœur, dame de cœur.

Un jeune homme de bonne famille fréquente une demoiselle en vue du mariage : c'est le valet de trèfle et la dame de cœur, mais ils sont séparés l'un de l'autre par un autre jeune homme le valet de cœur, rival et rival heureux du valet de trèfle : les deux cœurs butent à l'unisson, ils se voient constamment et s'aiment : près des yeux, près du cœur.

Valet de carreau, dix de trèfle, as de trèfle.

Vous recevez une nouvelle qui doit vous rapporter beaucoup d'argent ; vous acceptez l'offre qui vous est faite par le jeune homme jaloux de son rival et vous recevez un rouleau d'or.

Au fur et à mesure que la tireuse de cartes parlait, la physionomie de Grand-Louis passait par les impressions les plus diverses que l'intelligente Mignonne, cachée sous ses lunettes bleues, y devinait avec une sagacité troublante pour le boucanier. À l'étonnement avait succédé la crainte ; à la crainte une sorte d'épouvante superstitieuse qui effrayait Boulotte assise auprès d'elle, sans oser souffler mot.

La fausse cartomancienne continua :

Sept de pique, huit de pique, neuf de pique.

L'entreprise à laquelle vous vous êtes associé est un vol ; il y a trois piques, ce sont trois circonstances aggravantes, premier pique, la nuit, second pique, en réunion, vous étiez au moins deux, troisième pique, en guet-apens.

Pas une protestation ne s'échappait de la bouche de Durassier cloué de terreur sur la chaise qu'il occupait.

Dix de pique, as de pique, valet de pique.

Que vois-je ? le pique continue en s'accentuant : c'est un vol de nuit, en bande, avec guet-apens, mais il y a plus encore l'assassinat succède au vol, et je vois dans les cartes la ligne rose qui indique le sang versé, je le vois sur les deux cartes plus foncées, plus rouge sur l'une que sur l'autre, comme s'il y avait eu un meurtre et une tentative de meurtre, un mort et un blessé.

Les quatre valets sont sortis : cela m'indique les conditions dans lesquelles le crime a été accompli. Il y a eu une dispute à laquelle quatre hommes se sont trouvés mêlés, deux agresseurs et deux victimes. Me direz-vous que ce n'est pas ? Les cartes ont toujours raison.

Grand Louis garda le silence, les dents serrées si violemment qu'il était incapable de répondre.

Mignonne poursuivit :

Roi de pique, as de carreau, roi de trèfle.

Les hommes de loi instruisent l'affaire, mais ils se trompent et ce n'est pas vous qui allez en prison. Le roi de trèfle est retourné la tête en bas, c'est un autre qui va à votre place et qui est condamné pour avoir donné trois coups de couteau à sa victime...

— Tu mens, sorcière, il n'y en a cu que deux.

Cette apostrophe violente fit tressaillir Mignonne sous son travestissement de cartomancienne et maître Frémaud derrière la mince cloison d'où il pouvait tout voir et tout entendre.

Le malfaiteur venait enfin d'avouer malgré lui, sous l'influence irrésistible de cette fatalité qui amène presque l'assassin à se trahir et à dénoncer lui-même le crime que la justice avait laissé impuni.

Malgré toute son émotion, Mignonne eut encore la présence d'esprit de répondre sans prendre garde au tutoiement dont elle avait été l'objet.

— Je savais, fit-elle, qu'il n'y avait eu que deux coups, mais je voulais vous entendre me le dire vous-même, comme preuve que je ne me trompais pas, et vous me l'avez dit. Vous voyez bien que les cartes sont infaillibles, puisque je n'avais nommé personne et que vous vous êtes tout de même reconnu.

Grand-Louis s'apercevait de la folle imprudence qu'il venait de commettre, en se vendant en quelque sorte lui-même. Stupéfait des révélations trop exactes des cartes, il n'avait pu s'empêcher de se défendre et c'est en se défendant qu'il s'était perdu.

Il le comprit et eut assez d'empire sur lui-même pour ne pas persister avec celle qu'il avait qualifié de de sorcière et ses terribles cartes, dans une discussion qui risquait de tourner à son désavantage. Il n'avait déjà que trop parlé.

— Tenez, la vieille, fit-il en se levant pour partir et en jetant une nouvelle pièce de cent sous sur la table, voilà pour vous et vous savez, silence ! Les tireuses de cartes doivent être muettes comme des carpes.

Boulotte, toute bouleversée, le suivit, plus morte que vive.

— Que signifie tout cela ? lui demanda-t-elle, une fois dans la rue, et ce crime ? et ces coups de couteau ?

— Toi, la belle, tu vas m'faire le plaisir de faire ta *goule*, sinon, je m'en charge, répondit-il sur un ton si mauvais que Boulotte n'osa pas insister. Quant aux prédictions de cette sorcière, je m'en moque comme de l'an quarante et nous verrons bien si elles feront reculer d'une semaine chez la mère Lechat. Y viens-tu avec moi ?

Boulotte n'osa se refuser.

Pendant ce temps, Mignonne se débarrassait de son affublement de vieille cartomancienne et courait à Me Frémaud qui ne put se retenir d'embrasser l'intelligente et courageuse fille. Il n'était pas seul : Mme Guignoison avait également surpris les aveux du boucanier.

— Bravo, cria-t-il, voilà un superbe coup de théâtre ! et vous feriez un juge d'instruction parfait. Grand-Louis a donné dans le panneau en plein.

— Et maintenant que devons-nous faire ?

— Les coupables ne peuvent plus échapper à la justice, mais attendez quelques jours encore et achevez l'œuvre commencée, en arrêtant le nouveau crime qui se prépare et en punissant ainsi tous les criminels à la fois.

VII

BATAILLE D'ORANGES

C'était chose piquante que la promenade du mardi-gras à Nantes, il y a une vingtaine d'années, alors que la ville d'ordinaire, si calme, si rangée, si austère sous un masque de dévotion outrée, éclatait enfin pour mettre le loup de velours à barbe de dentelle grâce auquel toutes les folies lui étaient permises.

Il fallait voir alors les équipages de masques, les cavaliers parés ou travestis, les piétons dont les déguisements ne dédaignaient pas de faire incursion sur le domaine de l'épigramme ou de l'actualité, le longue file de voitures qui donnaient à des quartiers habituellement déserts la plus étrange animation. La galanterie n'y perdait jamais ses droits : les bouquets de fleurs, de violettes de Parme sur-

tout, passaient des paniers des masques au corsage des jolies filles qui écornifiaient aussi les oranges juteuses, cadeaux d'aimables cavaliers.

Pour les faire parvenir aux étages supérieurs, sans les lancer au risque de blesser les gracieuses destinataires, n'avait-on pas imaginé un immense losange mobile, comme ces jouets crémois sur lesquels les enfants rangent en bataille des soldats de bois qu'ils déploient en rétrécissant ou en élargissant le losange. À chaque angle des gobelets en fer battu contenaient des oranges qu'un mouvement allongé de l'appareil amenait sans encombre à destination et qu'on remplaçait par un mouvement en sens contraire qui en ratatinait l'ingénieux va-et-vient.

En dépit d'arrêtés municipaux dont nul ne songeait à réclamer l'exécution, pas même ceux qui les avaient pris, il se livrait rue Racine, rue Franklin et boulevard Delorme, des batailles homériques dont les projectiles venaient exclusivement du jardin des Hespérides, dévalisé pour la circonstance. C'étaient, entre les assaillants en équipage ou à pied et les maisons des luttes à coups d'orange, qui laissaient loin derrière elles les combats singuliers les plus illustres des annales bretonnes.

Le soir venu, il ne restait souvent pas un carreau de vitre intact à des immeubles de quatre étages à six ou sept fenêtres par étage et contrairement au proverbe, qui cassait les verres ne les payait pas. Il est vrai qu'à titre de dédommagement les assiégés pouvaient s'offrir, pendant plusieurs jours de suite, des saladiers d'orange à discrétion et dévorer au dessert les projectiles des adversaires. On retenait les peintres-vitriers une semaine d'avance pour réparer le Mercredi des Cendres, les désastres du Mardi-Gras prévus au budget de chaque année.

Cette année là, la journée avait été superbe, non que qu'il fit bien chaud, il ne fait jamais chaud au mois de mars, mais il ne faisait pas et le temps était sec.

Aussi la foule encombrait-elle l'allée sablée qui s'étend d'un bout à l'autre du boulevard Delorme, admirant les riches équipages en faisaient le tour au pas, et les masques bizarrement travestis que les enfants criaient : — Beau masque, donne-moi une orange !

Les fenêtres étaient partout garnies de curieux. C'est en effet le seul moment de l'année où le boulevard Delorme semble se réveiller de sa torpeur ordinaire : les heureux de ce monde qui y possèdent pignon sur rue, invitent ce jour-là leurs amis et connaissances à venir jouir du coup d'œil et le spectacle, pour n'être pas nouveau, n'en reste pas moins attrayant.

Le balcon de la maison qui touche la rue du Boccage était remplie de jeunes gens et de jeunes filles, dont les élégantes toilettes révélaient sans peine la haute situation sociale. Tandis que les papas et les mamans, plus sérieux, causaient au salon auprès d'un feu encore très supportable, la jeunesse plus ardente, plus amie du plaisir s'était tassée sur le balcon pour assister au défilé de la mascarade. Du boulevard des masques à pied lançaient adroitement des oranges aux demoiselles, tandis que de la maison les jeunes gens en bombardaient les voitures de pierrettes et de débardeurs qui passaient sur la chaussée. C'étaient, à chaque coup qui portait, et ils portaient presque tous, des bravos, des éclats de rire auxquels se mêlait le bruit des badauds, qui, arrêtés dans l'allée du milieu, prenaient plaisir à se mêler à cette joie générale.

— Que vous êtes aimable de nous être venue, ma chère Céline ? dit à un moment donné la maîtresse de la maison, Mme de Kerhortie, à une jeune fille qui n'était autre que Mlle Dela brière.

— Combien vous êtes davantage d'avoir songé à moi !

— Vous allez peu dans le monde ?

— J'y allais beaucoup avant les chagrins que

l'ai éprouvés et il a fallu toute votre gracieuse insistance pour me résoudre à venir.

— J'aurais aimé que vos parents vous eussent accompagnée : c'eût été une joie pour eux de vous voir si belle, si charmante au milieu de vos compagnes.

— Vous êtes trop indulgente pour moi, madame; non, père et ma mère auraient, eux aussi, aimé à répondre à votre politesse, ils ne l'ont pas pu et j'ai dû venir seule.

— Vous nous restez à dîner, n'est-ce pas ? C'est convenu, et dans la soirée une voiture vous reconduira chez vous sous bonne garde, soyez-en sûre.

Et comme pour accentuer sa pensée, Mᵐᵉ de Kerhortie appela un jeune homme qui causait dans l'embrasure d'une des fenêtres et qui accourut aussitôt :

— N'est-ce pas, lui demanda-t-elle, monsieur Daubusson, vous voudrez bien vous joindre ce soir à votre vieille gouvernante Sidonie, que j'ai prié de venir, pour reconduire votre charmante cousine à ses parents.

— Assurément, madame, c'est pour moi moins qu'un devoir, c'est un plaisir.

— Vous voyez, ma chère enfant, que vous n'aurez rien à craindre entre une honnête femme dont vous connaissez le mérite et votre cousin dont vous savez toute l'amitié.

— Je ne craindrai rien non plus, répondit Céline sans regarder Daubusson et sans le remercier, mais en tournant les yeux vers un quatrième personnage qui venait de se mêler à leur groupe; quand on est protégé par d'honnêtes gens, que peut-on redouter ?

Elle ajouta, en adressant la parole au nouveau venu :

— N'est-ce pas votre avis aussi, monsieur Rougeais ?

— De tout point, mademoiselle, et je n'ai qu'un regret : c'est de ne pas faire partie de l'escorte.

Les deux jeunes hommes se regardèrent d'un air qui respirait la défiance et la haine et, sans s'être parlé, ils regagnèrent le balcon où la bataille d'oranges continuait de plus belle, au milieu des applaudissements et du bruit de la foule.

Daubusson avait réussi dans la première partie de son entreprise. Il fallait déterminer Céline à sortir de chez elle le jour du Mardi-Gras et surtout à sortir seule. C'est à Mᵐᵉ de Kerhortie qu'il avait eu recours. Lié de longue date avec les fils de la maison, reçu à toutes les soirées, à toutes les fêtes moins comme un étranger que comme un enfant, il n'avait pas eu de peine à obtenir de Mᵐᵉ de Kerhortie qu'elle voulût bien inviter Céline non-seulement à venir passer les masques de son balcon, mais à y diner le soir; s'y était prêtée de la meilleure grâce du monde et avait adressé rue de l'Hérouinlère une lettre à sentiment tournée qu'un refus devenait presque impossible.

Et pourtant Daubusson le craignait, non sans motif. Le souvenir de Mᵐᵉ de Kerhortie ne se mêlait-il pas intimement à celui de la mort d'Albert Fauvel ? N'était-ce pas dans ces mêmes salons qu'il s'était attardé au lieu d'aller respirer et protéger son ami ? et qui sait si, toujours impressionnable, Céline ne prendrait pas un prétexte quelconque pour remercier poliment et ne pas venir ?

Aussi sa satisfaction fut-elle grande, quand il sut que sa cousine venait ainsi sans défiance se livrer en quelque sorte à lui, mais elle redoubla en entendant qu'elle l'acceptait, comme garde-du-corps, pour rentrer le soir, en voiture, jusque chez ses parents. Il y avait bien en tiers la vieille Sidonie, mais elle était trop honnête pour soupçonner le mal de la part des autres, de son maître surtout; elle lui était d'ailleurs trop dévouée pour opposer un obstacle sérieux à ses desseins, et il trouverait bien le moyen de se débarrasser à temps de sa présence.

Que lui avait donc conté Grand-Louis, avec ses imaginations folles, avec des histoires de sorcière, de devineresse à dormir debout, avec ces prédictions sinistres de cartes qui annonçaient d'avance l'avortement de ses projets ? Tout n'allait-il pas au contraire à merveille ? Quelques heures seulement le séparaient du dénouement attendu avec tant d'impatience. Que l'enlèvement réussit, le reste irait tout seul et rien désormais ne semblait devoir s'y opposer.

Pourtant la présence de Rougeais l'importunait. Il sentait en lui un ennemi irréconciliable, et ce qui l'irritait surtout au suprême degré, c'était l'accueil gracieux que lui réservait toujours Céline Delabrière. Tout à l'heure encore, n'est-ce pas lui qu'elle regardait quand elle disait que rien n'était à redouter sous l'égide d'honnêtes gens ? et n'étaient-ils pas encore en train de se parler à demi-voix, lui debout, elle assise au fond d'un fauteuil, avec autant de liberté d'allures, comme s'ils se fussent trouvés seuls à seule ? Que n'eût-il pas donné pour surprendre leur conversation ?

Elle aurait été d'ailleurs fort intéressante pour lui.

— Eh bien, vous avez eu le courage de venir ?

— J'ai eu foi dans la vôtre pour m'arracher enfin à cette indigne persécution.

— Vous partirez seule ce soir avec lui ?

— Le cœur me battra fort, mais vous serez là, n'est-ce pas ?

— En doutez-vous ? Il faut démasquer le traître avec tant d'énergie qu'il ne puisse revenir à la charge et j'en fais mon affaire.

— Il nous guette parce qu'il vous jalouse.

— Qu'importe, puisque nous n'en avons pas peur ?

— Chut ! le voilà qui approche. Parlons d'autre chose.

Et Rougeais se mit à admirer une breloque curieuse qui croait en guise de barrette l'extrémité de la chaîne de montre de Mᵉˡˡᵉ Delabrière. C'était, on s'en souvient, la pièce d'or à l'effigie de Napoléon Iᵉʳ à l'exergue de la République française, trouvée sur Charlot, restituée à Mᵐᵉ Fauvel et donnée par elle à Céline qui l'avait fait ajouter à sa chaîne, comme pour avoir constamment sous les yeux, un objet qui croyait-elle, avait appartenu à son regretté fiancé.

Daubusson se mêla de la conversation.

— J'ai possédé longtemps une pièce tellement pareille que j'aurais presque juré que celle-ci est la mienne.

— Comment serait-elle venue entre mes mains ?

— Je l'ignore, il y a tantôt un peu plus d'un an que je ne l'ai plus retrouvée dans mon argent et je l'ai regrettée comme un fétiche : ne te l'aurais-je pas donnée par mégarde, un jour, tu t'en souviens peut-être, que tu me changeas un billet de cent francs ?

— J'en doute, répondit Céline, mais d'abord la reconnais-tu bien ? ne te tromperais-tu pas ?

Et pour mieux le lui montrer, elle défit l'extrémité de sa chaîne et la passa, avec la pièce qui formait médaillon, à son cousin Olivier.

— Je ne fais certainement pas erreur, dit-il, et, la preuve, c'est la date *an 13* où l'on pourrait presque lire *an 18*, tant le trois est mal formé. J'avais jadis noté ce détail et c'est ce qui me fait reconnaître la pièce aujourd'hui. Mais, ajouta-t-il fort galamment, elle est de trop jolies mains à présent pour que je veuille exercer les droits de propriétaire que j'aurais pu garder sur elle. Ce sera un souvenir de moi si tu le veux bien.

Céline se contenait à peine.

— Je ne puis y consentir, dit-elle, parce que c'est déjà pour moi un souvenir d'Albert Fauvel.

Sans comprendre encore, Daubusson tressaillit et changea de couleur.

— Comment cela ? demanda-t-il.

— C'est Mᵐᵉ Fauvel qui m'a donné cette pièce trouvée par la police dans les poches du boucanier Charlot qui l'avait *probablement* — elle souligna l'adverbe par son intonation — volée à son fils.

— Comment *probablement* ?

— Sans doute, puisqu'il a été acquitté par le jury même du chef de vol, c'est que le jury n'a pas cru que cet argent eût été volé à Albert.

— Mais alors, comment cet homme en aurait-il été porteur ? continua Daubusson qui s'enferrait sans s'en rendre compte.

— C'est à toi de nous le dire, répliqua vivement Céline; puisque cette pièce t'appartenait et qu'on la retrouve dans les poches d'un boucanier, tu devrais pouvoir nous montrer, mieux que personne, la route qu'elle a suivie pour aller d'un honnête homme à un malfaiteur.

Daubusson essaya de se sauver par la tangente.

— Tu es folle, vraiment, répondit-il : peut-être l'ai-je perdue, ou donnée quelque part au hasard de la dépense, sais-je comment ce boucanier se l'est approprié ?

Céline jugeait l'épreuve suffisante et n'insista pas davantage. Elle quitta le salon et alla reprendre sa place au balcon, au milieu de la nombreuse et folâtre compagnie qui s'y était ce jour-là donné rendez-vous.

A peine y était-elle qu'on sonna à la porte de Mᵐᵉ de Kerhortie. C'était un masque qui se présentait, une jeune fille autant qu'il était permis d'en juger par son apparence extérieure, fort coquettement travestie en *facteur de postes*, le képi vert à liséré cramoisi posé crânement sur l'oreille, une tunique verte à basquine ajustée à la taille, un pantalon rappelant par sa teinte et sa longueur celui des vivandières, voilà quel était le costume de ce masque qui portait en bandoulière une petite boîte de tôle remplie de bouquets de fleurs et de lettres qui y étaient enfermées.

Quelle était cette surprise ? que voulait ce facteur — peut-être fallait-il dire cette *factrice* — dont la figure restait cachée sous un loup à longue barbe de dentelle noire et qui se présentait avec tant de charme et de bonne grâce que Mᵐᵉ de Kerhortie n'osa pas lui refuser la porte du salon ? Toute la société était rentrée du balcon dans la grande salle de réception, curieuse de ce qui allait se passer.

Le facteur en jupons fit une gentille révérence à la maîtresse de maison d'abord, puis à toutes ses invitées, et elle demanda la permission de distribuer son courrier. Il venait tout parfumé de Nice, sur les ailes du zéphir qui là-bas caresse roses et violettes et apportait à cette brillante jeunesse un un quar'rain fort galamment tourné en faveur de quelque compliment qui fleurait son XVIIIᵉ siècle d'une lieue.

Et ce disant, le jeune masque avait commencé sa distribution par Mᵐᵉ de Kerhortie, pour finir par la fillette de la maison, une demoiselle de sept ans, s'il vous plaît, qui avait en comme les autres son bouquet, mais de plus une mandarine en guise de lettre.

Point n'est besoin de dire si la compagnie était intriguée de ces galanteries dont personne ne soupçonnait l'auteur. Chacune des jeunes filles avait attaché à son corsage le bouquet de violettes ou de jasmin et fait circuler à la ronde le billet doux préalablement lu et d'ailleurs fort inoffensif : ces banalités dont la forme était agréable sans que le fond en fût compromettant.

Seule, Céline Delabrière avait dissimulé dans sa poche le pli joint à ses fleurs. C'est que les lignes qu'il contenait renfermait un avis plus sérieux et que d'autres yeux ne devaient pas voir. Voici comment il était conçu :

« Mademoiselle,
» On doit vous enlever ce soir en voiture et
» vous conduire au domicile de Boulotte,
» la maîtresse de Grand-Louis.
» Résistez pour la forme seulement.
» Vous ne resterez pas longtemps prisonnière.

» N'ayez pas peur de rien : des amis dévoués veillent sur vous.

» MIGNONNE. »

Ainsi, c'était Mignonne qui avait endossé le riche costume mis à sa disposition par la générosité de Rougeais, afin de prévenir Céline, même au milieu des plaisirs de la fête, même sous les yeux de Daubusson, des péripéties du complot qui se tramait contre elle.

La distribution terminée, le petit facteur esquissa un dernier salut et sans attendre d'autres remerciements ou d'autres questions, il s'esquiva en toute hâte, descendit l'escalier et se perdit bien vite dans la foule qui encombrait le boulevard Delorme.

Ce qui s'était passé depuis que Charlot avait surpris au pavillon de la rue Sévigné le secret de Daubusson, le lecteur l'a deviné sans peine.

Sans entrer dans tous les détails que nous connaissons, Rougeais avait prévenu Céline du complot tramé contre elle et la nécessité de le déjouer ouvertement de façon à éviter le retour de quelque piège nouveau. Le faire avorter était chose des plus aisés ; ce qu'il fallait, c'était mettre Daubusson dans l'impossibilité de recommencer. Comment s'y prendre ? Suivant lui — et elle se rangea bravement à cet avis — il fallait attaquer comme on dit le taureau par les cornes et au lieu d'esquiver le péril, l'affronter sans peur comme sans reproche. On voulait enlever Mlle Delabrière, elle feindrait de s'y prêter, à la condition de savoir auprès d'elle des amis résolus à tout, qui la délivreraient à temps pour confondre son indigne ravisseur.

Courageuse et déterminée comme nous la connaissons, Céline consentit à tout et voici comment elle avait accepté, pour la date fatale du mardi-gras, l'invitation de Mme de Kerhortie, derrière qui sentait bien la main de son cousin Olivier.

Charlot qui allait de mieux en mieux, malgré la gravité de sa blessure — la jeunesse a de ces heureux privilèges ! — avait presque complètement retrouvé l'usage de la parole. Il avait donné aussitôt à Rougeais les renseignements les plus circonstanciés sur le secret dont il avait surpris la dernière partie et aussitôt Rougeais s'était préoccupé de déjouer cette trame infernale qui avait ravi l'un la vie, à l'autre la liberté et qui, à la troisième victime, s'apprêtait à ravir l'honneur.

A peu près guéri, Charlot serait d'attaque ce jour-là, Mignonne également ; malgré le caractère officiel de ses fonctions, maître Frémaud qui avait pu apprécier le caractère particulièrement délicat de la situation, avait promis son concours qui s'imposerait à des gens habitués à le connaître et à le craindre, et comme de juste, Rougeais serait là au premier rang pour protéger Céline à l'égard de qui son admiration se teintait maintenant d'une véritable tendresse.

Ils ne seraient donc que quatre, mais résolus, bien armés et combattant pour la justice et pour la vérité.

Presque à la dernière minute dans l'aprèsmidi même du mardi gras, Charlot qui circulait sous l'égide protectrice d'un domino noir garni de rose, avait surpris au café de France un bout de dialogue entre Boulotte travestie en folie, mais sans masque, et un jeune gandin de la ville.

— Parbleu ! lui disait-elle : j'ai, ce soir, prêté mon appartement à des amis qui doivent y pendre la crémaillère en compagnie d'une demoiselle du grand monde et dame ! on a mis Boulotte, pour vingt-quatre heures, à la porte de chez Boulotte.

Il n'en eût pas fallu davantage à Charlot pour pressentir la vérité et en aviser Mignonne qui avait si heureusement pu prévenir Mlle Delabrière, en s'introduisant si gentille messagère de Flore et de Cupidon dans les salons de Mme de Kerhortie.

A la brune, les invités se retirèrent, à l'exception de ceux qui avaient été retenus pour le dîner qui fut d'une gaieté folle. Céline eut assez d'empire sur elle-même pour ne pas trahir l'émotion sans cesse croissante qui l'étreignait au fur et à mesure qu'approchait l'heure du départ.

Elle sonna enfin. Il était alors dix heures du soir.

Céline, bien emmitouflée, à cause du froid qui piquait dès que la nuit était venue, descendit la première, éclairée par la concierge de l'hôtel et mit le pied hors de la porte cochère dont le portillon seul avait été ouvert.

Le boulevard était calme et solitaire.

Une voiture attendait à la porte : sur le siège, la tête presque invisible dans l'obscurité, un cocher en livrée retenait deux chevaux qui piaffaient.

La jeune fille monta, non sans trembler un peu, dans la voiture, et Daubusson la suivit, en refermant rapidement la portière sans donner d'ordres au cocher qui en avait sans doute reçu d'avance.

Les chevaux partirent au galop.

Ni le cocher sur son siège, ni Daubusson dans la voiture ne s'étaient aperçus qu'ils emmenaient un voyageur de plus.

Au moment où la portière se fermait bruyamment, un homme déguisé en brigand calabrais, le masque sur la figure, s'était élancé de derrière un des gros ormes du boulevard et avait pris place à la force des poignets sur une plate-forme destinée d'ordinaire aux bagages et qui, par négligence, n'avait pas été relevée.

C'était Rougeais qui tenait sa promesse.

VIII

L'ENLÈVEMENT

— Et ta vieille gouvernante, Olivier, ne vait-elle pas m'accompagner ? demanda Céline.

— As-tu donc peur auprès de moi ?

— Non certes, mais les convenances n'exigeaient-elles pas...

— Voyons, ma chère Céline, ne nous sommes-nous pas souvent trouvés seuls ensemble, sans que tu aies manifesté les mêmes craintes ? Si j'ai éloigné Sidonie, c'est que je désirais me trouver seul avec toi. Tu me fuis, et j'ai tant de choses à te demander !

— C'est que toi, je n'en ai sans doute pas beaucoup à te répondre.

— Je t'en prie Céline, écoute-moi avec plus de bienveillance. Donne-moi ta main que je la presse dans la mienne.

— A quoi bon ces enfantillages ? Je te donnerais ma main que cette niaiserie n'influerait en rien sur les décisions de mon cœur.

— Seras-tu donc toujours impitoyable ? répondit-il en s'approchant d'elle et en l'enlaçant de son bras droit à la taille.

Elle ne le voyait pas, mais elle avait senti son approche et elle parvint à échapper à cette étreinte qu'il s'était efforcé de rendre caressante.

— Laisse-moi, lui dit-elle, je ne veux pas que tu me touches.

— Céline, tu le vois, c'est la passion, c'est l'amour qui m'égare et me rend comme fou. Je ne veux que te tenir que ce toi même et je sollicite mon pardon de la bienveillance.

— Paroles perdues ! répondit la jeune fille.

Il s'approcha encore à l'improviste et, lui cherchant la figure à tâtons au milieu de l'obscurité qui régnait dans la voiture dont les panneaux de bois avaient remplacé les glaces transparentes, il essaya de l'embrasser, sans y parvenir.

Elle changea de place dans la voiture.

— C'est odieux ce que tu fais là, et je ne conçois pas qu'un jeune homme qui pose pour les bonnes manières et qui connais les convenances...

— Au diable les convenances ! répondit presque brutalement Daubusson. Tu n'as pas voulu m'appartenir de ton plein gré, tu seras à moi par la force.

— Tu n'y penses pas, Olivier, fit Céline ; je te résisterai toujours et je n'admets pas...

— Je n'ai pas besoin de ton consentement. En ce moment, je ne te reconduis pas chez toi, je t'enlève dans une maison de campagne que j'ai louée à ton intention. Je n'ai fait que faire quelque chose pour celle qui est destinée à porter mon nom ?

Céline fit alors le geste de vouloir ouvrir la porte, comme pour se jeter à bas de la voiture, au risque de se briser la tête sur le pavé.

Il lui prit les poignets qu'il lui serra violemment, au point de lui faire mal.

— Je saurai pourtant t'échapper, lui dit-elle.

— Il sera trop tard, pour que tu trouves alors un autre mari que moi, et c'est tout ce que je demande.

Cependant, les indications contenues dans la lettre de Mignonne ne se réalisaient pas, la voiture avait abandonné le pavé pour rouler sur la terre sèche et caillouteuse ; on se serait cru à la campagne. Il faisait nuit noire dans la voiture, où ne pénétrait aucun rayon de lumière.

A un moment donné, Daubusson voulut embrasser Céline, qui devina le mouvement et le mordit à la main.

Au bout d'une heure de marche environ, la voiture, qui avait repris le pavé, s'arrêta.

Céline qui écoutait avec soin les moindres bruits de nature à la renseigner, crut remarquer que le cocher descendait à gauche de son siège, tandis que quelqu'un d'autre, un complice sans doute, y remontait à droite pour retenir les chevaux.

Elle n'eut pas le temps de faire de bien longues réflexions ; presque au même instant, la porte s'ouvrit et la cheffe — ce devait être lui du moins, à en juger par la livrée qu'il portait — en boucha l'accès pour l'empêcher sans doute de voir en quel endroit elle était conduite.

Daubusson lui couvrit la tête d'un voile et elle se sentit tirée hors de la voiture et transportée sans toucher terre dans un couloir où régnait un vif courant d'air, par quatre bras vigoureux. Bientôt le courant d'air cessa : on monta un escalier jusqu'au deuxième étage. Une porte s'ouvrit : on entrait dans un appartement. Ce ne fut seulement qu'on la déposa à terre et qu'on la conduisit, toujours à tâtons, à travers plusieurs chambres, dans une dernière pièce où elle sentit, avant de rien voir, la chaleur d'un bon feu allumé.

A ce moment, le voile qui lui enveloppait la tête fut enlevé et Céline put voir enfin où elle se trouvait.

C'était une chambre à coucher meublée avec un luxe criard et de mauvais goût qui, en dépit du long trajet qu'elle avait parcouru, lui fit penser qu'elle devait être chez Boulotte. Le mobilier, thuya et palissandre, semblait, malgré son neuf, la camelotte du marchand de meubles qui s'est fait de la clientèle des femmes galantes une spécialité ; les tentures rouge vif, les fauteuils et le canapé capitonnés, les bibelots qui garnissaient la cheminée, tout correspondait bien à l'idée qu'une honnête fille comme Céline pouvait se faire de l'intérieur d'une fille qui ne l'était plus.

Cette pensée la rassura un peu : peut-être, se dit-elle, ne l'avait-on ainsi promenée en ville et même hors ville que pour la dérouter, pour lui faire croire qu'elle se trouvait loin, bien loin, alors qu'en réalité elle avait été transportée, par ce long détour, du boulevard Delorme à la rue Franklin.

Le lecteur sait que Céline, prévenue d'ailleurs par le billet de Mignonne, ne se trompait pas.

Comme il avait été convenu, trois ou quatre hommes masqués et déguisés attendaient dans l'allée de la maison portant le n° 16, rue Franklin, l'arrivée de la voiture d'Olivier que conduisait, la figure barbouillée de suie, Grand-Louis affublé d'une livrée de cocher. En arrivant, il était descendu de son siège où l'avait remplacé un de ses acolytes, chargé de ramener l'équipage chez le loueur où Daubusson l'avait pris.

Pendant ce temps, les acolytes aidaient à transporter Céline, comme aussi à écarter au besoin les indiscrets qui auraient pu se rencontrer sur leur chemin. Il y avait là l'Andouillard, Planche-à-Pain, Reddon, l'ancien notaire, et Brin-de-Paille, boucaniers ou piliers de tripot que Grand-Louis avait embauchés pour cette nuit sans leur dire toute la vérité et auxquels il s'était naturellement joint en descendant de son siège.

Il ne s'y était pas joint seul : un autre masque s'était mêlé au groupe et avait pénétré en même temps dans l'appartement de Boulotte sans que personne lui fît d'observation, Grand-Louis s'imaginant qu'il faisait partie de la bande de l'Andouillard et compagnie, l'Andouillard croyant de son côté que le nouveau venu avait été racolé par Grand-Louis. Il était masqué comme eux et costumé en brigand calabrais. C'était Rougeais qui, avec sa prestesse habituelle, avait sauté à bas de la plate-forme de derrière plus vite que Grand-Louis de son siège et avait réussi à se faufiler dans le groupe des ravisseurs comme s'il eût participé à l'enlèvement.

Tous étaient entrés chez Boulotte et avaient escorté Céline à la porte de la chambre à coucher.

A ce moment, Daubusson, rompant le silence, avait pris la parole :

— Vous trouverez, leur dit-il, dans la salle à manger et dans la cuisine, tout ce qu'il faut pour faire ripaille : allez et ne vous gênez pas, la maison est à vous, ajouta-t-il avec un sous-entendu que ses interlocuteurs comprirent, si vous entendez quelques cris, quelque bruit , ne vous en préoccupez pas et ne venez que si je vous appelle.

Tous se retirèrent, Rougeais le dernier. En passant devant la porte d'entrée, il y donna un tour de clef et retira ensuite la clef qu'il mit dans sa poche ; puis, au lieu de pénétrer avec les autres dans la salle à manger, il revint sur ses pas et se cacha derrière le rideau de damas qui fermait la porte de la chambre à coucher, et d'où il pouvait entendre tout ce qui se passait à l'intérieur.

Les autres, le prenant toujours pour un camarade, s'imaginèrent qu'il allait revenir et se mirent, en l'attendant, les pieds sous la table, à défoncer un superbe pâté truffé et à écarteler un poulet froid qu'ils arrosaient de vin cacheté, au milieu d'une conversation appropriée à la circonstance.

Pendant ce temps, Céline Delabrière, debout près de la cheminée, moins rassurée qu'elle s'essayait de le paraître, attendait que son cousin lui adressât la parole. Malgré les promesses de ceux qui lui étaient dévoués à la vie, à la mort, elle avait peur. Elle se demandait par quels prodiges d'adresse ils auraient pu prévoir et déjouer le complot si habilement ourdi par Daubusson, et s'ils arriveraient à temps, comme ils lui en avaient donné la certitude , pour empêcher l'accomplissement d'un nouveau crime. Son parti était d'ailleurs pris, elle eût plutôt mis de ses propres mains le feu à la maison que de céder à la honteuse et violente passion d'Olivier, voleur et meurtrier qui lui faisait justement horreur.

— Eh bien, ma charmante cousine, fit enfin Daubusson, qui avait quitté le tutoiement habituel, vous voilà donc chez moi, je veux dire chez vous.

— Mensonge, répondit-elle, je suis en votre pouvoir par la force et non par ma volonté et je vous demande, non comme une grâce, mais comme un droit de me laisser partir.

— Vous n'y pensez pas, belle Céline, à pareille heure, les routes ne sont pas sûres.

— Elles le sont au moins autant pour moi que ce logis où vous m'avez entraînée de force

et où, je le pense, vous n'allez pas me séquestrer.

— Il ne tiendra qu'à vous d'en sortir au plus vite.

— Et qu'exigez-vous comme rançon pour me rendre ma liberté ?

— Bien peu de chose, reprit-il d'une voix plus douce, presque mélancolique et en revenant au tutoiement dont il se servait d'ordinaire avec sa parente : Céline, je t'aime et tu me repousses ; j'ai voulu te prouver que mon amour pouvait aller jusqu'au crime, puisque je t'ai enlevée, mais qu'il pouvait aussi l'effacer si tu voulais enfin y répondre par une égale affection.

— Jamais, s'écria-t-elle.

— Tu vois ce dont la passion qui m'égare peut me rendre capable ; ne l'irrite pas davantage par ta résistance et consens de bonne volonté à devenir ma femme.

— Jamais.

— Tant que j'ai cru que tu repoussais toute idée de mariage, je n'ai rien dit, mais je sais qu'un autre aspire à ta main, qu'il se flatte de l'obtenir un jour et je veux savoir enfin si à moi, qui t'aimais dès l'enfance, tu n'accorderas pas aussi le droit d'espérer.

— Jamais.

Ce troisième refus à des demandes faites d'un ton câlin, caressant, auquel d'autres qui auraient moins connu l'hypocrisie d'Olivier se seraient peut-être laissé prendre, exaspéra le ravisseur.

— Eh bien, si tu ne me cèdes pas de gré, tu céderas à la force. Ici tu es entre mes mains : si tu appelles, tes cris ne seront pas entendus, si tu pleures, tes larmes n'émouvront le cœur de personne, si tu souffres, nul ne sera témoin de tes souffrances. C'est moi, qui veillerai, tu m'entends bien sur ton sommeil et que tu le veuilles ou non, tu seras à moi et quand tu m'auras appartenu, je te défie bien d'appartenir jamais à un autre.

Céline était terrifiée de ces menaces : elle se demandait comment désormais Rougeais pourrait venir à son secours et si cet ami fidèle n'avait pas trop présumé de son dévoûment pour lutter contre l'impitoyable méchanceté de Daubusson et de ses complices.

— Je ne vous crains pas, répondit-elle, en se raidissant contre ses trop légitimes angoisses, je suis sûre que, si j'appelais ceux qui m'aiment à mon aide, ils réussiraient à y accourir malgré vous...

— Essaie donc.

— Au secours, mes amis, au secours! cria Céline.

A peine avait-elle achevé que la porte s'ouvrait et que Rougeais, travesti et masqué, entra.

Daubusson ne reconnut que le costume de brigand calabrais qu'il avait remarqué parmi les compagnons de Grand-Louis et de l'Andouillard et crut que manquant à la consigne, cet homme n'avait fait qu'accourir au bruit qu'il avait entendu.

— Mais j'avais ordonné, fit-il d'un ton colère, bien naturel de la part de quelqu'un qui vient d'être dérangé, que personne n'entrât ici que je l'eusse appelé. Retirez-vous et cette fois, ajouta-t-il, je vais pousser le verrou.

— Si vous le permettez, monsieur Daubusson, je le pousserai moi-même, répondit le brigand calabrais qui arrachant aussi son masque, laissa voir les traits de René Rougeais.

Déjà, à la voix, Céline l'avait reconnu et s'était, folle de joie, précipitée dans ses bras avec un abandon charmant dont elle ne se rendait pas compte elle-même, mais que justifiaient la tendresse pour Rougeais et la folle terreur qui l'avait un instant étreinte jusqu'au fond de son cœur.

Daubusson avait pâli de rage.

— Comment ! s'écria-t-il, vous ici, monsieur ?

— Vous y êtes bien, pourquoi n'y serais-je pas ?

— Mais vous êtes chez moi, monsieur, dans mon domicile que vous violez d'étrange sorte.

— Rectifions, s'il vous plaît, dans le logis de mademoiselle Boulotte, dans une maison mal famée du premier étage : au dernier et où vous posez pourtant pour le gentleman accompli, vous n'avez pas craint de faire venir votre cousine, votre fiancée, Mlle Delabrière pour la déshonorer. Je suis entré ici tout à l'heure par la porte avec vous et par vous : j'en sortirai quand bon me semblera. Quant à présent, avec ou sans votre permission, j'y suis, j'y reste.

— Enfin, monsieur, que prétendez-vous faire? et qu'attendez-vous de moi ?

— Nous avons de vieux comptes à régler, s'il vous plaît, et nous y allons faire sans plus tarder.

Ce fut au tour de Daubusson de se laisser envahir par une peur qui ne raisonnait plus. Il trembla de se trouver seul en face de Rougeais, dont il connaissait de réputation la vigoureuse musculature. Il courut à la porte, en tira le verrou et appela ses complices à son aide.

Seuls, Grand-Louis et l'Andouillard, accoururent : déjà fortement lancés par les libations exceptionnellement fréquentes, du mardi-gras, Planche-à-Pain et les deux autres acolytes, gris comme des lansquenets, n'auraient pu se lever de leurs sièges sans rouler aussitôt sous la table. Ils chantaient à tue-tête dans la salle à manger une chanson populaire dont voici le premier couplet :

> Quand j'étais petit,
> Je n'étais pas grand.
> Pour bijer les filles,
> J'montais sur les bancs.

Mais, ô surprise inouïe, au moment où plus rassuré, Olivier rentrait avec ses deux sinistres acolytes, se croyant désormais capable de tenir tête à Rougeais seul contre trois, trois nouveaux personnages qui n'avaient pu pénétrer ni par la porte, ni par la fenêtre et qu'on eût dit sortis de quelque trappe mystérieuse, étaient là rangés derrière Céline Delabrière.

C'était Me Frémaud, Mignonne, en costume féminin cette fois, et Charlot tout pâle et à peine remis de la violente secousse par laquelle il venait de passer.

Daubusson n'en croyait pas ses yeux.

Grand-Louis en apercevant Charlot qu'il avait vainement cherché depuis tantôt huit jours poussa un affreux juron.

— Eh bien, mes maîtres, dit Rougeais, les bras fièrement croisés sur la poitrine , vous ne vous attendiez pas à pareille rencontre , mais puisque vous voilà , nous allons pouvoir laver votre linge sale en famille , et voici M. le greffier du juge d'instruction qui , à défaut d'encre et de papier , a du moins une excellente mémoire pour noter et retenir vos explications.

Les trois malfaiteurs étaient atterrés. Ils avaient bien prévu la possibilité de quelques obstacles, de quelques anicroches , mais ils ne s'étaient pas imaginés malgré l'inquiétante disparition de Charlot, que leur secret put être ainsi découvert et leurs projets déjoués, ils ne comprenaient surtout pas comment le greffier, Mignonne et le boucanier à demi-mort du jardin de la rue Sévigné étaient entrés en scène, comme sur un coup de baguette magique.

Rien pourtant n'était plus simple : en sortant de chez Mme de Kerhorlie, vers cinq heures du soir, Rougeais avait revu ses amis et pris, d'accord avec eux, les dernières dispositions nécessaires pour surprendre le complot.

Ils savaient que Boulotte avait abandonné son logis à Daubusson et à Grand-Louis : il s'agissait d'y pénétrer avant eux. Deux louis, glissés fort à propos dans les mains de la femme de chambre de Boulotte, suffirent à obtenir d'elle qu'elle voulut bien leur confier sa clef pour quelques heures seulement ; ce fut Rougeais qui se chargea de la négociation, en lui persuadant qu'il ne s'agissait que d'une farce de carnaval, que de déranger une partie fine organisée par une dame du monde, et cette fille ,

7

à qui les bonnes manières de Rougeais en avaient imposé, s'était, moyennant finances, fort aisément prêtée à cette combinaison. Elle avait congé pour la nuit qu'elle se disposait à passer au bal avec un sien cousin qui servait dans la cavalerie, et les quarante francs étaient bien venus et serviraient à faire la fête. Quant à Boulotte, si elle n'était pas contente, elle le dirait : cette caméristé ne tenait pas autrement au service de la maison et était prête au besoin, à rendre son tablier.

Grâce à cette seconde clef, Mignonne, Charlot et le greffier, non pas en sa qualité officielle, mais comme simple particulier, entraient chez Boulotte, et allaient se cacher, ainsi qu'il était convenu dans un boudoir attenant à la chambre à coucher dont le séparait une simple porte afin d'être prêts à se montrer au moindre appel.

C'est ainsi que Rougeais les avait fait entrer, pendant que Daubusson appelait ses acolytes. Mignonne s'était rapprochée de Céline qui, tout ému de ces péripéties violentes, avait fini par se laisser tomber sur un fauteuil.

À l'apostrophe de Rougeais, Daubusson avait voulu répondre, en payant d'audace.

— Que voulez-vous, monsieur ? demanda-t-il d'un ton hautain, et de quel droit vous faites-vous le garde-du-corps de ma cousine, Mlle Delabrière, quand je suis là, moi, son parent, pour la protéger.

— De quel droit ? répondit Rougeais. Du droit qu'a tout honnête homme de venir en aide à d'honnêtes gens comme lui contre des malfaiteurs comme vous.

Daubusson voulut esquisser un geste de protestation.

— J'ai dit malfaiteurs, je vais vous le prouver. Vous avez vainement demandé la main de votre cousine, dont vous convoitez la fortune. Un premier obstacle se trouvait sur votre chemin : c'était Albert Fauvel, votre trop confiant ami. Vous l'avez fait assassiner...

— C'est faux ! cria Olivier, c'est faux ! donnez des preuves !

— Des preuves ! faut-il que j'aille les chercher dans la cachette du secrétaire où Grand-Louis cache les rouleaux d'or que vous lui avez donnés pour prix de son crime, n'est-ce pas, Grand-Louis ? dans le tiroir où il garde comme souvenir le portrait de Mlle Céline offert à Fauvel, n'est-ce pas, Grand-Louis ? dans ce mouchoir glissé par lui dans la poche d'Hervé et dont l'initiale A est celle d'Amélie Milliner, dite Boulotte, la maîtresse de cet homme, et nous n'aurions qu'à fouiller dans l'armoire que voici pour en trouver de pareils ? dans le parapluie volé par Grand-Louis le lieu du crime et qu'il emportait en s'enfuyant — un témoin que nous avons retrouvé l'a vu ? dans le masque de suie dont il s'était barbouillé la figure dans la nuit du crime, comme il l'a fait ce soir — regardez-le plutôt — et qui avait laissé des traces sur le gant de la pauvre victime ? jusque dans cette pièce d'or qui vous appartenait à vous, Daubusson — vous nous l'avez avoué spontanément chez Mme de Kerhortie — et que la police retrouve dans les poches de Charlot, que vos complices l'avaient mise pour accuser un innocent ?

— Des preuves ! mais c'est vous qui avez attiré Fauvel dans le tripot de la Champfleury, c'est vous qui êtes responsable du meurtre de votre ami et de la condamnation de Pierre Hervé. Oserez-vous le nier devant nous, les témoins ou les acteurs de ce drame ?

Le silence de Grand-Louis était déjà un aveu. Daubusson voulut protester.

— Vous n'avez pas même le courage de vos infamies. Mais votre complice a tout avoué, ces jours-ci à la tireuse de cartes de la place du Cirque.

— C'est faux !

— C'est vrai, la tireuse de cartes la voici, dit-il en montrant Mignonne, et monsieur assistait

à la séance, ajouta-t-il en désignant Me Frémand.

— Voilà ce que vous aviez fait autrefois : ce que vous vouliez faire aujourd'hui, je ne vous le demande même pas, puisque vous êtes pris en flagrant délit : vous enleviez votre cousine pour la déshonorer et la forcer à un mariage odieux, vous conduisiez chez une fille galante celle dont vous prétendiez faire votre femme légitime, vous commettiez un nouvel attentat en belle compagnie.

Vous comprenez qu'il est temps que cela finisse. Je pourrais vous livrer à la justice : je ne le veux pas à cause de votre famille, qui est celle de Mlle Delabrière, à cause du nom que vous portiez, à cause de cette sorte de franc-maçonnerie qui doit rapprocher tous les membres de cette bourgeoisie où vous faites tache ; mais vous êtes de trop désormais dans ce monde et vous n'avez qu'à me remercier de vous offrir le moyen d'en sortir par la grande porte. Vous recevrez mes témoins demain matin.

— Rougeais, vous battrez pour moi ? s'écria Céline, qui, comme tous les autres acteurs de cette scène, suivait avec une émotion poignante les péripéties de ce drame intime.

— Ne vous inquiétez pas, Mademoiselle, il n'est pas possible que le bon droit ne finisse pas par triompher.

Puis se tournant vers Grand-Louis et l'Andouillard :

— Quant à vous, mes drôles, votre compte est bon. Nous allons nous retirer, mais en vous renfermant à clef ici même : l'un de nous restera en sentinelle à la porte et bien armé, et, demain matin, la police viendra vous cueillir à votre réveil. C'est à elle que vous exposerez vos observations.

Rougeais sortit de sa poche un revolver à six coups qu'il arma : Charlot ouvrit la porte.

Les deux femmes s'éloignèrent les premières avec le jeune boucanier et le commis-greffier.

Daubusson passa à son tour devant l'arme de Rougeais, qui se retira le dernier, après avoir fermé derrière lui la porte d'entrée de l'appartement de Boulotte.

Il était minuit. Rougeais, accompagné de Me Frémaud, de Charlot et de Mignonne, conduisit jusque chez elle Mlle Delabrière, qu'il venait de soustraire si énergiquement aux tentatives déshonorantes de Daubusson.

Comme ils prenaient congé l'un de l'autre, elle le retint un instant par la main qu'il lui avait laissée.

— Soyez brave demain, lui dit-elle, pour vous... et pour moi.

Et elle lui donna d'elle-même un tendre et chaste baiser d'encouragement, de reconnaissance et d'amour.

ÉPILOGUE

Le lendemain matin, on trouvait dans la petite cour intérieure de la maison de la rue Franklin où s'étaient passés les faits que nous venons de raconter, le cadavre horriblement mutilé d'un individu qu'on aurait pu prendre au premier instant pour celui d'un nègre attaché comme cocher au service de quelque grande maison.

Il était en effet revêtu d'une livrée fort convenable, plutôt luxueuse et les traits, sous être d'un noir d'ébène, affectaient une teinte foncée qui s'en rapprochait quelque peu. Mais en l'examinant de plus près, on s'apercevait que cette livrée n'était qu'un travestissement et que ce n'était qu'un faux nègre, qui s'était barbouillé le visage de suie pour mieux dissimuler son identité pendant la dernière nuit du carnaval.

Quand la police prévenue par quelques voisins arriva, elle le reconnut aussitôt pour un des rôdeurs de nuit les plus dangereux : c'était un nommé Louis Durassier, dit Grand-Louis.

Y avait-il eu accident, crime ou suicide ? L'opinion des agents pencha aussitôt pour la

première hypothèse. Grand-Louis, suivant eux, avait dû se pencher par la fenêtre de la maison et tomber la tête première sur le pavé de la cour où il s'était brisé le crâne. L'examen médico-légal confirma cette manière de voir et comme le personnage était par lui-même des moins intéressants, l'affaire ne fut enregistrée sur le rapport du commissaire de police du quartier qu'au nombre des faits-divers les plus ordinaires.

Les agents qui ignoraient les événements de la nuit précédente, n'avaient pressenti la vérité qu'à demi.

Enfermés sous clef par Rougeais, les deux boucaniers dont les camarades ronflaient sous la table de la salle à manger du sommeil profond de l'ivresse, avaient résolu de s'échapper à tout prix, afin d'éviter pour le lendemain l'arrestation dont ils étaient menacés et qui pouvait les mener loin.

Tous deux connaissaient à merveille les êtres de la maison. Ils se dirigèrent vers la cuisine dont la fenêtre qui donnait sur la cour intérieure n'était pas très éloignée de la baie sans vitres par laquelle s'éclairait l'escalier. Entre les deux, un crochet fiché dans la muraille servait en temps ordinaire à suspendre à l'air le garde-manger de Boulotte. Il était vide à ce moment-là, et ce fut par là, en se retenant à ce crochet par la force du poignet et en appuyant le pied sur une saillie du mur que les deux malfaiteurs songèrent à s'échapper.

Leur projet était des plus simples. Une fois libres, ils iraient prendre rue Saint-Siméon l'argent mis de côté, non sans pervoyance, par Grand-Louis et se donneraient, grâce au chemin de fer, de la poudre d'escampette, sans attendre l'arrivée de la maréchaussée.

L'Andouillard, plus maigre que son camarade, passa sans encombre le premier et atteignit le palier, mais Grand-Louis lui un faux mouvement en déplaçant le second pied, il perdit l'équilibre et alla s'abîmer dans la cour.

La confraternité du crime disparut devant la terreur du châtiment. L'Andouillard, sans essayer de porter secours à son camarade agonisant, se borna à lui prendre sa clef dans la poche de son pantalon et murmurant un :
« Pauvre diable, il n'en a plus besoin ! » et disparut dans la direction du bouge où se trouvait la cachette de Durassier.

Le même soir, le Phare de la Loire publiait l'entrefilet suivant :

« Un duel, qui s'est terminé par la mort tragique d'un des combattants, a eu lieu ce matin dans une prairie voisine du Repos de Jules-César.

» Les adversaires étaient deux jeunes gens de notre ville appartenant au meilleur monde, messieurs R... et D..., dont nous croyons devoir taire les noms par un sentiment de discrétion que nos lecteurs apprécieront.

» À la première reprise, M. D... tombait mortellement atteint en pleine poitrine par M. R...

» Les causes de ce duel étaient, dit-on, des plus futiles : il s'agissait d'une discussion née pendant la journée du Mardi-Gras entre ces deux jeunes gens, à propos d'une gageure faite au Café de France pendant le défilé des masques. »

L'article ne fut l'objet d'aucune rectification et passa à l'état de parole d'Évangile.

Et maintenant, pour satisfaire les lectrices qui n'admettent pas qu'un roman soit complet s'il ne se termine par un ou deux mariages, disons en quelques mots seulement ce que sont devenus les principaux personnages qui ont figuré dans cette histoire.

Mignonne a tenu son serment. Grâce aux révélations de Me Frémaud, grâce aux renseignements de toute nature fournis enfin aux magistrats instructeurs, la justice a discrètement reconnu et réparé son erreur. Pierre Hervé a été rendu à la liberté sans bruit, sans scanàle, il est revenu à Nantes et s'est marié devant M. le maire et M. le curé à celle qui lui avait montré un si admirable dévoûment.

C'est M. et Mᵐᵉ Rougeais qui ont offert à Mignonne sa dot et son trousseau. On devine aisément que Mᵐᵉ Rougeais n'était autre que Céline Delabrière, qui avait reconnu, en devenant la femme de son libérateur, tout ce que son courage renfermait de tendresse pour elle.

Mᵉ Frémaud, qui a donné depuis sa démission de greffier criminel, est resté l'ami de l'une et l'autre maison. Il est toujours de ce monde et pour longtemps encore, il faut l'espérer.

Il fume plus que jamais sa vieille pipe *Joséphine* et lit avec une régularité exemplaire le feuilleton des *Boucaniers de la Fosse*, intrigué toutefois de savoir qui a pu renseigner si fidèlement l'auteur sur des détails qu'il ne croyait connus que de lui seul.

FIN

M. Armand Willard, l'auteur de vant feuilleton les *Boucaniers de la .* dont le *Petit Phare* vient de terminer publication, nous communique la lettr suivante qu'il a reçue de maître Frémaud, un des personnages de l'histoire dont il a ressuscité les dramatiques péripéties :

Monsieur Armand Willard,

Maître Frémaud qui, ainsi que vous le dites en terminant votre intéressant feuilleton, les *Boucaniers de la Fosse*, existe toujours, ne peut vous laisser même dans une légère erreur. Son cœur saigne en vous livrant ce coin de sa vie intime, mais il vous doit bien cette confiance à vous, dont la plume habile a su lui donner un cachet particulier et le revêtir d'une importance dans les affaires criminelles que ses humbles fonctions ne lui avaient jamais fait espérer : maître Frémaud a, depuis six mois, divorcé, comme l'empereur Napoléon, avec sa pipe Joséphine et les longs tête-à-tête qu'il avait avec cette fidèle compagne de son célibat, n'existent plus, Maître Frémaud ne fume plus.

Est-ce un fleuron qu'il a ajouté à la couronne

y.
lui
greffie
vous ave
maine de ı
vice de voli
point laisser mentir ıu .
imparti, vous affirme que, .
dont vous vous êtes servi, ı.
ment reconnu et que M. Armɩ
autre qu'un homme charmant q
plus sympathiques, pour lequel
grande estime et dont les rencontres ın
tune pour son bien dévoué

En termina.

ᵣ. FRÉMAUD.

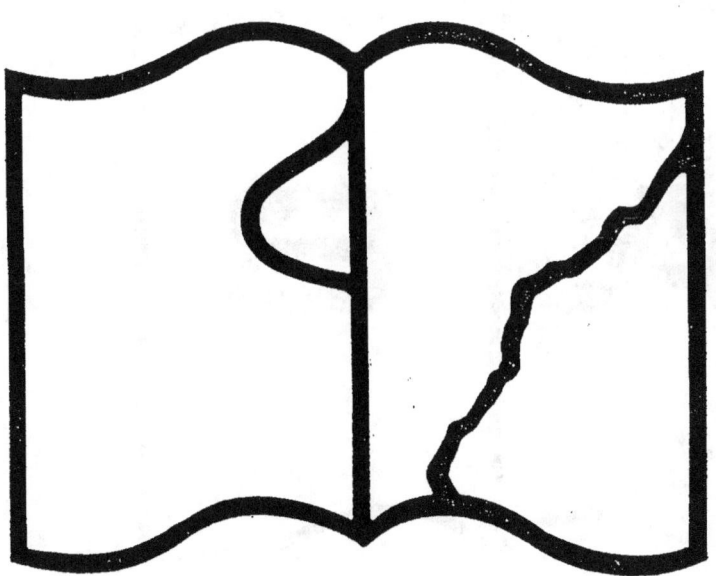

Texte détérioré — reliure défectueuse

NF Z 43-120-11

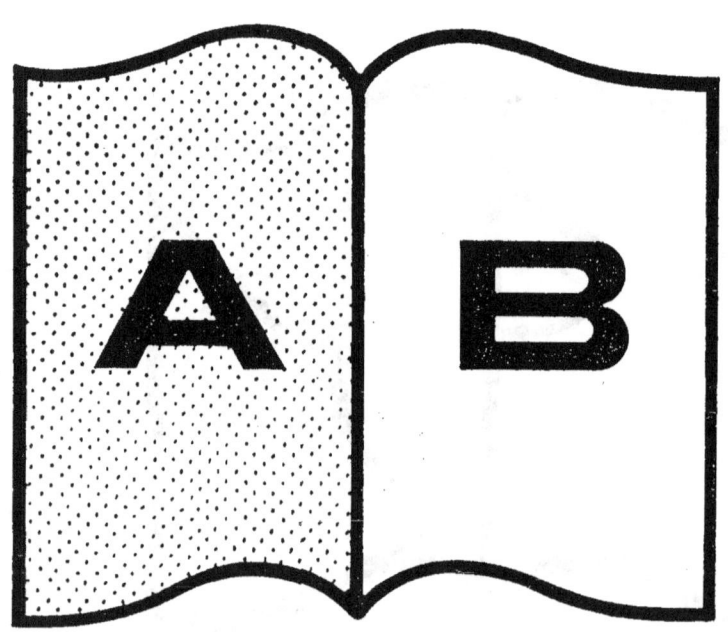

Contraste insuffisant

NF Z 43-120-14

www.ingramcontent.com/pod-product-compliance
Lightning Source LLC
Chambersburg PA
CBHW061650180626
46818CB00003B/1035